名著课程化·整本书阅读丛书

MINGZHU KECHENGHUA
ZHENGBENSHU YUEDU
CONGSHU

9 年级 下

# 契诃夫短篇小说选

［俄］契诃夫 著

汝龙 译

人民文学出版社

图书在版编目（CIP）数据

契诃夫短篇小说选/（俄罗斯）契诃夫著；汝龙译. —北京：人民文学出版社，2022

（名著课程化·整本书阅读丛书）
ISBN 978-7-02-015232-2

Ⅰ.①契… Ⅱ.①契… ②汝… Ⅲ.①短篇小说—小说集—俄罗斯—近代 Ⅳ.①I512.44

中国版本图书馆CIP数据核字（2022）第026537号

责任编辑　李丹丹
装帧设计　陶　雷
责任印制　任　祎

出版发行　人民文学出版社
社　　址　北京市朝内大街166号
邮政编码　100705

印　　刷　三河市博文印刷有限公司
经　　销　全国新华书店等

字　　数　195千字
开　　本　710毫米×1000毫米　1/16
印　　张　16　插页1
印　　数　1—20000
版　　次　2002年6月北京第1版
印　　次　2022年2月第1次印刷

书　　号　978-7-02-015232-2
定　　价　34.50元

如有印装质量问题，请与本社图书销售中心调换。电话：010-65233595

# 出 版 说 明

　　从2017年9月开始,在国家统一部署下,全国中小学陆续启用了教育部统编语文教科书。统编语文教科书加强了中国优秀传统文化教育、革命传统教育以及社会主义先进文化教育的内容,更加注重立德树人,鼓励学生通过大量阅读提升语文素养、涵养人文精神。人民文学出版社是新中国成立最早的大型文学专业出版机构,长期坚持以传播优秀文化为己任,立足经典,注重创新,在中外文学出版方面积累了丰厚的资源。为配合国家部署,充分发挥自身优势,为广大学生课外阅读提供服务,我社在总结以往经验的基础上,邀请专家名师,经过认真讨论、深入调研,推出了这套"语文阅读推荐丛书"。丛书收入图书百余种,绝大部分都是中小学语文课程标准和统编语文教科书推荐阅读书目,并根据阅读需要有所拓展,基本涵盖了古今中外主要的文学经典,完全能满足学生成长过程中的阅读需要,对增强孩子的语文能力,提升写作水平,都有帮助。本丛书依据的都是我社多年积累的优秀版本,品种齐全,编校精良。每书的卷首配导读文字,介绍作者生平、写作背景、作品成就与特点;卷末附知识链接,提示知识要点。

　　在丛书编辑出版过程中,统编语文教科书总主编温儒敏教授,给予了"去课程化"和帮助学生建立"阅读契约"的指导性意见,即尊重孩子的个性化阅读感受,引导他们把阅读变成一种兴趣。所以本丛书严格保证作品内容的完整性和结构的连续性,既不随意删改作品内容,也不破坏作品结构,随文安插干扰阅读的多余元素。相信这套丛书会成为广大中小学生的良师益友和家庭必备藏书。

人民文学出版社编辑部

2018年3月

## 名著课程化·整本书阅读丛书
## 编 委 会

主　　编　　孙荻芬

执行主编　　姚守梅　吴　东

编　　委　　（以姓氏笔画为序）

马东杰　王　丹　王屏萍　尹　伊　叶楚炎　田　圆
边　晔　刘春芳　刘晓静　闫　明　李　媛　李　蕾
杨　华　杨海威　汪家发　张　卫　张　婷　陈　楠
孟　岳　殷　毅　黄　娟　葛小峰　蒋红梅　路　莎
樊　颖　潘　霞

本书课程化
设计与编写　　王　丹

扫码开启预习课

# 目　次

编者的话 …………………………………………………… 1

专题导读一 ………………………………………………… 1
一个文官的死 ……………………………………………… 2
嫁妆 ………………………………………………………… 6
胖子和瘦子 ………………………………………………… 13
变色龙 ……………………………………………………… 17

专题导读二 ………………………………………………… 22
苦恼 ………………………………………………………… 23
万卡 ………………………………………………………… 32
渴睡 ………………………………………………………… 37

专题导读三 ………………………………………………… 44
跳来跳去的女人 …………………………………………… 45
第六病室 …………………………………………………… 74

专题导读四 ………………………………………………… 135
挂在脖子上的安娜 ………………………………………… 136
农民 ………………………………………………………… 151
套中人 ……………………………………………………… 187
醋栗 ………………………………………………………… 203

约内奇 ………………………………………… *215*

阅读评估 ………………………………………… *237*
阅读链接 ………………………………………… *239*

## 编者的话

打喷嚏本是普通得不能再普通的事，为何让一位小官员惶惶不可终日，最终竟忧惧至死？童年伙伴久别重逢本令人高兴，在热情的寒暄过后，为何其中一位好友弯腰曲背，像是矮了半截？儿子病死是多么令人悲痛，需要安慰啊！为何丧子的马车夫只能将心事讲给马儿听？还有满怀期待写下"寄交乡下祖父收"的小万卡；大晴天把自己严严实实包裹在"套子"里的别里科夫……这些有意思的故事，令人发笑或令人心疼的人物都出自俄国作家契诃夫的《契诃夫短篇小说选》。

契诃夫一生创作丰厚，短篇小说风格独特，被誉为"世界三大短篇小说家"之一。他的小说多取材于平凡的日常生活，描绘的或是心酸无奈的底层民众，或是奴颜婢膝的下层官吏，或是虚伪贪婪的贵族官吏，或是彷徨摇摆的知识分子，形象千姿百态，生动鲜活，这些平凡而各异的人物构成了十九世纪俄国社会的众生相。同时，他的短篇小说的叙述笔调幽默辛辣，行文风格简洁冷静，字里行间散发着极强的语言文字魅力。今天我们阅读这样的作品，并不会有特别强烈的陌生感和距离感，或许还能从作品中发现些许自己的影子，从而更加清醒地关注自己的生活状态，正如苏联作家爱伦堡所说："契诃夫在很多方面帮助我认识了自己和生活。"这就是契诃夫短篇小说创作超越时空的魅力与价值所在。

契诃夫(1860—1904),出生于俄国塔甘罗格市,他的祖先是农奴,祖父在1841年赎得了本人及家属的人身自由。父亲经营过一个杂货铺,1876年破产后给人当伙计。契诃夫自幼备尝人间艰辛,他自己说他"小时候没有童年生活"。1879年,勤奋的契诃夫凭借助学金在莫斯科大学攻读医学。1884年毕业后,他在莫斯科近郊开始行医。这使他有机会接触到农民、地主、官吏和教师等各式各样的人物,扩大视野,增长见闻。

契诃夫的文学生涯始于1880年。年轻的他常用笔名"安东沙·契洪特"发表作品。1883年是契诃夫短篇小说创作的第一个繁荣期,其间他创作出了脍炙人口的《一个文官的死》和《胖子和瘦子》这两部微型杰作,连同1884年发表的《变色龙》和1885年发表的《普里希别耶夫军士》,构成了"安东沙·契洪特时期"的代表作。年轻的契诃夫目光尖锐辛辣,笑声健康爽朗。这些代表作中倾注着契诃夫鲜明的社会批判意识,同时也显示了他杰出的讽刺幽默天才,以及短小精悍的文体风格。

1884年至1886年,契诃夫把视线转向劳动者的困苦生活。1886年创作的《苦恼》是契诃夫早期创作中的一次思想和艺术的飞跃。与之思想主题相近的还有《万卡》《渴睡》:九岁的童工万卡生活苦楚,他满怀期待地把信寄给"乡下祖父";十三岁的小保姆瓦丽卡不分昼夜地劳作,最后好像终于"可以睡觉了"。在这些作品中,欢乐俏皮的契洪特逐渐成长为严肃深沉的契诃夫,忧伤地咀嚼着更多普通民众的人生苦痛。

随着声誉日增,1888年10月帝俄科学院授予契诃夫"普希金奖金",他愈发意识到作家责任的重大。1890年病弱的契诃夫前往库页岛(俄译名"萨哈林岛")游历。他在这座人间地狱里的见闻提高了他的思想认识,也扩宽和加深了他的创作意境,促使他完成了文学创作中的转折性作品——《第六病室》。从此以后,契诃夫的中短篇小说具有了更强烈的社会性、批判性和民主性，其艺术形式也日臻完善，内容和形式达到了完美的统一：真实、朴素、深刻、动人。

十九世纪九十年代，俄国的解放运动开始进入无产阶级革命时期，在这种历史条件下，契诃夫是站在民主力量这一边的。他同俄国作家柯罗连科一起抗议帝俄科学院撤销高尔基名誉院士的称号。他协助被流放的社会民主党人到疗养院疗养，还不止一次支援为争取民主而蒙难的青年学生。这些经历都表明，契诃夫的民主主义思想和立场更加坚定。

思想愈加沉稳的契诃夫在晚期作品中，以细腻的笔触描绘了农村、工厂、小市民和知识阶层的日常生活，代表作品有：《挂在脖子上的安娜》《农民》《套中人》《醋栗》《约内奇》等。这些作品有的展示俄国农村的贫困、落后、愚昧和矛盾；有的剖析庸俗、自私和铜臭对人的灵魂的腐蚀；有的反映典型的社会心理"不能再照这样生活下去了！"；有的描写已经开始觉醒的知识分子，写他们与不劳而获的寄生生活决裂和对"新生活"的憧憬。作品中充满浓厚的时代气息和强烈的道德激情，既展示了农村、工厂和其他社会阶层的生活画面，也反映了沉闷庸俗的社会现状及进步知识分子"不能再照这样生活下去了！"的社会情绪。

契诃夫在创作小说的同时还转向戏剧。陆续创作出了《海鸥》《万尼亚舅舅》《三姊妹》《樱桃园》等经典戏剧作品。

1892年起，契诃夫开始定居于新购置的梅里霍沃庄园。1898年，身患严重肺结核病的契诃夫迁居雅尔塔。1904年7月15日因病情恶化而辞世。他的遗体被运回莫斯科安葬。

虽然创作生涯只有二十余年，但作为一名杰出的小说家和剧作家，近一个多世纪以来，契诃夫的世界性影响却日渐深远。他的思想也属于新的时代，他作品字里行间蕴含的人道主义精神能够超越时空，让我们至今觉得贴心和温暖。"人的一切都应该是美的，无论是面孔，还是衣裳，还是心灵或思想。"——这是契诃夫对人类所寄予的美好愿景,也是他的作品中如繁星般璀璨闪耀的光辉。

## 阅读指导

《契诃夫短篇小说选》收录了契诃夫的十四篇经典文学创作,认真阅读这些文字,相信同学们一定会收获颇丰。那么,在阅读的过程中,我们需要特别注意领会哪些方面的文学价值呢?

一、幽默简洁的语言艺术

契诃夫是一位天性风趣幽默的作家。初登俄国文坛时,他就以形式多样的幽默笔法展现出了极高的创作灵气与高超的语言艺术。如文官切尔维亚科夫因为一个喷嚏而内心惊惧的过程中,作者戏谑调侃的语气;瘦子在胖子面前谄媚时极度夸张的表情变化;还有警官奥丘梅洛夫在一只小狗面前丑态尽出、反复变化的矛盾话语。阅读契诃夫的作品,你能通过多种表现技巧感受作者语言的犀利与辛辣。契诃夫的幽默不同于单纯的戏谑与滑稽,他通过这种幽默营造出来的讽刺效果,把人物身上那种根深蒂固的"奴性"一点点挤压出来,从而唤起人们对没有被扭曲的美好人性的向往。

还需要关注的是契诃夫高度简洁的语言特点。他的作品大多篇幅短小精悍但内涵深刻。小说通常是开门见山,直接点出人物身份、故事地点和人物关系等,尽可能不在与故事主体无关的内容上浪费笔墨,运用最简单、生活化的表述。

短短的一篇篇文字以巧妙的幽默智慧凝聚许多值得深长思之的社会内容。幽默简洁的语言背后,是一位以冷静的眼光看世界、呼唤温暖的人性的契诃夫。

## 二、细腻传神的人物描写

在人物描写方面，契诃夫重视细节描写和心理刻画。他能够把微小的细节表现得特别出色，一件军大衣、一个雨伞套、雪后的街道、醋栗的果实、眼神的转动、一句话的语气——契诃夫凭借这些精巧的艺术细节对生活和人物形象做真实的描绘和传神的刻画。在展现人物内心世界方面，契诃夫不注重直接交代人物的心理活动过程，而是从人物的行为举止中透露其内心活动和变化，引导读者思考体会。在他的小说中，衬衫或鞋子也关联着人物的形象，映射着人物丰富的内心世界。

## 三、朴素平凡的故事内容

契诃夫短篇小说的显著特色是他能够从最平常的现象中揭示生活的本质。他高度淡化情节，只是截取平凡的日常生活片段，没有大开大合、跌宕起伏的矛盾冲突，却让人看到了浮华世相之下的无奈和心酸、单纯和庸俗等。母亲为了女儿一个劲儿地缝制和置办嫁妆；小保姆瓦丽卡陀螺一样地旋转在琐碎家务里；丈夫在安娜面前现出的"那种巴结的、诣笑的、奴才般的低声下气神情"。作者在小说中引导我们从很小、很日常的生活琐事中解读出很宏大、很深刻的东西，让我们更加深刻地了解生活。

## 四、深切温暖的人文关怀

无论是贴近生活的内容情节、细腻传神的人物描写，还是幽默高超的语言艺术，这些文字背后都是契诃夫内心那份深切温暖的人文关怀。作者独特的人生经历使他能够更多地接触与观察俄国社会中不同阶层人们，如小官吏、地主、农民、教师、医生等的生活状态，他对自己笔下的人物怀有深切的同情、理解、包容和爱护，他关注普通人的喜怒哀乐，也期待更加美好的新生活的到来。这份人文关怀在当时的俄国社会是弥足珍贵的,即使在如今的时代,我们依然能够深受感动并将其延续。

阅读这些文质兼美的小说作品,同学们可以参考以下阅读方法:
一、知人论世
在阅读作品时,要将作者生平经历、个性品格、创作意图、艺术风格等各方面情况,与作家创作该作品时所处的时代背景结合起来,在知人和论世的基础上,对作品形成较为准确、深入的认识。

契诃夫是一位批判现实主义作家,他的短篇小说以十九世纪中后期俄国社会革命解放运动发展为背景,此时沙皇统治者虽然废除了农奴制,但一直不断镇压进步革命势力,整个社会封建势力和封建思想依然强大。社会的动荡不安、黑暗压抑激发了作家的社会责任感,此时以契诃夫、列夫·托尔斯泰等为代表的作家们,将俄国的批判现实主义文学推上了世界文学的高峰。同时,契诃夫丰富独特的人生经历,谦逊温良的性格,幽默细腻、简洁冷静的艺术风格,强烈赤诚的社会责任感等因素也都不同程度影响着他的文学创作。

本书中所选的十四篇作品,来自于契诃夫创作的不同时期,阅读时,同学们注意运用知人论世的方法,关联社会时代特点和作者写作风格,如有困惑可借助其他作品或相关资料等,多角度帮助自己理解。

二、精简得当　前勾后连
阅读本书时,各位同学可以适当参考下面"阅读任务"中的专题建议,先对十四篇作品有大略的了解,然后结合自身的阅读计划和兴趣,适当规划精读和泛读的部分,重点品读经典篇目和典型人物;同时,同学们可以留意发掘前后篇章间的相似点,如人物相同的阶层、相似的心理等,前勾后连,阅读中培养关联思维和专题意识,也可以尝试与本书以外契诃夫其他的重要作品进行关联。

### 三、言文并举　由表及里

本书所选的作品文质兼美,语言艺术和思想价值都较为突出地反映了契诃夫创作特点。阅读时,注意字里行间幽默诙谐、细腻传神的语言表达,注意文本内在善良热忱、深邃宽广的人文关怀和思想价值,将二者结合起来,由表及里,体会文言交融、相得益彰的艺术魅力。

### 四、精耕细作　因文制宜

在精读部分篇目时,同学们可以有意识地精耕细作,通过圈点批注、细节对比、联想、有感情地朗读、摘抄、联系自身的生活经历等方法见微知著。同时,根据小说不同的特点,选择最适合的阅读方法。在阅读经典中感受作者的匠心独运和语言魅力,体会藏匿于平静叙述下、朴素生活中的深刻寓意。

# 阅读任务

### 阅读任务一:制订阅读进程计划表

**任务描述:**

阅读《契诃夫短篇小说选》之前,可以先浏览编者的话、阅读指导和作品目录,然后结合自身的实际情况,制订阅读进程计划表,合理安排阅读时间和阅读内容。

**任务实施:**

1. 阅读进程计划表可以包括阅读时间、阅读内容、阅读期待(包括希望了解什么、收获什么、解决什么问题等)以及读后反思等。边读边简要记录阅读进程,形式不限,下表仅供参考。

| 阅读日期 | 阅读内容 | 我的阅读期待 | 读后反思 |
|---|---|---|---|
|  |  |  |  |
|  |  |  |  |
|  |  |  |  |
|  |  |  |  |
|  |  |  |  |

2.结合契诃夫不同的创作时期,集中阅读选自同一创作时期的作品。

建议专题:专题一:从《一个文官的死》到《变色龙》

专题二:从《苦恼》到《渴睡》

专题三:从《跳来跳去的女人》到《第六病室》

专题四:从《挂在脖子上的安娜》到《约内奇》

**阅读任务二:举办班级漫画展——"契诃夫短篇小说人物漫画展"**

分任务一:绘制人物漫画册

任务描述:

阅读本书可以看到十九世纪中后期俄国社会生活的众生相,选择书中你印象最深刻的一个或多个人物,结合小说中描写人物的文字,为他/他们绘制漫画像。

任务提示:

在绘制画像时,表现人物身上最突出的特征。

任务实施:

可以参考下面的表格,找到人物身上最突出的特征。

| 漫画人物 | 小说中相关的词语或句子<br>——人物描写最夸张或反复刻画的部分 | 最突出的特征 |
|---|---|---|
| 人物1： | | |
| 人物2： | | |
| 人物3： | | |
| …… | | |

**分任务二：规划个性展区**

如果你的漫画图册被选为此次班级漫画展特别展区的展品，你将如何规划以吸引更多的观众呢？

任务描述：

确定展区的名称；合理安排漫画的摆放顺序和展区背景设计；完成介绍展品重要价值的一段文字。

任务提示：

1.展区名称可以依据漫画中呈现出的图画特点或人物形象内在的关联，如相似的身份、相同的年纪等角度来命名。语言力求新颖独特。

2.摆放顺序和背景设计：可结合漫画中几个人物形象的观众熟知度、文学价值、观众观看时的视觉体验、背景颜色的情感指向等不同因素，综合考量，合理安排，要与展区名称相得益彰。

3.展区介绍文字重点突出小说人物的艺术价值和展区设计的独特性。

任务实施：

阅读过程中关注自己的阅读初体验，利用便利贴、彩笔等形式外化阅读过程，了解作者和自己的情感倾向。

分任务三:漫展互动区

小说里有很多鲜活生动的人物形象,哪一个人物形象让你觉得最"熟悉",最想跨越时空和他对话?

任务描述:

选择一位小说人物,以一封信、一首诗、一首歌、一张合成照片或一段朗诵等自己感兴趣的形式与他完成互动。

任务提示:

形式不限,表达自己对所选人物的情感态度。

任务实施:

在小说阅读过程中,运用对比、朗读等方法深入思考所选人物的人性特点。

# 专题导读一

## 《一个文官的死》《嫁妆》《胖子和瘦子》《变色龙》(四篇)

文官切尔维亚科夫竟因一个喷嚏而内心惊惧,最终死掉;上校的妻子奇卡玛索娃生活的唯一目的是为女儿准备嫁妆;瘦子在童年玩伴——三品文官胖子面前"弯下整个身子去深深一鞠躬";还有警官奥丘梅洛夫在一只小狗面前反反复复地变化,丑态尽出。这四篇小说创作于1883和1884年,展现了沙皇高压专制统治下的社会现象,以及俄国官员特别是中下层官员的生存状态。

阅读这些令人感到可笑的小说,同学们需要了解当时的社会环境,在理解故事的过程中,借助圈点勾画、曲线图示、表格梳理、摘抄等方法,体会作品中反常怪诞的矛盾设计、幽默讽刺的语言风格、多角度的人物描写,从而进一步思考作者的情感倾向。

# 一个文官的死

【导读】

"生活中充满多少意外的事啊!"没想到"打喷嚏"这件原本再平常不过的事情却成了庶务官切尔维亚科夫生活中的"意外"。让我们翻开书本来了解一下这个"意料之外"的故事和结局吧!

在一个挺好的傍晚,有一个也挺好的庶务官,名叫伊万·德米特里奇·切尔维亚科夫①,坐在戏院正厅第二排,举起望远镜,看《哥纳维勒的钟》②。他一面看戏,一面感到心旷神怡。可是忽然间……在小说里常常可以遇到这个"可是忽然间"。作者们是对的:生活里充满多少意外的事啊!可是忽然间,他的脸皱起来,眼珠往上翻,呼吸停住……他取下眼睛上的望远镜,低下头去,于是……啊嚏!!!诸位看得明白,他打了个喷嚏。不管是谁,也不管是在什么地方,打喷嚏总归是不犯禁的。农民固然打喷嚏,警察局长也一样打喷嚏,就连三品文官偶尔也要打喷嚏。大家都打喷嚏。切尔维亚科夫一点也不慌,拿出小手绢来擦了擦脸,照有礼貌的人的样子往四下里瞧一眼,看看他的喷嚏搅扰别人没有。可是这一看不要紧,他心

---

① 这个姓可意译为"蛆"。
② 一出三幕小歌剧。

慌了。他看见坐在他前边,也就是正厅第一排的一个小老头正用手套使劲擦他的秃顶和脖子,嘴里嘟嘟哝哝。切尔维亚科夫认出小老头是在交通部任职的文职将军①布里兹扎洛夫。

"我把唾沫星子喷在他身上了!"切尔维亚科夫暗想,"他不是我的上司,是别处的长官,可是这仍然有点不合适。应当赔个罪才是。"

切尔维亚科夫就嗽一下喉咙,把身子向前探出去,凑着将军的耳根小声说:

"对不起,大人,我把唾沫星子溅在您身上了……我是出于无心……"

"没关系,没关系……"

"请您看在上帝面上原谅我。我本来……我不是有意这样!"

"哎,您好好坐着,劳驾!让我听戏!"

切尔维亚科夫心慌意乱,傻头傻脑地微笑,开始看舞台上。他在看戏,可是他再也感觉不到心旷神怡了。他开始惶惶不安,定不下心来。到休息时间,他走到布里兹扎洛夫跟前,在他身旁走了一忽儿,压下胆怯的心情,叽叽咕咕说:

"我把唾沫星子溅在您身上了,大人……请您原谅……我本来……不是要……"

"哎,够了……我已经忘了,您却说个没完!"将军说,不耐烦地撇了撇下嘴唇。

"他忘了,可是他眼睛里有一道凶光啊,"切尔维亚科夫暗想,怀疑地瞧着将军,"他连话都不想说。应当对他解释一下,说我完全是无意的……说这是自然的规律,要不然他就会认为我是有意啐他了。现在他不这么想,可是过后他会这么想的!"

切尔维亚科夫回到家里,就把他的失态告诉他的妻子。他觉得妻子对

---

① 帝俄的文官,相当于三品或四品文官。

待所发生的这件事似乎过于轻率。她先是吓一跳,可是后来听明白布里兹托洛夫是"在别处工作"的,就放心了。

"不过你还是去一趟,赔个不是的好,"她说,"他会认为你在大庭广众之下举动不得体!"

"说的就是啊!我已经赔过不是了,可是不知怎么,他那样子有点古怪……他连一句合情合理的话也没说。不过那时候也没有工夫细谈。"

第二天,切尔维亚科夫穿上新制服,理了发,到布里兹扎洛夫那儿去解释……他走进将军的接待室,看见那儿有很多人请托各种事情,将军本人夹在他们当中,开始听取各种请求。将军问过几个请托事情的人以后,就抬起眼睛看着切尔维亚科夫。

"昨天,大人,要是您记得的话,在'乐园'①里,"庶务官开始报告说,"我打了个喷嚏,而且……无意中溅您一身唾沫星子……请您原……"

"简直是胡闹……上帝才知道是怎么回事!您有什么事要我效劳吗?"将军扭过脸去对下一个请托事情的人说。

"他话都不愿意说!"切尔维亚科夫暗想,脸色发白,"这是说,他生气了……不行,这种事不能就这样丢开了事……我要对他解释一下……"

等到将军同最后一个请托事情的人谈完话,举步往内室走去,切尔维亚科夫就走过去跟在他身后,叽叽咕咕说:

"大人!倘使我斗胆搅扰大人,那我可以说,纯粹是出于懊悔的心情!……这不是故意的,您要知道才好!"

将军做出一副要哭的脸相,摇了摇手。

"您简直是在开玩笑,先生!"他说着,走进内室去,关上身后的门。

"这怎么会是开玩笑呢?"切尔维亚科夫暗想,"根本连一点开玩笑的意思也没有啊!他是将军,可是竟然不懂!既是这样,我也不想再给这个

---

① 帝俄时代夏季露天花园和剧院常用的名字。

摆架子的人赔罪了！去他的！我给他写封信就是,反正我不想来了！真的,我不想来了！"

切尔维亚科夫这样想着,走回家去。那封给将军的信,他却没有写成。他想了又想,怎么也想不出这封信该怎样写才对。他只好第二天亲自去解释。

"我昨天来打搅大人,"他等到将军抬起问询的眼睛瞧着他,就叽叽咕咕说,"并不是像您所说的那样为了开玩笑。我是来道歉的,因为我打喷嚏,溅了您一身唾沫星子……至于开玩笑,我想都没想过。我敢开玩笑吗?如果我居然开玩笑,那么结果我对大人物就……没一点敬意了……"

"滚出去！！"将军脸色发青,周身打抖,突然大叫一声。

"什么?"切尔维亚科夫低声问道,吓得愣住了。

"滚出去！！"将军顿着脚,又说一遍。

切尔维亚科夫肚子里似乎有个什么东西掉下去了。他什么也看不见,什么也听不见,退到门口,走出去,到了街上,慢腾腾地走着……他信步走到家里,没脱掉制服,往长沙发上一躺,就此……死了。

1883年

【归纳探究】

1. 切尔维亚科夫几次道歉的心情和态度分别是怎样的?而那位将军的反应又是如何?请在文中圈画出相关语句,并结合两位人物的身份谈一谈你的理解。

2. 本文中标点符号的运用对语言表达效果和人物形象塑造起到了重要作用。请带入文中回读,并尝试思考、归纳不同标点符号的作用。

提示:同学们可以重点关注句子中的省略号和感叹号。

# 嫁　妆

【导读】

　　那所小房子隐藏在苍翠的树林里，里面有满屋的嫁妆。"我"的三次拜访，见证了那所小房子里母女生活的巨变。她们心心念念的嫁妆包裹住了对小房子外世界纯真自然的向往，也包裹住了鲜活纯真、富有朝气的美好生命。

　　有生以来我见过很多房子，大的、小的、砖砌的、木头造的、旧的、新的，可是有一所房子特别生动地保留在我的记忆里。不过这不是一幢大房子，而是一所小房子。这是很小的平房，有三个窗子，活像一个老太婆，矮小，伛偻，头上戴着包发帽。小房子以及它的白灰墙、瓦房顶和灰泥脱落的烟囱，全都隐藏在苍翠的树林里，夹在目前房主人的祖父和曾祖父所栽种的桑树、槐树、杨树当中。那所小房子在苍翠的树林外边是看不见的。然而这一大片绿树林却没有妨碍它成为城里的小房子。它那辽阔的院子跟其他同样辽阔苍翠的院子连成一排，形成莫斯科街的一部分。这条街上从来也没有什么人坐着马车路过，行人也稀少。

　　小房子的百叶窗经常关着：房子里的人不需要亮光。亮光对他们没有用处。窗子从没敞开过，因为住在房子里的人不喜欢新鲜空气。经常居住在桑树、槐树、牛蒡当中的人,对自然界是冷淡的。只有别墅的住客们,上帝才赐给了理解自然界美丽的能力,至于其他的人,对这种美丽却全不理会。无论什么东西,只要有很多,就不为人们所看重。"我们拥有的东西,我们就不珍惜"。其实还不止于此:我们拥有的东西,我们反而不喜欢呢。小房子四周是人间天堂,树木葱茏,栖息着快乐的鸟雀,可是小房子里面,唉!夏天又热又闷,冬天像澡堂里那样热气腾腾,有煤气味,而且乏味,乏味得很……

我头一次访问小房子是很久以前为办一件事而去的:房主人是奇卡玛索夫上校,他托我到那儿去探望他的妻子和女儿。那第一次访问,我记得很清楚。而且,要忘记是不可能的。

请您想象一下当时的情景:您从前堂走进大厅的时候,一个矮小虚胖、四十岁左右的女人带着恐慌和惊愕的神情瞧着您。您是"生人",客人,"年轻人",这就足以使得她惊愕和恐慌了。您手里既没有短锤,也没有斧子,更没有手枪,您满面春风地微笑,可是迎接您的却是惊恐。

"请问,您贵姓?"上了年纪的女人用颤抖的声音问您说,而您认出她就是女主人奇卡玛索娃。

您说出您的姓名,讲明您的来意。惊愕和恐惧就换成尖细而快活的"啊"的一声喊,她的眼珠不住往上翻。这"啊"的一声喊,像回声一样,从前堂传到大厅,从大厅传到客厅,从客厅传到厨房……连续不断,一直传到地窖里。不久,整所房子都充满各种声调的、快活的"啊"。过了五分钟光景,您坐在客厅里一张又软又热的大长沙发上,听见"啊"声已经走出大门,顺着莫斯科街响下去了。

房间里弥漫着除虫粉和新羊皮鞋的气味,皮鞋就放在我身旁的椅子上,用手巾包着。窗台上放着天竺葵和薄纱的女人衣服。衣服上停着吃饱的苍蝇。墙上挂着某主教的油画像,镜框玻璃的一角已经破裂。主教像旁边,是一排祖先们的肖像,一律生着茨冈型的柠檬色脸庞。桌上有一个顶针、一团线和一只没有织完的袜子。地板上放着一件黑色女上衣,潦草地缝在一块纸样上。隔壁房间里有两个惊恐慌张的老太婆,正从地板上拾起纸样和一块块裁衣用的画粉……

"我们这儿,请您原谅,凌乱得很!"奇卡玛索娃说。

奇卡玛索娃一边跟我谈话,一边困窘地斜起眼睛看房门,房门里的人们还在忙着收拾纸样。房门也似乎在发窘,时而微微启开,时而又关上了。

"喂,你有什么事?"奇卡玛索娃对着房门说。

"Où est ma cravate, laquelle mon père n'avait envoyée de Koursk?"①房门里面有个女人的声音问。

"Ah, est-ce que, Marie, que……②唉,难道可以……Nous avons donc chez nous un homme très peu connu par nous③……你问露凯丽雅吧……"

"瞧,我们的法国话说得多么好!"我在奇卡玛索娃的眼睛里读到这样的话。她高兴得满脸通红。

不久房门开了,我看见一个又高又瘦的姑娘,年纪十九岁左右,身穿薄纱的长连衣裙,腰间系着金黄色皮带,我还记得腰带上挂着一把珍珠母扇子。她走进来,行个屈膝礼,脸红了。先是她那点缀着几颗碎麻子的长鼻子红起来,然后从鼻子红到眼睛那儿,再从眼睛红到鬓角那儿。

"这是我的女儿!"奇卡玛索娃用唱歌般的声音说,"这个年轻人,玛涅奇卡④,就是……"

我介绍我自己,然后我对这里纸样之多表示惊讶。母女俩都低下眼睛。

---

① 法语:我父亲从库尔斯克寄给我的那个领结在哪儿?
② 法语:啊,难道,玛丽亚,难道……
③ 法语:现在我们这儿有一个我们不大熟识的人。
④ 玛丽亚的爱称。

"耶稣升天节①,我们此地有一个大市集,"母亲说,"在市集上我们总是买些衣料,然后做整整一年的针线活,直到下个市集为止。我们的衣服从不交给外人去做。我的彼得·谢梅内奇挣的钱不算特别多,我们不能容许自己大手大脚。那就只得自己做了。"

"可是谁要穿这么多的衣服呢?这儿只有你们两个人啊。"

"嗨,……难道这是现在穿的?这不是现在穿的!这是嫁妆!"

"哎呀,妈妈,您在说些什么呀?!"女儿说,脸上泛起红晕,"这位先生真会这样想了……我绝不出嫁!绝不!"

她说着这些话,可是说到"出嫁"两个字,她的眼睛亮了。

她们端来茶、糖、果酱、黄油,然后她们又请我吃加鲜奶油的马林果。傍晚七点钟开晚饭,有六道菜之多。吃晚饭的时候,我听见很响的哈欠声,有人在隔壁房间里大声打哈欠。我惊讶地瞧着房门:只有男人才那样打哈欠呢。

"这是彼得·谢梅内奇的弟弟叶戈尔·谢梅内奇……"奇卡玛索娃发现我吃惊,就解释说,"他从去年起就住在我们这儿。您要原谅他,他不能出来见您。他简直是个野人……见着生人就难为情……他打算进修道院去……他原来做官,后来受人家的气……所以他挺伤心……"

晚饭后,奇卡玛索娃把叶戈尔·谢梅内奇亲手刺绣、准备日后献给教会的一件肩袈裟拿给我看。玛涅奇卡一时也丢开羞怯,把她为爸爸刺绣的一个烟荷包拿给我看。等到我露出赞叹她的活计的样子,她就脸红了,凑着母亲的耳朵小声说了几句话。母亲顿时容光焕发,邀我跟她一块儿到堆房里走一趟。在堆房里,我看见五口大箱子和许多小箱子、小盒子。

"这……就是嫁妆!"母亲对我小声说,"这些衣服都是我们自己

---

① 基督教的节日,在复活节后第四十日。

做的。"

我看了看那些阴沉的箱子，就开始向两个殷勤好客的女主人告辞。她们要我答应日后有空再到她们家里来。

这个诺言，一直到我初次访问过了七年以后，我才有机会履行。这一回我奉命到这个小城里来，在一个讼案中充当鉴定人。我走进我熟悉的那所小房子，又听见"啊"的一声喊……她们认出我来了……当然了！我的头一次访问，在她们的生活里成了十足的大事，凡是很少出大事的地方，大事就记得牢。我走进客厅里，看见母亲长得越发胖了，头发已经花白，正在地板上爬来爬去，裁一块蓝色衣料。女儿坐在长沙发上刺绣。这里仍旧有纸样，仍旧有除虫粉气味，仍旧有那幅画像和残破一角的镜框。不过变化还是有的。主教像旁边挂着彼得·谢梅内奇的肖像，两个女人都穿着丧服。彼得·谢梅内奇是在提升为将军后过一个星期去世的。

回忆开始……将军夫人哭了。

"我们遭到很大的不幸！"她说，"彼得·谢梅内奇……您知道吗？……已经不在人世了。我和她成了孤儿寡母，只得自己照料自己了。叶戈尔·谢梅内奇还活着，不过关于他，我们没有什么好话可说。修道院不肯收他，因为……因为他好喝酒。现在他由于伤心而喝得越发厉害了。我打算到首席贵族那儿去一趟，想告他的状。说来您也不信，他有好几次打开箱子……拿走玛涅奇卡的嫁妆，送给他那些朝圣的香客。有两口箱子已经全拿空了！要是这种情形继续下去，那我的玛涅奇卡的嫁妆就会一点也不剩了……"

"您在说什么呀，妈妈！"玛涅奇卡说，发窘了，"这位先生真不知道会想到哪儿去呢……我绝不出嫁，绝不出嫁！"

玛涅奇卡抬起眼睛来，兴奋而又带着希望，瞧着天花板，看来她不相信她说的话。

一个矮小的男人身影往前堂那边溜过去,他头顶秃一大块,穿着棕色上衣,脚上穿的是套鞋而不是皮靴。他像耗子那样窸窸窣窣地溜过去,不见了。

"这人大概就是叶戈尔·谢梅内奇吧。"我暗想。

我瞧着她们母女俩:两个人都苍老消瘦得厉害。母亲满头闪着银白的光辉。女儿憔悴,萎靡不振,看样子,母亲似乎比女儿至多大五岁光景。

"我打算到首席贵族那儿去一趟,"老太婆对我说,却忘记这话她已经说过了,"我想告状!叶戈尔·谢梅内奇把我们缝的衣服统统拿走,为拯救他的灵魂而不知送给什么人了。我的玛涅奇卡就要没有嫁妆了!"

玛涅奇卡涨红脸,可是这一回却什么话也没说。

"衣服我们只好重新再做,可是话说回来,上帝知道,我们不是阔人!我和她是孤儿寡母啊!"

"我们是孤儿寡母!"玛涅奇卡也说一遍。

去年,命运又驱使我到我熟悉的那所小房子去。我走进客厅,看见老太婆奇卡玛索娃。她穿一身黑衣服,戴着丧章①,坐在长沙发上做针线活。跟她并排坐着的,是个小老头,穿着棕色上衣,脚上蹬着套鞋而不是皮靴。小老头看见我,就跳起来,从客厅里一溜烟跑出去了……

为了回答我的问候,老太婆微微一笑,说:

"Je suis charmée de vous revoir, monsieur."②

"您在缝什么?"过一会儿,我问。

"这是女衬衫。我做好,就送到神甫那儿去,托他代我保管,要不然,叶戈尔·谢梅内奇就会把它拿走。我现在把所有的东西都交托神甫保管了。"她小声说。

---

① 缀在妇女黑色丧服的臂部或衣领上的白布。
② 法语:我现在又见到您,很高兴,先生。

她面前桌子上放着女儿的照片,她看一眼照片,叹口气说:

"要知道我成了孤魂!"

那么她女儿在哪儿呢?玛涅奇卡在哪儿呢?我没问穿着重丧服的老太婆,我不想问。不论是我在这所小房子里坐着,还是后来我站起来告辞的时候,玛涅奇卡都没走出来见我,我既没听见她的说话声,也没听见她那轻微胆怯的脚步声……一切都明明白白,于是我的心头感到沉重极了。

1883年

【归纳探究】

1. 契诃夫在塑造人物时善用夸张的手法巧妙地营造表达效果,从而进一步展现人物形象。请你在母亲和女儿两个形象中二选一,画出文中作者见到她们时,最能体现人物状态的、运用了夸张手法的语句。

2. 本文中存在着较多的对比描写,请从以下两组中选择一组,尝试用四字词语概括对比出的不同特点。

①小房子屋内外的环境

②"我"第一次拜访时,讲明来意前后母女二人的反应

3. 文中有这样一句话:"我们拥有的东西,我们反而不喜欢呢。"请结合小说内容谈一谈你的理解。

# 胖子和瘦子

【导读】

　　亲爱的同学们，你是否有过和好友久别重逢的经历？当时你的心情如何，你们会聊起哪些话题？在这篇小说中，胖子和瘦子两位好友重逢时感到"愉快的惊讶"，但随着叙旧谈新，告别时瘦子一家却感到"愉快的震惊"。这其中发生了什么呢？

　　尼古拉铁路①一个火车站上，有两个朋友相遇：一个是胖子，一个是瘦子。胖子刚在火车站上吃过饭，嘴唇上沾着油而发亮，就跟熟透的樱桃一样。他身上冒出白葡萄酒和香橙花的气味。瘦子刚从火车上下来，拿着皮箱、包裹和硬纸盒。他冒出火腿和咖啡渣的气味。他背后站着一个长下巴的瘦女人，是他的妻子。还有一个高身量的中学生，眯细一只眼睛，是他的儿子。

　　"波尔菲里！"胖子看见瘦子，叫起来，"真是你吗？我的朋友！有多少个冬天，多少个夏天没见面了！"

　　"哎呀！"瘦子惊奇地叫道，"米沙！小时候的朋友！你这是从哪

---

① 在莫斯科和彼得堡之间的一条铁路，以沙皇尼古拉一世命名。

儿来?"

两个朋友互相拥抱,吻了三次,然后彼此打量着,眼睛里含满泪水。两个人都感到愉快的惊讶。

"我亲爱的!"瘦子吻过胖子后开口说,"这可没有料到!真是出其不意!嗯,那你就好好地看一看我!你还是从前那样的美男子!还是那么个风流才子,还是那么讲究穿戴!啊,天主!嗯,你怎么样?很阔气吗?结了婚吗?我呢,你看得明白,已经结婚了……这就是我的妻子路易丝,娘家姓万采巴赫……她是新教徒……这是我儿子纳法奈尔,中学三年级学生。这个人,纳法尼亚①,是我小时候的朋友!我们一块儿在中学里念过书!"

纳法奈尔想了一会儿,脱下帽子。

"我们一块儿在中学里念过书!"瘦子继续说,"你还记得大家怎样拿你开玩笑吗?他们给你起个外号叫赫洛斯特拉托斯②,因为你用纸烟把课本烧穿一个洞。他们也给我起个外号叫厄菲阿尔忒斯③,因为我喜欢悄悄到老师那儿去打同学们的小报告。哈哈……那时候咱们都是小孩子!你别害怕,纳法尼亚!你自管走过去,离他近点……这是我妻子,娘家姓万采巴赫……新教徒。"

纳法奈尔想了一会儿,躲到父亲背后去了。

"嗯,你的景况怎么样,朋友?"胖子问,热情地瞧着朋友,"你在哪儿当官?做到几品官了?"

"我是在当官,我亲爱的!我已经做了两年八品文官,还得了斯坦尼斯拉夫勋章。我的薪金不多……哎,那也没关系!我妻子教音乐课,我呢,私下里用木头做烟盒。很精致的烟盒呢!我卖一卢布一个。要是有人要十个或者十个以上,那么你知道,我就给他打个折扣。我们好歹也混下来

---

① 纳法奈尔的爱称。
② 希腊人,公元前三五六年放火烧掉了以弗所城狄安娜神庙,因而闻名。
③ 希腊人,公元前五世纪,为波斯军队带路,出卖同胞,引敌入境。

了。你知道,我原来在衙门里做科员,如今调到这儿同一类机关里做科长……我往后就在这儿工作了。嗯,那么你怎么样?恐怕已经做到五品文官了吧?啊?"

"不,我亲爱的,你还要说得高一点才成,"胖子说,"我已经做到三品文官……有两枚星章了。"

瘦子突然脸色变白,呆若木鸡,然而他的脸很快就往四下里扯开,做出顶畅快的笑容,仿佛他脸上和眼睛里不住迸出火星来似的。他把身体缩起来,哈着腰,显得矮了半截……他的皮箱、包裹和硬纸盒也都收缩起来,好像现出皱纹来了……他妻子的长下巴越发长了。纳法奈尔挺直身体,做出立正的姿势,把他制服的纽扣全都扣上……

"我,大人……很愉快!您,可以说,原是我儿时的朋友,现在忽然间,青云直上,做了这么大的官,您老!嘻嘻。"

"哎,算了吧!"胖子皱起眉头说,"何必用这种腔调讲话呢?你我是小时候的朋友,哪里用得着官场的那套奉承!"

"求上帝饶恕我……您怎能这样说呢,您老……"瘦子赔笑道,把身体缩得越发小了,"多承大人体恤关注……有如使人再生的甘霖……这一个,大人,是我的儿子纳法奈尔……这是我的妻子路易丝,在某种程度上说,是新教徒……"

胖子本来打算反驳他,可是瘦子脸上露出那么一副尊崇敬畏、阿谀谄媚、低首下心的丑相,弄得三品文官恶心得要呕。他扭过脸去不再看瘦子,光是对他伸出一只手来告别。

瘦子握了握那只手的三个手指头,弯下整个身子去深深一鞠躬,嘴里发出像中国人那样的笑声:"嘻嘻嘻。"他妻子微微一笑。纳法奈尔并拢脚跟立正,把制帽掉在地下了。三个人都感到愉快的震惊。

1883 年

【归纳探究】

1.本文的语言表达很有特色,人物描写运用了大量生动、形象的比喻和夸张手法,请圈画或摘抄其中你觉得最为精彩传神的一句。

如:胖子刚在火车上吃过饭,嘴唇上沾着油而发亮,就跟熟透的樱桃一样。

他的皮箱、包裹和硬纸盒也都收缩起来,好像现出皱纹来了……

2.瘦子在得知胖子的身份后,说话的用词、口气,举止的神态、动作都产生了对照鲜明的变化,如瘦子的笑声由"哈哈"变成了"嘻嘻",对胖子的称呼由"你"变成了"您",请思考其中的原因是什么。同时,也请体会作者前后对照的、巧妙的行文结构设计。

# 变色龙[1]

【导读】

在汉语中我们会遇到一些借助动物身上的某种突出特征来讽喻具有相似特征的一类人的成语或俗语,如"铁公鸡""狗腿子""狐假虎威""井底之蛙"。无独有偶,契诃夫笔下的这篇经典代表作《变色龙》中,警官奥丘梅洛夫是怎样像变色龙一样,在众人面前变来变去、丑态尽出的呢?让我们走进小说,一起看一看吧!

警官奥丘梅洛夫穿着新的军大衣,手里拿着个小包,穿过市集的广场。他身后跟着个警察,生着棕红色头发,端着一个粗箩,里面盛着没收来的醋栗,装得满满的。四下里一片寂静……广场上连人影也没有。小铺和酒店敞开大门,无精打采地面对着上帝创造的这个世界,像是一张张饥饿的嘴巴。店门附近连一个乞丐都没有。

"你竟敢咬人,该死的东西!"奥丘梅洛夫忽然听见说话声,"伙计们,别放走它!如今咬人可不行!抓住它!哎哟……哎哟!"

狗的尖叫声响起来。奥丘梅洛夫往那边一看,瞧见商人皮丘金的木柴

---

[1] 蜥蜴类动物,其肤色随环境不同而改变。

场里蹿出来一条狗,用三条腿跑路,不住地回头看。在它身后,有一个人追出来,穿着浆硬的花布衬衫和敞开怀的坎肩。他紧追那条狗,身子往前一探,扑倒在地,抓住那条狗的后腿。紧跟着又传来狗叫声和人喊声:"别放走它!"带着睡意的脸纷纷从小铺里探出来,不久木柴场门口就聚了一群人,像是从地底下钻出来的一样。

"仿佛出乱子了,长官!……"警察说。

奥丘梅洛夫把身子微微往左边一转,迈步往人群那边走过去。在木柴场门口,他看见上述那个敞开坎肩的人站在那儿,举起右手,伸出一根血淋淋的手指头给那群人看。他那张半醉的脸上露出这样的神情:"我要揭你的皮,坏蛋!"而且那根手指头本身就像是一面胜利的旗帜。奥丘梅洛夫认出这个人就是首饰匠赫留金。闹出这场乱子的祸首是一条白毛小猎狗,尖尖的脸,背上有一块黄斑,这时候坐在人群中央的地上,前腿劈开,浑身发抖。它那含泪的眼睛里流露出苦恼和恐惧。

"这儿出了什么事?"奥丘梅洛夫挤到人群中去,问道,"你在这儿干什么?你干吗竖起手指头?……是谁在嚷?"

"我本来走我的路,长官,没招谁没惹谁……"赫留金凑着空拳头咳嗽,开口说,"我正跟米特里·米特里奇谈木柴的事,忽然间,这个坏东西无缘无故把我的手指头咬一口……请您原谅我,我是个干活的人……我的活儿细致。这得赔我一笔钱才成,因为我也许一个星期都不能动这根手指头了……法律上,长官,也没有这么一条,说是人受了畜生的害就该忍着……要是人人都遭狗咬,那还不如别在这个世界上活着的好……"

"嗯!……好……"奥丘梅洛夫严厉地说,咳嗽着,动了动眉毛,"好……这是谁家的狗?这种事我不能放过不管。我要拿点颜色出来叫那些放出狗来闯祸的人看看!现在也该管管不愿意遵守法令的老爷们了!等到罚了款,他,这个混蛋,才会明白把狗和别的畜生放出来有什么下场!

我要给他点厉害瞧瞧！……叶尔德林，"警官对警察说，"你去调查清楚这是谁家的狗，打个报告上来！这条狗得打死才成。不许拖延！这多半是条疯狗……我问你们：这是谁家的狗？"

"这条狗像是日加洛夫将军家的！"人群里有个人说。

"日加洛夫将军家的？嗯！……你，叶尔德林，把我身上的大衣脱下来……天好热！大概快要下雨了……只是有一件事我不懂：它怎么会咬你的？"奥丘梅洛夫对赫留金说，"难道它够得到你的手指头？它身子矮小，可是你，要知道，长得这么高大！你这个手指头多半是让小钉子扎破了，后来却异想天开，要人家赔你钱了。你这种人啊……谁都知道是个什么路数！我可知道你们这些魔鬼！"

"他，长官，把他的雪茄烟戳到它脸上去，拿它开心。它呢，不肯做傻瓜，就咬了他一口……他是个无聊的人，长官！"

"你胡说，独眼龙！你眼睛看不见，为什么胡说？长官是明白人，看得出来谁胡说，谁像当着上帝的面一样凭良心说话……我要胡说，就让调解法官①审判我好了。他的法律上写得明白……如今大家都平等了……不瞒您说……我弟弟就在当宪兵……"

"少说废话！"

"不，这条狗不是将军家的……"警察深思地说，"将军家里没有这样的狗。他家里的狗大半是大猎狗……"

"你拿得准吗？"

"拿得准，长官……"

"我自己也知道。将军家里的狗都名贵，都是良种，这条狗呢，鬼才知道是什么东西！毛色不好，模样也不中看……完全是下贱货……他老人家会养这样的狗？！你的脑筋上哪儿去了？要是这样的狗在彼得堡或者莫斯

---

① 帝俄时代的保安法官，只审理小案子。

科让人碰上,你们知道会怎样?那才不管什么法律不法律,一转眼的工夫就叫它断了气!你,赫留金,受了苦,这件事不能放过不管……得教训它们一下!是时候了……"

"不过也可能是将军家的狗……"警察把他的想法说出来,"它脸上又没写着……前几天我在他家院子里就见到过这样一条狗。"

"没错儿,是将军家的!"人群里有人说。

"嗯!……你,叶尔德林老弟,给我穿上大衣吧……好像起风了……怪冷的……你带着这条狗到将军家里去一趟,在那儿问一下……你就说这条狗是我找着,派你送去的……你说以后不要把它放到街上来。也许它是名贵的狗,要是每个猪猡都拿雪茄烟戳到它脸上去,要不了多久就能把它作践死。狗是娇嫩的动物嘛……你,蠢货,把手放下来!用不着把你那根蠢手指头摆出来!这都怪你自己不好!……"

"将军家的厨师来了,我们来问问他吧……喂,普罗霍尔!你过来,亲爱的!你看看这条狗……是你们家的吗?"

"瞎猜!我们那儿从来也没有过这样的狗!"

"那就用不着费很多工夫去问了,"奥丘梅洛夫说,"这是条野狗!用不着多说了……既然他说是野狗,那就是野狗……弄死它算了。"

"这条狗不是我们家的,"普罗霍尔继续说,"可这是将军哥哥的狗,他前几天到我们这儿来了。我们的将军不喜欢这种狗。他老人家的哥哥却喜欢……"

"莫非他老人家的哥哥来了?弗拉基米尔·伊万内奇来了?"奥丘梅洛夫问,他整个脸上洋溢着动情的笑容,"可了不得,主啊!我还不知道呢!他要来住一阵吧?"

"住一阵……"

"可了不得,主啊!……他是惦记弟弟了……可我还不知道呢!那么这是他老人家的狗？很高兴……你把它带去吧……这条小狗怪不错的……挺伶俐……它把这家伙的手指头咬一口！哈哈哈！……咦,你干吗发抖？呜呜……呜呜……它生气了,小坏包……好一条小狗……"

普罗霍尔把狗叫过来,带着它离开了木柴场……那群人就对着赫留金哈哈大笑。

"我早晚要收拾你！"奥丘梅洛夫对他威胁说,然后把身上的大衣裹一裹紧,穿过市集的广场,径自走了。

1884年

【归纳探究】

1. 围绕"狗的主人是谁"的问题,奥丘梅洛夫对狗的称呼和态度在短短几分钟内发生了整整六次变化。请你结合文中的表述,用曲线图的方式将这种变化呈现出来。

2. 本篇小说中有大量的对话,请试着邀请自己的同学或朋友,选择其中的一个或多个场景进行角色表演。在表演中借助台词、动作、神态、细节等表现人物的心理活动。

3. 你还读过哪些像《变色龙》一样具有讽喻特点的作品？试着和同学们分享你的阅读经历。

# 专题导读二

## 《苦恼》《万卡》《渴睡》(三篇)

　　1884年至1886年,擅长幽默讽刺的契诃夫将更多的关注转向了社会底层的劳动者。孤独年迈的马车夫约纳、生活苦楚的九岁小鞋匠万卡、可怜的十三岁小保姆瓦丽卡,这些人在喧嚣浮华的大城市做着最辛苦的工作,身心都承受着痛苦。他们是上了年纪的父亲、正在成长的儿童和少年。

　　阅读这些令人落泪的小说,同学们需要用带着最真诚的态度去了解、同情主人公的经历,思考作者契诃夫在简洁朴实的文字中融入的善良与悲悯。

　　这一专题选取的三篇小说的语言具有较强的情感感染力,特别是小说结尾的设计,言有尽而意无穷,同学们可以借助朗读、摘抄、圈画批注、表格梳理等不同方法,帮助自己进一步理解作者精妙的语言艺术和深挚的人文情怀。

# 苦　恼

【导读】

　　茫茫雪地里，马车夫约纳和自己的小马静静地等待着"倾听者"，他的儿子刚死不久，他需要把心中的苦恼向他人诉说，可是努力尝试了四次，都失败了，最后只能把心里的话统统讲给瘦弱的小马。《苦恼》是契诃夫创作中极具影响力的一篇，英国作家凯瑟琳·曼斯菲尔德曾有这样的评价："如果法国的全部短篇小说都毁于一炬，而这个短篇小说(《苦恼》)留存下来的话，我也不会感到可惜。"

我向谁去诉说我的悲伤？[①] ……

　　暮色昏暗。大片的湿雪绕着刚点亮的街灯懒洋洋地飘飞，落在房顶、马背、肩膀、帽子上，积成又软又薄的一层。车夫约纳·波塔波夫周身雪白，像是一个幽灵。他在赶车座位上坐着，一动也不动，身子往前伛着，伛到了活人的身子所能伛到的最大限度。即使有一个大雪堆倒在他的身上，仿佛他也会觉得不必把身上的雪抖掉似的……他那匹小马也是一身白，也

---

① 引自宗教诗《约瑟夫的哭泣和往事》。——俄文本编者注

是一动都不动。它那呆呆不动的姿态、它那瘦骨嶙峋的身架、它那棍子般直挺挺的腿,使它活像那种花一个戈比就能买到的马形蜜糖饼干。它多半在想心思。不论是谁,只要被人从犁头上硬拉开,从熟悉的灰色景致里硬拉开,硬给丢到这儿来,丢到这个充满古怪的亮光、不停的喧嚣、熙攘的行人的漩涡当中来,那他就不会不想心事……

约纳和他的瘦马已经有很久停在那个地方没动了。他们还在午饭以前就从大车店里出来,至今还没拉到一趟生意。可是现在傍晚的暗影已经笼罩全城。街灯的黯淡的光已经变得明亮生动,街上也变得热闹起来了。

"赶车的,到维堡区①去!"约纳听见了喊声,"赶车的!"

约纳猛地哆嗦一下,从沾着雪花的睫毛里望出去,看见一个军人,穿一件带风帽的军大衣。

"到维堡区去!"军人又喊了一遍,"你睡着了还是怎么的?到维堡区去!"

为了表示同意,约纳就抖动一下缰绳,于是从马背上和他肩膀上就有大片的雪撒下来……那个军人坐上了雪橇。车夫吧嗒着嘴唇叫马往前走,然后像天鹅似的伸长了脖子,微微欠起身子,与其说是由于必要,不如说是出于习惯地挥动一下鞭子。那匹瘦马也伸长脖子,弯起它那像棍子一样的腿,迟疑地离开原地走动起来了……

"你往哪儿闯,鬼东西!"约纳立刻听见那一团团川流不息的黑影当中发出了喊叫声,"鬼把你支使到哪儿去啊?靠右走!"

"你连赶车都不会!靠右走!"军人生气地说。

一个赶轿式马车的车夫破口大骂。一个行人恶狠狠地瞪他一眼,抖掉自己衣袖上的雪,行人刚刚穿过马路,肩膀撞在那匹瘦马的脸上。约纳在赶车座位上局促不安,像是坐在针尖上似的,往两旁撑开胳膊肘,不住转动

---

① 地名,在圣彼得堡。

24

眼珠,就跟有鬼附了体一样,仿佛他不明白自己是在什么地方,也不知道为什么在那儿似的。

"这些家伙真是混蛋!"那个军人打趣地说,"他们简直是故意来撞你,或者故意要扑到马蹄底下去。他们这是互相串通好的。"

约纳回过头去瞧乘客,努动他的嘴唇……他分明想说话,然而从他的喉咙里却没吐出一个字来,只发出咝咝的声音。

"什么?"军人问。

约纳撇着嘴苦笑一下,嗓子眼用一下劲,这才沙哑地说出口:

"老爷,那个,我的儿子……这个星期死了。"

"哦!……他是害什么病死的?"

约纳掉转整个身子朝着乘客说:

"谁知道呢!多半是得了热病吧……他在医院里躺了三天就死了……这是上帝的旨意哟。"

"你拐弯啊,魔鬼!"黑地里发出了喊叫声,"你瞎了眼还是怎的,老狗!用眼睛瞧着!"

"赶你的车吧,赶你的车吧……"乘客说,"照这样走下去,明天也到不了。快点走!"

车夫就又伸长脖子,微微欠起身子,用一种稳重的优雅姿势挥动他的鞭子。后来他有好几次回过头去看他的乘客,可是乘客闭上眼睛,分明不愿意再听了。他把乘客拉到维堡区以后,就把雪橇赶到一家饭馆旁边停下来,坐在赶车座位上伛下腰,又不动了……湿雪又把他和他的瘦马涂得满身是白。一个钟头过去,又一个钟头过去了……

人行道上有三个年轻人路过,把套靴踩得很响,互相诟骂,其中两个人又高又瘦,第三个却矮而驼背。

"赶车的,到警察桥去!"那个驼子用破锣般的声音说,"一共三个人……二十戈比！"

约纳抖动缰绳，吧嗒嘴唇。二十戈比的价钱是不公道的，然而他顾不上讲价了……一个卢布也罢，五戈比也罢，如今在他都是一样，只要有乘客就行……那几个青年人就互相推搡着，嘴里骂声不绝，走到雪橇跟前，三个人一齐抢到座位上去。这就有一个问题需要解决：该哪两个坐着，哪一个站着呢？经过长久的吵骂、变卦、责难以后，他们总算做出了决定：应该让驼子站着，因为他最矮。

"好，走吧！"驼子站在那儿，用破锣般的嗓音说，对着约纳的后脑壳喷气，"快点跑！嘿，老兄，瞧瞧你的这顶帽子！全彼得堡也找不出比这更糟的了……"

"嘻嘻……嘻嘻……"约纳笑着说，"凑合着戴吧……"

"喂，你少废话，赶车！莫非你要照这样走一路？是吗？要给你一个脖儿拐吗？……"

"我的脑袋痛得要炸开了……"一个高个子说，"昨天在杜克马索夫家里，我跟瓦西卡一块儿喝了四瓶白兰地。"

"我不明白，你何必胡说呢？"另一个高个子愤愤地说，"他胡说八道，就跟畜生似的。"

"要是我说了假话，就叫上帝惩罚我！我说的是实情……"

"要说这是实情，那么，虱子能咳嗽也是实情了。"

"嘻嘻！"约纳笑道，"这些老爷真快活！"

"呸，见你的鬼！……"驼子愤慨地说，"你到底赶不赶车，老不死的？难道就这样赶车？你抽它一鞭子！唷，魔鬼！唷！使劲抽它！"

约纳感到他背后驼子的扭动的身子和颤动的声音。他听见那些骂他的话，看到这几个人，孤单的感觉就逐渐从他的胸中消散了。驼子骂个不停，诌出一长串稀奇古怪的骂人话，直骂得透不过气来，连连咳嗽。那两个高个子讲起一个叫娜杰日达·彼得罗夫娜的女人。约纳不住地回过头去看他们。正好他们的谈话短暂地停顿一下,他就再次回过头去,嘟嘟哝哝说:

"我的……那个……我的儿子这个星期死了!"

"大家都要死的……"驼子咳了一阵,擦擦嘴唇,叹口气说,"得了,你赶车吧,你赶车吧!诸位先生,照这样的走法我再也受不住了!他什么时候才会把我们拉到呢?"

"那你就稍微鼓励他一下……给他一个脖儿拐!"

"老不死的,你听见没有?真的,我要揍你的脖子了!……跟你们这班人讲客气,那还不如索性走路的好!……你听见没有,老龙[①]?莫非你根本就不把我们的话放在心上?"

约纳与其说是感到,不如说是听到他的后脑勺上啪的一响。

"嘻嘻……"他笑道,"这些快活的老爷……愿上帝保佑你们!"

"赶车的,你有老婆吗?"高个子问。

"我?嘻嘻……这些快活的老爷!我的老婆现在成了烂泥地啰……哈哈哈!……在坟墓里!……现在我的儿子也死了,可我还活着……这真是怪事,死神认错门了……它原本应该来找我,却去找了我的儿子……"

约纳回转身,想讲一讲他儿子是怎样死的,可是这时候驼子轻松地呼出一口气,声明说,谢天谢地,他们终于到了。约纳收下二十戈比以后,久久地看着那几个游荡的人的背影,后来他们走进一个黑暗的大门口,不见了。他又孤身一人,寂寞又向他侵袭过来……他的苦恼刚淡忘了不久,如今重又出现,更有力地撕扯他的胸膛。约纳的眼睛不安而痛苦地打量街道两旁川流不息的人群:在这成千上万的人当中有没有一个人愿意听他倾诉衷曲呢?然而人群奔走不停,谁都没有注意到他,更没有注意到他的苦

---

① 原文是"高雷内奇龙",俄国神话中的一条怪龙。在此用作骂人的话。

恼……那种苦恼是广大无垠的。如果约纳的胸膛裂开,那种苦恼滚滚地涌出来,那它仿佛就会淹没全世界,可是话虽如此,它却是人们看不见的。这种苦恼竟包藏在这么一个渺小的躯壳里,就连白天打着火把也看不见……

约纳瞧见一个扫院子的仆人拿着一个小蒲包,就决定跟他攀谈一下。

"老哥,现在几点钟了?"他问。

"九点多钟……你停在这儿干什么?把你的雪橇赶开!"

约纳把雪橇赶到几步以外去,伛下腰,听凭苦恼来折磨他……他觉得向别人诉说也没有用了……可是五分钟还没过完,他就挺直身子,摇着头,仿佛感到一阵剧烈的疼痛似的;他拉了拉缰绳……他受不住了。

"回大车店去,"他想,"回大车店去!"

那匹瘦马仿佛领会了他的想法,就小跑起来。大约过了一个半钟头,约纳已经在一个肮脏的大火炉旁边坐着了。炉台上,地板上,长凳上,人们鼾声四起。空气又臭又闷。约纳瞧着那些睡熟的人,搔了搔自己的身子,后悔不该这么早就回来……

"连买燕麦①的钱都还没挣到呢,"他想,"这就是我会这么苦恼的缘故了。一个人要是会料理自己的事……让自己吃得饱饱的,自己的马也吃得饱饱的,那他就会永远心平气和……"

墙角上有一个年轻的车夫站起来,带着睡意嗽一嗽喉咙,往水桶那边走去。

"你是想喝水吧?"约纳问。

"是啊,想喝水!"

"那就痛痛快快地喝吧……我呢,老弟,我的儿子死了……你听说了吗?这个星期在医院里死掉的……竟有这样的事!"

约纳看一下他的话产生了什么影响,可是一点影响也没看见。那个青

---

① 马的饲料。

年人已经盖好被子,连头蒙上,睡着了。老人就叹气,搔他的身子……如同那个青年人渴望喝水一样,他渴望说话。他的儿子去世快满一个星期了,他却至今还没有跟任何人好好地谈一下这件事……应当有条有理,详详细细地讲一讲才是……应当讲一讲他的儿子怎样生病,怎样痛苦,临终说过些什么话,怎样死掉……应当描摹一下怎样下葬,后来他怎样到医院里去取死人的衣服。他有个女儿阿尼西娅住在乡下……关于她也得讲一讲……是啊,他现在可以讲的还会少吗?听的人应当惊叫,叹息,掉泪……要是能跟娘儿们谈一谈,那就更好。她们虽然都是蠢货,可是听不上两句就会哭起来。

"去看一看马吧,"约纳想,"要睡觉,有的是时间……不用担心,总能睡够的。"

他穿上衣服,走到马房里,他的马就站在那儿。他想起燕麦、草料、天气……关于他的儿子,他独自一人的时候是不能想的……跟别人谈一谈倒还可以,至于想他,描摹他的模样,那太可怕,他受不了……

"你在吃草吗?"约纳问他的马说,看见了它的发亮的眼睛,"好,吃吧,吃吧……既然买燕麦的钱没有挣到,那咱们就吃草好了……是啊……我已经太老,不能赶车了……该由我的儿子来赶车才对,我不行了……他才是个地道的马车夫……只要他活着就好了……"

约纳沉默了一会儿,继续说:

"就是这样嘛,我的小母马……库兹马·约内奇不在了……他下世了……他无缘无故死了……比方说,你现在有个小驹子,你就是这个小驹子的亲娘……忽然,比方说,这个小驹子下世了……你不是要伤心吗?"

那匹瘦马嚼着草料,听着,向它主人的手上哈气。

约纳讲得入了迷,就把他心里的话统统对它讲了……

1886 年

**【归纳探究】**

1. 车夫约纳尝试向哪些人诉说自己内心的苦恼与悲痛？（请注意思考这些人不同的社会身份。）这些人的反应如何？你觉得当时约纳内心的情绪是怎样的？请你边阅读边记录，并完成下面的表格。

| 诉说对象 | 这些人的反应 | 当时约纳内心的情绪如何？ |
|---|---|---|
|  |  |  |
|  |  |  |
|  |  |  |
|  |  |  |

2. 小说的最后写道："那匹瘦马嚼着草料，听着，向它主人的手上哈气。约纳讲得入了迷，就把他心里的话统统对它讲了……"

多么动情而悲伤的文字！请带着感情认真朗读小说结尾部分的文字。

3. 当人不能与自己的同类进行交流，便不得不从其他族类中寻找交流的对象。请结合标题下面的题词："我向谁去诉说我的悲伤？"进行思考。

| "我" | 向谁去诉说 | "我"的悲伤 |
|---|---|---|
| 如果"我"是约纳： |  |  |
| 如果"我"是作者契诃夫： |  |  |
| 你是否读到过类似的"我"： |  |  |
| 你是否也曾经是这个"我"： |  |  |

4. 相关评价及推荐阅读：

①被誉为"英国契诃夫"的作家凯瑟琳·曼斯菲尔德曾这样评价：

"我愿意将莫泊桑的全部作品换取契诃夫的一个短篇小说。"

"如果法国的全部短篇小说都毁于一炬,而这个短篇小说(《苦恼》)留存下来的话,我也不会感到可惜。"

②一位俄国评论家在分析《苦恼》的价值时,做了这么一段论述:

20世纪文学的重要主题——人的隔膜、隔绝、孤独的主题……契诃夫在下层人物的生活场景中捕捉到了这个涵盖一切的、具有全人类性的问题。约纳的苦恼乃是具有全人类性的苦恼。

③推荐阅读:鲁迅先生的短篇小说《祝福》

# 万　卡

**【导读】**

　　圣诞节的前夜,抱着美好希望的小万卡,戴上帽子,顾不上披皮袄,只穿着衬衫就跑到街上去了……他跑到就近的一个邮筒,把那封宝贵的信塞进了筒口……

　　那封写着"寄交乡下祖父收"的信会带来小万卡睡梦中的美好场景吗?

　　九岁的男孩万卡·茹科夫三个月前被送到靴匠阿利亚兴的铺子里来做学徒。在圣诞节的前夜,他没有上床睡觉。他等到老板夫妇和师傅们出外去做晨祷后,从老板的立柜里取出一小瓶墨水和一支安着锈笔尖的钢笔,然后在自己面前铺平一张揉皱的白纸,写起来。他在写下第一个字以前,好几次战战兢兢地回过头去看一下门口和窗子,斜起眼睛瞟一眼乌黑的圣像和那两旁摆满鞋楦头的架子,断断续续地叹气。那张纸铺在一条长凳上,他自己在长凳前面跪着。

　　"亲爱的爷爷,康斯坦丁·马卡雷奇!"他写道,"我在给你写信。祝您圣诞节好,求上帝保佑你万事如意。我没爹没娘,只剩下你一个亲人了。"

　　万卡抬起眼睛看着乌黑的窗子,窗上映着他的蜡烛的影子。他生动地想起他的祖父康斯坦丁·马卡雷奇,地主席瓦列夫家的守夜人的模样。那是个矮小精瘦而又异常矫健灵活的小老头,年纪约莫六十五岁,老是笑容满面,眯着醉眼。白天他在仆人的厨房里睡觉,或者跟厨娘们取笑,到夜里就穿上肥大的羊皮袄,在庄园四周走来走去,不住地敲梆子。他身后跟着两条狗,耷拉着脑袋,一条是老母狗卡什坦卡,一条是泥鳅,它得了这样的外号,是因为它的毛是黑的,而且身子细长,像是黄鼠狼。这条泥鳅倒是异常恭顺亲热的,不论见着自家人还是见着外人,一概用脉脉含情的目光瞧着,然而它是靠不住的。在它的恭顺温和的后面,隐藏着极其狡狯的险恶用心。任凭哪条狗也不如它那么善于抓住机会,悄悄溜到人的身旁,在腿肚子上咬一口,或者钻进冷藏室里去,或者偷农民的鸡吃。它的后腿已经不止一次被人打断,有两次人家索性把它吊起来,而且每个星期都把它打得半死,不过它老是养好伤,又活下来了。

眼下他祖父一定在大门口站着,眯细眼睛看乡村教堂的通红的窗子,顿着穿高统毡靴的脚,跟仆人们开玩笑。他的梆子挂在腰带上。他冻得不时拍手,缩起脖子,一会儿在女仆身上捏一把,一会儿在厨娘身上拧一下,发出苍老的笑声。

"咱们来吸点鼻烟,好不好?"他说着,把他的鼻烟盒送到那些女人跟前。

女人们闻了点鼻烟,不住打喷嚏。祖父乐得什么似的,发出一连串快活的笑声,嚷道:

"快擦掉,要不然,就冻在鼻子上了!"

他还给狗闻鼻烟。卡什坦卡打喷嚏,皱了皱鼻子,委委屈屈,走到一旁去了。泥鳅为了表示恭顺而没打喷嚏,光是摇尾巴。天气好极了。空气纹丝不动,清澈而新鲜。夜色黑暗,可是整个村子以及村里的白房顶,烟囱里冒出来的一缕缕烟子,披着重霜而变成银白色的树木、雪堆,都能看清楚。

繁星布满了整个天空,快活地眨着眼。天河那么清楚地显出来,就好像有人在过节以前用雪把它擦洗过似的……

万卡叹口气,用钢笔蘸一下墨水,继续写道:

"昨天我挨了一顿打。老板揪着我的头发,把我拉到院子里,拿师傅干活用的皮条狠狠地抽我,怪我摇他们摇篮里的小娃娃,一不小心睡着了。上个星期老板娘叫我收拾一条青鱼,我从尾巴上动手收拾,她就抓过那条青鱼,把鱼头直戳到我脸上来。师傅们总是耍笑我,打发我到小酒店里去打酒,怂恿我偷老板的黄瓜,老板随手捞到什么就用什么打我。吃食是什么也没有。早晨吃面包,午饭喝稀粥,晚上又是面包,至于茶啦,白菜汤啦,只有老板和老板娘才大喝而特喝。他们叫我睡在过道里,他们的小娃娃一哭,我就根本不能睡觉,一股劲儿摇摇篮。亲爱的爷爷,发发上帝那样的慈悲,带着我离开这儿,回家去,回到村子里去吧,我再也熬不下去了……我给你叩头了,我会永远为你祷告上帝,带我离开这儿吧,不然我就要死了……"

万卡嘴角撇下来,举起黑拳头揉一揉眼睛,抽抽搭搭地哭了。

"我会给你搓碎烟叶,"他接着写道,"为你祷告上帝,要是我做了错事,就自管抽我,像抽西多尔的山羊那样。要是你认为我没活儿干,那我就去求总管看在基督面上让我给他擦皮靴,或者替菲德卡去做牧童。亲爱的爷爷,我再也熬不下去,简直只有死路一条了。我本想跑回村子,可又没有皮靴,我怕冷。等我长大了,我报这个恩,养活你,不许人家欺侮你,等你死了,我就祷告,求上帝让你的灵魂安息,就跟为我妈佩拉格娅祷告一样。

"莫斯科是个大城。房屋全是老爷们的。马倒是有很多,羊却没有,狗也不凶。这儿的孩子不举着星星走来走去①,唱诗班也不准人随便参加唱歌。有一回我在一家铺子的橱窗里看见些钓钩摆着卖,都安好了钓丝,

---

① 指基督教的习俗:圣诞节前夜小孩们举着用箔纸糊的星星走来走去。

能钓各式各样的鱼,很不错,有一个钓钩甚至经得起一普特重的大鲶鱼呢。我还看见几家铺子卖各式各样的枪,跟老爷的枪差不多,每支枪恐怕要卖一百卢布……肉铺里有野乌鸡,有松鸡,有兔子,可是这些东西是在哪儿打来的,铺子里的伙计却不肯说。

"亲爱的爷爷,等到老爷家里摆着圣诞树,上面挂着礼物,你就给我摘下一个用金纸包着的核桃,收在那口小绿箱子里。你问奥莉加·伊格纳季耶夫娜小姐要吧,就说是给万卡的。"

万卡声音发颤地叹一口气,又凝神瞧着窗子。他回想祖父总是到树林里去给老爷家砍圣诞树,带着孙子一路去。那种时候可真快活啊!祖父喀喀地咳嗽,严寒把树木冻得咔咔地响,万卡就学他们的样子也喀喀地叫。往往在砍树以前,祖父先吸完一袋烟,闻很久的鼻烟,讪笑冻僵的万卡……那些做圣诞树用的小云杉披着白霜,站在那儿不动,等着看它们谁先死掉。冷不防,不知从哪儿来了一只野兔,在雪堆上像箭似的蹿过去。祖父忍不住叫道:

"抓住它,抓住它……抓住它!嘿,短尾巴鬼!"

祖父把砍倒的云杉拖回老爷的家里,大家就动手装点它……忙得最起劲的是万卡喜爱的奥莉加·伊格纳季耶夫娜小姐。当初万卡的母亲佩拉格娅还活着,在老爷家里做女仆的时候,奥莉加·伊格纳季耶夫娜就常给万卡糖果吃,闲着没事做便教他念书,写字,从一数到一百,甚至教他跳卡德里尔舞。可是等到佩拉格娅一死,孤儿万卡就给送到仆人的厨房去跟祖父住在一起,后来又从厨房给送到莫斯科的靴匠阿利亚兴的铺子里来了……

"你来吧,亲爱的爷爷,"万卡接着写道,"我求你看在基督和上帝面上带我离开这儿吧。你可怜我这个不幸的孤儿吧,这儿人人都打我,我饿得要命,气闷得没法说,老是哭。前几天老板用鞋楦头打我,把我打得昏倒在地,好不容易才活过来。我的生活苦透了,比狗都不如……替我问候阿廖娜、独眼的叶戈尔卡、马车夫,我的手风琴不要送给外人。孙伊万·茹科夫草上。亲爱的爷爷,你来吧。"

万卡把这张写好的纸叠成四折,把它放在昨天晚上花一个戈比买来的信封里……他略为想一想,用钢笔蘸一下墨水,写下地址:

寄交乡下祖父收

然后他搔一下头皮,再想一想,添了几个字:

康斯坦丁·马卡雷奇

他写完信而没有人来打扰,心里感到满意,就戴上帽子,顾不上披皮袄,只穿着衬衫就跑到街上去了……

昨天晚上他问过肉铺的伙计,伙计告诉他说,信件丢进邮筒以后,就由醉醺醺的车夫驾着邮车,把信从邮筒里收走,响起铃铛,分送到世界各地去。万卡跑到就近的一个邮筒,把那封宝贵的信塞进了筒口……

他抱着美好的希望而定下心来,过了一个钟头,就睡熟了……在梦中他看见一个炉灶。祖父坐在炉台上,耷拉着一双光脚,给厨娘们念信……泥鳅在炉灶旁边走来走去,摇尾巴……

1886年

【归纳探究】

1. 小说采用了书信和叙事互相穿插的形式,真切动人,感人至深。请你圈画出其中书信的部分,并有感情地朗读这封信。

2. 书信是最能表达人真情实感的文字形式之一,给爷爷写信的小万卡令人心疼,请你试着给他写一封信,用一段文字或几行小诗安慰他吧。

# 渴　睡

【导读】

　　绿色的小长明灯闪烁着,绿色的光斑和阴影里,是在摇篮中哭闹的婴儿和无休止的家务劳作,是梦境中贫困痛苦、艰难压抑的幼年经历。极度疲惫与困倦的瓦丽卡只渴望"睡觉,睡觉!"然而,小说的结局却是近似荒诞的绝望。

　　夜间。小保姆瓦丽卡,一个十三岁的姑娘,摇着摇篮,里面躺着个小娃娃。她嘴里哼着歌,声音低得几乎听不见:

　　　　睡吧,好好睡,
　　　　我来给你唱个歌儿……

　　神像前面点着一盏绿色的小长明灯;房间里,从这一头到那一头绷起一根绳子,绳子上晾着小孩的尿布和一条很大的黑色裤子。天花板上印着小长明灯照出来的一大块绿色斑点,尿布和裤子在火炉上、摇篮上、瓦丽卡身上投下长长的阴影……小长明灯的灯火一摇闪,绿斑和阴影就活了,动起来,好像被风吹动一样。房间里很闷。有一股白菜汤的气味和做皮靴用的皮革味。

小娃娃在哭。他早已哭得声音嘶哑,筋疲力尽,可是仍旧嚎个不停,谁也不知道他什么时候才会止住哭。瓦丽卡却已经困了。她的眼皮粘在一起,脑袋往下耷拉,脖子酸痛。她的眼皮也好,嘴唇也好,都不能动一下,她觉得她的脸好像枯干了,化成木头,脑袋也小得跟针尖一样。

"睡吧,好好睡,"她哼着,"我会给你煮点儿粥……"

火炉里有只蟋蟀在叫。老板和帮工阿法纳西隔着门,在毗邻的房间里打鼾……摇篮悲凉地吱吱叫,瓦丽卡本人嗯嗯啊啊地哼着,这一切合成一支夜间的催眠曲,要是躺在床上听,可真舒服极了。然而现在这种音乐反而刺激她,使她苦恼,因为它催人入睡,她却是万万睡不得的。求上帝保佑不要发生这种事才好,要是瓦丽卡一不小心睡着,老板就会把她痛打一顿。

小长明灯不住地眨眼。绿色斑点和阴影活动起来,爬进瓦丽卡半睁半闭、呆然不动的眼睛,在她那半睡半醒的脑子里合成蒙眬的幻影。她看见一块块乌云在天空互相追逐,像小娃娃那样啼哭。可是后来起风了,乌云消散,瓦丽卡看见一条布满稀泥的宽阔大道。顺着大道,有一长串货车伸展出去,行人背着背囊慢慢走动,有些阴影在人前人后摇闪不定。大道两旁,隔着阴森的冷雾,可以瞧见树林。忽然,那些背着行囊的人和阴影一齐倒在地下的淤泥里。"这是怎么了?"瓦丽卡问。"要睡觉,睡觉!"他们回答她说。他们睡熟了,睡得可真香,乌鸦和喜鹊停在电线上,像小娃娃那样啼哭,极力要叫醒他们……

"睡觉吧,好好睡,我来给你唱个歌儿……"瓦丽卡哼着,这时候她看见自己在一个乌黑而闷热的农舍里。

她去世的父亲叶菲姆·斯捷潘诺夫正躺在地上打滚儿。她看不清他,然而听见他痛得在地下翻腾,嘴里哼哼唧唧。据他说,他的"疝气发了"。他痛得厉害,一句话也说不出来,只有吸气的份儿,牙齿不住地打战,就像连连击鼓那样:

"卜——卜——卜——卜……"

她母亲佩拉格娅跑到庄园去,对老爷说叶菲姆就要死了。她去了很久,这时候也该回来了。瓦丽卡躺在炉台上,没有睡,听她父亲发出"嗒——嗒——嗒"的声音。不过,后来她听见有人坐车到农舍这边来。原来老爷打发一个年轻的医师来了,这个医师刚巧从城里到老爷家里做客。医师走进农舍,在黑暗里谁也看不见他的模样,可是听得见他在咳嗽,而且咔嚓一声推上门。

"点上灯。"他说。

"卜——卜——卜……"叶菲姆回答说。

佩拉格娅扑到炉台这边,动手找那个装火柴的破罐子。在沉默中过去了一分钟。医师摸一阵自己的口袋,点亮一根火柴。

"我去去就来,老爷,去去就来。"佩拉格娅说,跑出农舍,过了一会儿拿着一个蜡烛头走回来。

叶菲姆脸色通红,眼睛发亮,目光显得特别尖利,好像那眼光穿透了农舍和医师似的。

"哦,怎么了?你这是想干什么呀?"医师说着,弯下腰凑近他,"哎!你病了很久吗?"

"什么,老爷?要死了,老爷,我的大限到了……我不能再在人世活下去了……"

"别胡说……我们会把你治好的!"

"随您就是,老爷。我们感激不尽,不过我们心里明白……要是大限已到,那可就没有办法了。"

医师在叶菲姆身边忙了一刻钟,然后直起腰来说:

"我没法治……你得到医院去才成,在那儿人家会给你动手术。马上动身……一定得去!时间迟了一些,医院里的人都睡了,不过那也没关系,我给你写个字条就是。你听见吗?"

"可是,老爷,叫他怎么去呢?"佩拉格娅说,"我们又没有马。"

"不要紧,我去跟你的主人说一声,他们会给你马的。"

医师走了,蜡烛熄了,"卜——卜——卜"的声音又响起来……过了半个钟头,有人赶着车到农舍来。这是老爷打发一辆板车来把叶菲姆送到医院去。叶菲姆收拾停当,就坐车走了……

可是后来,一个美好晴朗的早晨来临了。佩拉格娅不在家,她到医院去探望叶菲姆,看看他怎么样了。不知什么地方,有个小娃娃在啼哭,瓦丽卡听见有人用她的声调唱道:

"睡吧,好好睡,我来给你唱个歌儿……"

佩拉格娅回来了。她在胸前画个十字,小声说:

"他们夜里给他动了手术,可是到早晨,他就把灵魂交给上帝了……祝他升天堂,永久安息……他们说治得太迟了……应该早点去才对……"

瓦丽卡走进树林,在那儿痛哭。可是忽然,有人打她的后脑壳,弄得她一头撞在一棵桦树上。她抬起眼睛,看见她的老板,那个鞋匠站在她面前。

"你是怎么搞的,贱丫头?"他说,"孩子在哭,你却睡觉?"

他使劲拧她的耳朵,她甩一下头,就接着摇那个摇篮,哼她的歌。绿色的斑点、裤子和尿布的阴影摇摇晃晃,对她眨眼,不久就又占据了她的脑子。她又看见那条布满稀泥的大道。那些背着行囊的人和影子已经躺下,睡熟了。瓦丽卡看着他们,恨不能也睡一觉才好。她很想舒舒服服躺下去,可是她母亲佩拉格娅却在她身旁,催她快走。她们两个人赶进城去找活儿做。

"看在基督分上赏几个钱吧!"她母亲遇见行人就央求道,"发发上帝那样的慈悲吧,善心的老爷!"

"把孩子抱过来!"一个熟悉的声音回答她说,"把孩子抱过来呀!"那个声音又说一遍,这一回粗暴中带着怒气,"你睡着了,下贱的东西?"

瓦丽卡跳起来,往四下里看一眼,才明白是怎么回事。这儿既没有大道,也没有佩拉格娅,更没有行人,只有老板娘站在房间中央,是来给她的孩子喂奶的。这个身材肥胖、肩膀很宽的老板娘一面喂孩子吃奶,一面哄他安静下来,瓦丽卡站在一旁瞧着她,等她喂完奶。窗外的空气正在变成蓝色,天花板上的阴影和绿色斑点明显地淡下去。早晨很快就要来了。

"把孩子接过去!"老板娘说,系好衬衫胸前的纽扣,"他在哭,一定是有人用毒眼看了他。"

瓦丽卡接过小娃娃,放在摇篮里,又摇起来。绿色的斑点和阴影渐渐消失,再也没有什么东西钻进她脑子里,弄得她脑子昏昏沉沉了。可是她仍旧犯困,困极了!瓦丽卡把脑袋搁在摇篮边上,用全身的力气摇它,想把睡意压下去,然而她的眼皮仍旧粘在一起,脑袋沉甸甸的。

"瓦丽卡,生炉子!"房门外传来老板的声音。

这是说已经到起床和干活的时候了。瓦丽卡就丢下摇篮,跑到小板棚去取柴火。她暗暗高兴。人一跑路,一走动,就不像坐着那么困了。她拿来柴火,生好炉子,觉得她那像木头一样的脸舒展开来,她的思想也清楚起来了。

"瓦丽卡,烧茶炊!"老板娘叫道。

瓦丽卡就劈碎一块小劈柴,可是刚把它们点燃,塞进茶炊,又听见新的命令:

"瓦丽卡,把老板的雨鞋刷干净!"

她就在地板上坐下,刷那双雨鞋,心里暗想:要是能把自己的头伸进这双又大又深的雨鞋里,略为睡上一会儿,那才好呢……忽然间,那双雨鞋长大,膨胀,填满整个房间,瓦丽卡把刷子掉在地下,然而她立刻摇一下头,瞪大眼睛,极力观看各种东西,免得它们长大,在她眼睛前面浮动。

"瓦丽卡,把外边的台阶洗一洗,要不然,让顾客看到,多难为情!"

瓦丽卡就洗台阶,收拾房间,然后生好另一个炉子,再跑到小铺里去买东西。活儿很多,连一分钟的空闲也没有。

然而再也没有比站在厨房桌子跟前削土豆皮更苦的事了。她的头往桌子上耷拉下去,土豆在她眼前跳动,刀子从她手里掉下,那个气冲冲的胖老板娘卷起衣袖,在她身旁走来走去,说话声音那么响,闹得瓦丽卡的耳朵里嗡嗡地响。伺候吃饭、洗衣服、缝缝补补,也是苦事。有些时候她恨不得什么也不管,往地下一躺,睡它一觉才好。

白天过去了。瓦丽卡看见窗外黑下来,就按住像木头一样的太阳穴,微微地笑,自己也不知道笑什么。傍晚的幽暗抚摩着她那总也睁不开的眼睛,应许她不久可以美美地睡一觉。晚上,老板家里来了客人。

"瓦丽卡,烧茶炊!"老板娘叫道。

老板家里的茶炊很小,她前后得烧五次,客人才把茶喝够。他们喝完茶,瓦丽卡又呆站了一个钟头,瞧着客人,等候吩咐。

"瓦丽卡,快去买三瓶啤酒来!"

她拔脚就走,极力跑得快点,好赶走她的睡意。

"瓦丽卡,快去买白酒!瓦丽卡,开塞钻在哪儿?瓦丽卡,把青鱼收拾出来!"

最后,客人们总算走了。灯火熄灭,老板夫妇上床睡了。

"瓦丽卡,摇娃娃!"传来最后一道命令。

蟋蟀在火炉里叫。天花板上那块绿色斑点,那些裤子和尿布的阴影,又爬进瓦丽卡半睁半闭的眼睛,不住地向她眨眼,弄得她的脑袋昏昏沉沉。

"睡吧,好好睡,"她哼道,"我来唱个歌儿……"

那个小娃娃不住地啼哭,哭得声嘶力竭。瓦丽卡又看见那条泥路、背着行囊的人、佩拉格娅、父亲叶菲姆。她什么都明白,个个人都认得,可是在半睡半醒中,她就是弄不明白到底是什么力量捆住她的手脚,压得她透不出气,不容她活下去。她往四下里看,找那种力量,好躲开它,可是她找不着。最后,她累得要死,使出全身力气,睁大眼睛,抬头看那不住摇闪的绿色斑点,听着娃娃的啼哭声,这才找到了那个不容她活下去的敌人。

原来敌人就是那个娃娃。

她笑了。她觉得奇怪:这么一点小事,以前她怎么会没有弄明白?那块绿色斑点、那些阴影、那只蟋蟀好像也在笑,也觉得奇怪似的。

这个错误的念头抓住了瓦丽卡。她从凳子上站起来,畅快地微笑着,在房间里走来走去,连眼睛也不眨一下。她想到马上就可以摆脱这个捆住她手脚的娃娃,不由得感到畅快,心里痒酥酥的……弄死这个娃娃,然后睡吧,睡吧,睡吧……

她笑着,挤了挤眼,伸出手指头向那块绿色斑点威胁地摇一下。瓦丽卡悄悄地溜到摇篮那儿,弯下腰去,凑近那个娃娃。她把他掐死后,赶快往地下一躺,高兴得笑起来,因为她可以睡觉了。过了半分钟,她就已经睡熟,跟死人一样了。

1888 年

【归纳探究】

1. 小说中反复出现了"绿色斑点"和"阴影"的细节描写,请圈画出来并体会表达效果。

2. 本篇小说结尾,作者并没有给出瓦丽卡的结局,请思考为何如此。

# 专题导读三

## 《跳来跳去的女人》《第六病室》(两篇)

在这一专题,同学们将会读到的是创作于1892年的两篇小说:《跳来跳去的女人》和《第六病室》。在目光投向更广泛的俄国人民后,契诃夫愈发意识到作家社会责任的重大,迫切寻求"明确的世界观"。1890年他开始了自己的库页岛之行,这段经历使他小说创作的题材和思想更加深邃成熟,最具代表性的作品即为《第六病室》。

阅读这些令人深思的小说,同学们需要重点思考和解读小说的内涵。在阅读时除了借助圈画批注、对比联想、摘抄梳理等常规阅读方法外,还可以查阅相关资料,如契诃夫库页岛的经历等,辅助阅读;另外,还可以借助相关的影视、画作等艺术作品拓展自己的理解维度。

## 跳来跳去的女人

【导读】

　　小说中奥莉加·伊万诺夫娜是一位崇拜、追寻英雄的女性,她虚荣,追求不切实际的艺术幻想,沉迷于弹琴、画画、看戏剧;她任性,认为研究自然科学和医学的丈夫德莫夫平凡普通,生活无趣,还做出了欺骗、伤害、不尊重他的事情。她在追求理想和发现现实的生活中跳来跳去,最后才发现:真正闪耀的是那些平凡但丰盈的灵魂。

### 一

　　在奥莉加·伊万诺夫娜的婚礼上,她所有的朋友和相好的熟人都来参加了。

　　"瞧瞧他吧,真的,他不是有点与众不同吗?"她往她丈夫那边点一点头,对朋友说,仿佛要解释她为了什么缘故才嫁给这个普通的、很平常的、在无论哪一方面都没有什么了不起的男人似的。

　　她的丈夫奥西普·斯捷潘内奇·德莫夫是医师,论官品是九品文官。他在两个医院里做事,在一个医院里做编制外的主任医师,在另一个医院里做解剖师。每天早晨从九点钟到中午,他给门诊病人看病,查病房,午后搭上公共马车到另一个医院去，解剖死去的病人。他私人也行医，可是收入很少，一年不过有五百卢布光景。如此而已。此外关于他还有什么可说的呢？另一方面，奥莉加·伊万诺夫娜和她的朋友，相好的熟人，却不是十分平常的人。他们每个人都在某一方面有出众的地方，多多少少有点名气，有的已经成名，给人看作名流了；有的即使还没有成名，将来却有成名的灿烂希望。有一个剧院的演员，早已是公认的大天才，他是一个优雅、聪明、谦虚的男子，又是出色的朗诵家，教奥莉加·伊万诺夫娜朗诵。有一个歌剧演员，是个性情温和的胖子，叹口气对奥莉加·伊万诺夫娜郑重说明，她毁了自己，要是她不发懒，肯下决心，她就会成为出色的歌唱家。其次，有好几个画家，其中打头的一个是风俗画家、动物画家、风景画家里亚博夫斯基，他是很漂亮的金发青年，年纪在二十五岁左右，画展开得很成功，把最近画成的一张画卖了五百卢布，他修改奥莉加·伊万诺夫娜的画稿，说她将来很可能有所成就。此外，还有一个拉大提琴的音乐家，他的乐器总是发出呜咽的声音，他公开声明在他认识的一切女人当中，能够给他伴奏的只有奥莉加·伊万诺夫娜一个人。再其次，有一个文学家，年纪轻轻，可是已经出了名，写过中篇小说、剧本、短篇小说。此外还有谁呢？喏，还有瓦西里·瓦西里奇，是地主，乡绅，业余的插图家和饰图家，深深爱好古老的俄罗斯风格、民谣和史诗，在纸上，瓷器上，用烟熏黑的盘子上，他简直能够创造奇迹。这伙逍遥自在的艺术家已经给命运宠坏，尽管文雅而谦虚，可是只有在生病的时候才会想起天下还有医师这种人，德莫夫这个姓氏在他们听起来就跟西多罗夫或者塔拉索夫差不多。在这伙人当中，德莫夫显得陌生，多余，矮小，其实他个子挺高，肩膀挺宽。看上去，他仿佛穿着别人的礼服，长着店员那样的胡子。不过如果他是作家或者画家，那人家就会说他凭他的胡子会叫人联想到左拉[①]了。

---

① 左拉(1840—1902)，法国著名作家，留一把大胡子。

有一个演员对奥莉加·伊万诺夫娜说：她配上她那亚麻色的头发和结婚礼服，很像是一棵到了春天开满娇嫩的白花、仪态万方的樱桃树。

"不，您听着！"奥莉加·伊万诺夫娜对他说，挽住他的胳臂，"这件事怎样突然发生的呢？您听着，听着……我得告诉您，爸爸跟德莫夫同在一个医院里做事。可怜的爸爸害了病，德莫夫就在他的床边一连守了几天几夜。了不起的自我牺牲啊！您听着，里亚博夫斯基……还有您，作家，听着。这事很有意思。您走过来一点。了不起的自我牺牲啊，真诚的关心！我也一连好几夜没睡觉，坐在爸爸身旁。忽然间，了不得，公主赢得了英雄的心！我的德莫夫没头没脑地掉进了情网。真的，有时候命运就有这么离奇。嗯，爸爸死后，他有时候来看我，有时候在街上遇见我。有这么一个晴朗的傍晚，冷不防，他忽然向我求婚了……就跟晴天霹雳似的……我哭了一宵，我自个儿也没命地掉进了情网。现在呢，您瞧，我做他的妻子了。他结实，强壮，跟熊似的，不是吗？现在，他的脸有四分之三对着我们，光线暗，看不清楚，不过，等到他把脸完全转过来，那您得瞧瞧他的脑门子。里亚博夫斯基，您说说看，那脑门子怎么样？德莫夫啊，我们正在讲你呐！"她向丈夫叫道，"上这儿来。把你那诚实的手伸给里亚博夫斯基……这就对了。你们交个朋友吧。"

德莫夫温和而纯朴地微笑着，向里亚博夫斯基伸出手，说：

"幸会幸会。当年有个姓里亚博夫斯基的跟我同班毕业。他是您的亲戚吗？"

## 二

奥莉加·伊万诺夫娜二十二岁，德莫夫三十一岁。他们婚后过得挺好。奥莉加·伊万诺夫娜在客厅的四面墙上挂满了她自己的和别人的画稿,有的配了镜框,有的没配。靠近钢琴和放家具的地方,她用中国的阳伞、画架、花花绿绿的布片、短剑、半身像、照片……布置了一个热闹而好看的墙角……在饭厅里,她用民间版画裱糊墙壁,挂上树皮鞋和小镰刀,墙角立一把大镰刀和一把草耙,于是布置成了一个俄罗斯风格的饭厅。在寝室里,她用黑呢蒙上天花板和四壁,在两张床的上空挂一盏威尼斯式的灯,门边安一个假人,手拿一把戟,好让这房间看上去像是一个岩穴。人人都认为这对青年夫妇有一个很可爱的小窝。

每天上午十一点钟起床以后,奥莉加·伊万诺夫娜就弹钢琴,或者要是天气晴朗,就画点油画。然后,到十二点多钟,她坐上车子去找女裁缝。德莫夫和她只有很少一点钱,刚够过日子,因此她和她的裁缝不得不想尽花招,好让她常有新衣服穿,去引人注目。往往她用一件染过的旧衣服,用些不值钱的零头网边、花边、长毛绒、绸缎,简直就会创造奇迹,做出一种迷人的东西来,不是衣服,而是梦。从女裁缝那儿出来,奥莉加·伊万诺夫娜照例坐上车子到她认识的一个女演员那儿去,打听剧院的新闻,顺便弄几张初次上演的新戏或者福利演出站的戏票。从女演员家里一出来,她还得到一个什么画家的画室去,或者去看画展,然后去看一位名流,要么是约请他到自己家里去,要么是回拜,再不然就光是聊聊天儿。人人都快活而亲切地欢迎她,口口声声说她好,很可爱,很了不起……那些她叫作名人和伟人的人,都把她看作自己人,看作平等的人,异口同声地向她预言说,凭她的天才、趣味、智慧,她只要不分心,不愁没有大成就。她呢,唱歌啦,弹钢琴啦,画油画啦,雕刻啦,参加业余的演出啦,可是所有这些,她干起来并不是凑凑数,而是表现了才能。不管她扎彩灯也好,梳妆打扮也好,给别人系领带也好,她做得都非常有艺术趣味、优雅、可爱。可是有一方面,她的才能表现得比在别的方面更明显,那就是,她善于很快地认识名人,不久就跟他们混熟。只要有个人刚刚有点小名气,刚刚引得人们谈起他,她就马上认识他,当天跟他交成朋友,请他到她家里来了。每结交一个新人,在她都是一件十足的喜事。她崇拜名人,为他们骄傲,天天晚上梦见他们。她如饥如渴地寻找他们,而且永远也不能满足她这种饥渴。旧名人过去了,忘掉了,新名人来代替了他们,可是对这些新人,她不久也就看惯,或者失望了,就开始热心地再找新人,新伟人,找到以后又找。这是为了什么呢?

到四点多钟,她在家里跟丈夫一块儿吃饭。他那种朴实、那种健全的思想、那种和蔼,引得她感动,高兴。她常常跳起来,使劲抱住他的头,不住嘴地吻它。

"你啊,德莫夫,是个聪明而高尚的人,"她说,"可是你有一个很严重的缺点。你对艺术一点兴趣也没有。你否定了音乐和绘画。"

"我不了解它们,"他温和地说,"我这一辈子专心研究自然科学和医学,根本没有工夫对艺术发生兴趣。"

"可是,要知道,这可很糟呢,德莫夫!"

"怎么见得呢?你的朋友不了解自然科学和医学,可是你并没有因此责备他们。各人有各人的本行嘛。我不了解风景画和歌剧,不过我这样想:如果有一批聪明的人为它们献出毕生的精力,另外又有一批聪明的人为它们花大笔的钱,那它们一定有用处。我不了解它们,可是不了解并不等于否定。"

"来,让我握一下你那诚实的手!"

饭后,奥莉加·伊万诺夫娜坐车去看朋友,然后到剧院去,或者到音乐会去,过了午夜才回家。天天是这样。

每到星期三,她家里总要举行晚会。在这些晚会上,女主人和客人们不打牌,不跳舞,借各种艺术来消遣。剧院的演员朗诵,歌剧演员唱歌,画家们在纪念册上绘画(这类纪念册奥莉加·伊万诺夫娜有很多),大提琴家拉大提琴,女主人自己呢,也画画、雕刻、唱歌、伴奏。遇到朗诵、奏乐、唱歌的休息时间,他们就谈文学、戏剧、绘画,争辩起来。在座的没有女人,因为奥莉加·伊万诺夫娜认为所有的女人除了女演员和她的女裁缝以外都乏味、庸俗。这类晚会没有一回不出这样的事:女主人一听到门铃声就吃一惊,脸上带着得意的神情说:"这是他!"这所谓"他"指的是一个应邀而来的新名流。德莫夫是不在客厅里的,而且谁也想不起有他这么一个人。不过,一到十一点半钟,通到饭厅去的门就开了,德莫夫总是带着他那好心的温和笑容出现,搓着手说:

"诸位先生,请吃点东西吧。"

大家就走进饭厅,每一回看见饭桌上摆着的老是那些东西:一碟牡蛎、一块火腿或者一块小牛肉、沙丁鱼、奶酪、鱼子酱、菌子、白酒、两瓶葡萄酒。

"我亲爱的 maître d'hôtel①!"奥莉加·伊万诺夫娜说,快活得合起掌来,"你简直迷人啊!诸位先生,瞧他的脑门子!德莫夫,把你的脸转过来。诸位先生,瞧,他的脸活像孟加拉的老虎,可是那神情却善良可爱跟鹿一样。啊,宝贝儿!"

客人们吃着,瞧着德莫夫,心想:"真的,他是个挺好的人。"可是不久就忘了他,只顾谈戏剧、音乐、绘画了。

这一对年轻夫妇挺幸福。他们的生活,水样地流着,没一点挂碍。不过,他们蜜月的第三个星期却过得不十分美满,甚至凄凉。德莫夫在医院里传染到丹毒,在床上躺了六天,不得不把他那漂亮的黑发剃光。奥莉加·伊万诺夫娜坐在他身旁,哀哀地哭。可是等到他病好一点,她就用一块白头巾把他那剃掉头发的头包起来,开始把他画成沙漠地带以游牧为生

---

① 法语:管家。

的阿拉伯人。他俩都快活了。他病好以后又到医院去,可是大约三天以后,他又出了岔子。

"我真倒霉,奥莉卡!"有一天吃饭的时候,他说,"今天我做了四次解剖,我一下子划破两个手指头。直到回家我才发现。"

奥莉加·伊万诺夫娜吓慌了。他却笑着说,这没什么要紧,他做解剖的时候常常划破手。

"奥莉卡,我一专心工作,就变得大意了。"

奥莉加·伊万诺夫娜担心他会害血中毒症,就天天晚上做祷告,可是结果总算没出事。生活又和平而幸福地流着,无忧无虑。眼前是幸福的,而且紧跟着春天就要来了,它已经在远处微微地笑,许下了一千种快活事。幸福不会有尽头的!四月、五月、六月,到城外远处一座别墅去,散步,素描,钓鱼,听夜莺唱歌。然后,从七月直到秋天,画家们到伏尔加流域去旅行,奥莉加·伊万诺夫娜要以这团体不能缺少的一分子的身份参加这次旅行。她已经用麻布做了两身旅行服装,为了旅行还买下颜料、画笔、画布、新的调色板。里亚博夫斯基差不多每天都来找她,看她的绘画有了什么进步。每逢她把画儿拿给他看,他就把手深深地插进衣袋里,抿紧嘴唇,哼了哼鼻子,说:

"是啊……您这朵云正在叫唤:它不是夕阳照着的那种云。前景有点嚼烂了,有点地方,您知道,不大对劲……您那个小木房有点透不过气来,悲惨惨地哀叫着……那个犄角儿应当画得暗一点。不过大体上还不错……我很欣赏。"

他越是讲得晦涩难解,奥莉加·伊万诺夫娜反倒越容易听懂。

## 三

降灵周①第二天,午饭后,德莫夫买了点凉菜和糖果,到别墅去看他的妻子。他已经有两个星期没看见她,十分惦记。他起先坐在火车车厢里,后来在一大片树林里找他的别墅,时时刻刻觉着又饿又累,巴望待一会儿他会多么逍遥自在地跟他妻子吃一顿晚饭,然后睡一大觉。他看着他带的一包东西,心里挺高兴,里面包着鱼子酱、奶酪、白鲑鱼。

等到他找着别墅,认出是它,太阳已经在下山了。一个老女仆说太太不在家,大概不久就回来。那别墅样子难看,天花板很低,糊着写字的纸,地板不平,尽是裂缝。那儿一共有三个房间。一个房间里摆一张床,另一个房间里有画布啦,画笔啦,脏纸啦,男人的大衣和帽子啦,随意丢在椅子上和窗台上。在第三个房间里,德莫夫看见三个不认得的男子。有两个长着黑头发,留着胡子,另一个刮光了脸,身材很胖,大概是演员。桌子上有一个茶炊,水已经烧开了。

"您有什么事?"演员用男低音问,不客气地瞧着德莫夫,"您要找奥莉加·伊万诺夫娜吗?等一等吧,她马上就要来了。"

德莫夫就坐下来,等着。有一个黑发的男子睡意蒙眬、无精打采地瞧着他,给自己斟了一杯茶,问道:

"您也许想喝茶吧?"

德莫夫又渴又饿,可是他谢绝了茶,怕的是把吃晚饭的胃口弄坏。不久,他就听到了脚步声和熟悉的笑声。门砰的一响,奥莉加·伊万诺夫娜跑进房间里来了,戴一顶宽边草帽,手里提一个盒子,她身后跟着里亚博夫

---

① 基督教的节日,复活节后的第七周。

斯基,脸蛋绯红,兴高采烈,拿着一把大阳伞和一个折凳。

"德莫夫!"奥莉加·伊万诺夫娜叫道,快活得涨红了脸,"德莫夫!"她又叫一遍,把她的头和两只手都放到他的胸口上,"你来了!为什么你这么久没有来?为什么?为什么?"

"我哪儿有空儿,亲爱的?我老是忙,好容易有点空儿,不知怎么火车钟点又老是不对。"

"可是看见了你,我多么高兴啊!我整宵整宵地梦见你,我直担心你别害了病。啊,你再也不知道你有多么可爱,你来得多么凑巧!你要做我的救星了。也只有你才能救我!明天这儿要举行一个顶顶别致的婚礼,"她接着说,笑了,给她丈夫系好领带,"火车站上有一个年轻的电报员,姓契凯尔杰耶夫,要结婚了。他是个漂亮的小伙子,是啊,并不愚蠢。你要知道,他脸上有一种强有力的、熊样的表情……可以把他画成一个年轻的瓦利亚格人①呢。我们这班消夏的游客,对他发生了好感,答应他说我们一定参加他的婚礼……他是个没有钱的、孤单单的、胆小的人。当然,不同情他是罪过的。想想吧,做完弥撒就举行婚礼,然后大家从教堂里出来,步行到新娘家里去……你知道,树木苍翠,鸟儿啼叫,一摊摊阳光照在青草上,我们这些人呢,被绿油油的背景衬托着,成了五颜六色的斑点,这可很别致,有法国印象派的味道呢。可是,德莫夫,我穿什么衣服到教堂去呢?"奥莉加·伊万诺夫娜说,做出要哭的脸相。"在这儿,我什么也没有,简直是什么也没有!衣服没有,花也没有,手套也没有……你务必要救救我才好。既然你来了,那就是命运吩咐你来救我了。拿着这个钥匙,我的好人儿,回家去,把衣柜里我那件粉红色连衣裙拿来。你知道那件衣服,它就挂在前面……然后,到堆房里,在右边地板上你会瞧见两个硬纸盒。打开上面的盒子,那里面全是花边,花边,花边,还有各种零头的料子,在那下面就

---

① 古代北欧的一个漂泊民族名,相传古俄罗斯最早的王公就是它的后裔。

是花了。把那些花统统小心地拿出来,可别压坏它们,亲爱的,回头我要在那些花里挑选一下……另外再给我买副手套。"

"好吧,"德莫夫说,"明天我去取了,派人给你送来。"

"明天怎么成啊?"奥莉加·伊万诺夫娜问,惊奇地瞧着他。"明天怎么来得及啊?明天头一班火车九点钟才开,可是十一点钟就举行婚礼了。不行,亲爱的,要今天去才成,务必要今天去!要是明天你来不了,那就打发一个人送来也成。是啊,去吧……那班客车马上就要开到了。别误了车,宝贝儿。"

"好吧。"

"唉,我多么舍不得放你走啊,"奥莉加·伊万诺夫娜说,眼泪涌到她的眼眶里,"我这个傻瓜呀,为什么应许了那个电报员呢?"

德莫夫赶紧喝下一杯茶,拿了一个面包圈,温和地微笑着,到车站去了。那些鱼子酱、奶酪、白鲑鱼,都给那两位黑头发的先生和那个胖演员吃掉了。

## 四

七月里一个平静的月夜,奥莉加·伊万诺夫娜站在伏尔加河一条轮船的甲板上,一会儿瞧着河水,一会儿瞧着美丽的河岸。里亚博夫斯基站在她身旁,对她说,水面上的黑影不是阴影,而是梦。他还说,迷人的河水以及那离奇的光辉,深不可测的天空和忧郁而沉思的河岸,都在述说我们生活的空虚,述说人世间有一种高尚、永恒、幸福的东西,人要是忘掉自己,死掉,变成回忆,那多么好啊。过去的生活庸俗而乏味,将来呢,也毫无价值,而这个美妙的夜晚一辈子只有一回,不久也要过去,消融在永恒里。那么,为什么要活着呢？

奥莉加·伊万诺夫娜一会儿听着里亚博夫斯基的说话声，一会儿听着夜晚的宁静，暗自想着：她自己是不会死的，永远也不会死。她以前从没见过河水会现出这样的蓝宝石色，还有天空、河岸、黑影、她灵魂里洋溢着的控制不住的喜悦，都在告诉她，说她将来会成为大艺术家，说在远方那一边，在月光照不着的那一边，在一个广漠无垠的天地里，成功啦，荣耀啦，人们的爱戴啦，都在等她……她眼也不眨地凝神瞧着远方，瞧了很久，好像看见成群的人、亮光，听见音乐的胜利的节奏、痴迷的喊叫，看见她自己穿一身白色连衣裙，花朵从四面八方像雨点般落在她身上。她还想到跟她并排站着、用胳膊肘倚着船边栏杆的这个人，是个真正伟大的人，天才，上帝的选民……这以前他的一切创作都优美、新颖、不平凡，可是等到他那绝世的天才成熟了，绚烂起来，他的创作就会惊天动地，无限高超，这是只要凭他那张脸，凭他的说话方式，凭他对大自然的态度就看得出来的。他用他自己的话语，照他所独有的方式，讲到黑影、黄昏的情调、月光，使人不能不感到他那驾驭大自然的威力是多么摄人心魄。他本人很漂亮，有独创能力。他的生活毫无牵挂，自由自在，超然于一切世俗烦恼以外，跟鸟儿的生活一样。

"天凉了。"奥莉加·伊万诺夫娜说，打了个冷战。

里亚博夫斯基拿自己的斗篷给她披上，凄凉地说：

"我觉着我落在您的掌心里了。我成了奴隶。为什么您今天这样迷人啊？"

他一直凝神瞧着她，动也不动。他的眼睛可怕，她不敢看他了。

"我发疯地爱您……"他凑着她的耳朵说，他的呼吸吹着她的脸蛋儿，"只要对我说一个字，我就不活下去，丢开艺术了……"他十分激动，嘟嘟哝哝说，"您爱我吧，爱我吧……"

"不要说这种话，"奥莉加·伊万诺夫娜说，闭上眼睛，"这真可怕。而且，拿德莫夫怎么办呢？"

"德莫夫是什么人？为什么跑出来一个德莫夫？德莫夫跟我什么相干？这儿只有伏尔加、月亮、美丽、我的爱、我的痴迷，压根儿就没有什么德莫夫不德莫夫……唉！我什么也不知道……我不管过去，只求眼前给我一会儿……一会儿的快乐吧！"

奥莉加·伊万诺夫娜的心跳起来。她有心想一想她的丈夫，可是她觉得一切往事，以及她的婚姻、德莫夫、她的晚会，都显得渺小，琐碎，朦胧，不必要，远而又远了……真的，德莫夫是什么人？为什么跑出来一个德莫夫？德莫夫跟她什么相干？而且，他究竟是实有其人呢，还是只不过是个梦？

"对他那么一个普通而又平凡的人来说，过去他享受到的幸福也就足够了，"她想，用手蒙上脸，"随他们批评我好了，随他们诅咒我好了。我呢，偏要这样，情愿灭亡。偏要这样，情愿灭亡！……生活里的一切都该体验一下才对。天呐，多么可怕，可又多么痛快啊！"

"啊，怎么着？怎么着？"画家喃喃地说，搂住她，贪婪地吻她的手，她软绵绵地想推开他，"你爱我吗？爱吗？爱吗？啊，什么样的夜晚！美妙的夜晚啊！"

"是啊，什么样的夜晚！"她小声说，瞧着他那双含着眼泪而发亮的眼睛。然后她很快地往四下里看一眼，搂住他，使劲吻他的嘴唇。

"我们靠近基涅西莫了！"在甲板的那一头，有人说。

他们听到沉甸甸的脚步声。那是饮食间里的仆役走过他们身旁。

"听着，"奥莉加·伊万诺夫娜对那人说，幸福得又哭又笑，"给我们拿点葡萄酒来。"

画家激动得脸色发白，坐在凳子上，用爱慕而感激的眼睛瞧着奥莉加·伊万诺夫娜，然后闭上眼睛，懒洋洋地微笑着说：

"我累了。"

他把脑袋倚在栏杆上。

## 五

九月二日天气温暖,没有风,可是天色阴沉。一清早,伏尔加河上飘着薄雾,九点钟以后下起小雨来了。天色一点也没有晴朗的希望。喝早茶的时候,里亚博夫斯基对奥莉加·伊万诺夫娜说画画儿是顶吃力不讨好、顶枯燥乏味的艺术,说他算不得画家,说只有傻瓜才会认为他有才能,说啊说的,忽然无缘无故拿起一把小刀,划破了他的一张最好的画稿。喝完茶以后,他满脸愁容,坐在窗口,眺望伏尔加。可是伏尔加没有一点光彩,混浊暗淡,看上去冷冰冰的。一切,一切,都使人想起凄凉萧索的秋天就要来了。两岸苍翠的绿毯、日光灿烂的反照、透明的蓝色远方,以及大自然一切华丽的盛装,现在仿佛统统从伏尔加那里搬走,收在箱子里,留到来春再拿出来似的。乌鸦在伏尔加附近飞翔,讥诮它:"光啦!光啦!"里亚博夫斯基听着它们聒噪,想到自己已经走下坡路,失去了才能,想到在人世间,一切都是有条件的、相对的、愚蠢的,想到他不应该缠上这个女人……总之,他心绪不好,胸中郁闷。

奥莉加·伊万诺夫娜坐在隔板那一面的床上,用手指头梳理她那美丽的亚麻色头发,一会儿幻想自己在客厅里,一会儿在卧室里,一会儿在丈夫的书房里。她的想象带她到剧院里,到女裁缝家里,到出名的朋友家里。现在他们在干什么?他们想念她吗?筹备晚会的时令已经开始了。还有德莫夫呢?亲爱的德莫夫!他在信上多么温存,多么稚气而哀伤地求她赶快回家呀!他每月给她汇来七十五卢布。她写信告诉他说,她欠那些画家一百卢布,他就把那一百卢布也汇来了。多么善良而慷慨的人!旅行使得奥莉加·伊万诺夫娜厌倦了,她觉着无聊,恨不能赶快躲开这些乡下人,躲开河水的潮气,摆脱周身不干净的感觉才好,这种不干不净是她从这个村子迁移到那个村子,住在农民家里时时刻刻都感到的。要不是因为里亚博夫斯基已经对那些画家认真地答应过要跟他们在此地一直住到九月二十日,那他们今天就可以走了。要是今天能够走掉,那多好!

"我的上帝啊,"里亚博夫斯基唉声叹气,"到底什么时候才会出太阳呀?没有太阳,我简直没法接着画那幅阳光普照的风景画了!……"

"可是你有一张画稿画的是阴云的天空,"奥莉加·伊万诺夫娜说,从隔板那一面走过来,"你记得吗,在右边的前景上是一片树林,左边是一群母牛和公鹅?现在你不妨把它画完。"

"哼!"画家皱起眉头,"画完它!难道您当我有那么笨,自己都不知道自己该做什么!"

"你对我的态度变得好厉害哟!"奥莉加·伊万诺夫娜叹口气。

"哼,那才好。"

奥莉加·伊万诺夫娜的脸抖着。她走开,到火炉那边去,呜呜地哭了。

"对,只差眼泪了。算了吧!我有一千种理由要哭,可我就不哭。"

"一千种理由!"奥莉加·伊万诺夫娜哭道,"顶重要的理由是您已经嫌弃我了。对了!"她说,哭起来,"实话实说,您在为我们的恋爱害臊。您一个劲儿防着那些画家发现我们的关系,其实要瞒也瞒不住,他们早就全都知道了。"

"奥莉加,我只求您一件事,"画家恳求道,把手按住心口,"只求一件事:别折磨我!此外,我也不求您别的了。"

"可是请您赌咒说您仍旧爱我!"

"这真是磨人!"画家咬着牙说,跳起来,"搞到最后我只好去跳伏尔加河,或者发疯了事!躲开我!"

"好,打死我吧,打死我吧!"奥莉加·伊万诺夫娜叫道,"打死我吧!"

她又哭起来,走到隔板的那一面去了。雨哗哗地落在小屋的草顶上。里亚博夫斯基抱着头,在小屋里走来走去,然后现出果断的脸色,仿佛要向谁证明什么似的,戴上帽子,把枪挂在肩上,走出小屋去了。

他走后,奥莉加·伊万诺夫娜在床上躺了很久,哭着。起初,她心想索性服毒,让里亚博夫斯基一回来就发觉她死了才好。然后她的幻想把她带到客厅里,带到丈夫的书房里,她想象自己一动也不动地坐在德莫夫身旁,全身享受着安宁和洁净,到傍晚就坐在剧院里,听玛西尼①唱歌。她想念文明,想念城里的热闹和名人,把心都想痛了。一个农妇走进小屋来,不慌不忙地动手生炉子烧饭。屋里弥漫着木炭烧焦的气味,空中满是淡蓝的烟雾。画家们回来了,穿着泥泞的高统靴,脸上沾着雨水,凝神瞧着画稿,用安慰的口气自言自语,说是哪怕遇到坏天气,伏尔加也自有它的妩媚。墙上,那个不值钱的钟滴答滴答响⋯⋯受了冻的苍蝇聚在墙角里圣像四周,嗡嗡地叫。人可以听见蟑螂在凳子底下那些大皮包中间爬来爬去⋯⋯

里亚博夫斯基直到太阳下山才回到家。他把帽子丢在桌子上,没脱他那泥泞的靴子,脸色苍白,筋疲力尽地倒在长凳上,闭上眼睛。

"我累了⋯⋯"他说,皱着眉头,竭力想抬起眼皮来。

奥莉加·伊万诺夫娜为要对他亲热,表示她没生气,就走到他面前,默默地吻他一下,把梳子放到他金色的头发里。她想给他梳一梳头。

"怎么回事?"他说,打个冷战,睁开了眼睛,仿佛有什么凉东西碰到他身上似的,"怎么回事?请您躲开我,我求求您。"

他推开她,走掉了。她觉着他脸上现出憎恶和厌烦的神情。这当儿,一个农妇小心翼翼地用两只手给他端来一盆白菜汤,奥莉加·伊万诺夫娜

---

① 当时在俄国演唱的一个意大利歌唱家。

看见她那大手指头浸到汤里去了。腆起肚子的肮脏的农妇、里亚博夫斯基吃得津津有味的白菜汤、那小屋、这整个生活（她起先由于这生活的简朴和艺术性的杂乱而深深喜爱过），现在都使她觉得可怕。她忽然觉得受了侮辱，就冷冷地说：

"我们得分开一个时期才成，要不然，由于无聊，我们会大吵一架的。我可不愿意这样。我今天要走了。"

"怎么走法？骑着棍子走？"

"今天是星期四，因此九点半钟有一班轮船到这儿。"

"哦？不错，不错……嗯，好，走吧……"里亚博夫斯基轻声说，用毛巾代替食巾擦了擦嘴，"你在这儿闷得慌，没事可干。谁要留你，谁就一定是个大利己主义者。走吧，到本月二十号以后我们就可以见面了。"

奥莉加·伊万诺夫娜兴高采烈地收拾行李。她的脸蛋儿甚至高兴得发红了。她问她自己：难道真的她不久就要在客厅里画画，在寝室里睡觉，在铺着桌布的桌上吃饭了？她心里轻松，她不再生画家的气了。

"我把颜料和画笔统统留给你，里亚博夫斯基，"她说，"凡是留下来的，你都带着就是……注意，我走以后，别犯懒，别闷闷不乐，要工作。你是个好样的，里亚博夫斯基！"

到九点钟，里亚博夫斯基给了她临别的一吻，她心想这是为了免得在轮船上当着那些画家的面吻她。然后，他就送她到码头去。轮船不久就开来，把她装走了。

过了两天半，她回到家里。她兴奋得直喘，没脱掉帽子和雨衣就走进客厅，从那儿又走到饭厅。德莫夫没穿上衣，只穿着坎肩，敞着怀，靠饭桌坐着，正在用叉子磨快刀子。他面前的碟子上放着一只松鸡。奥莉加·伊万诺夫娜走进住宅的时候，相信她得把一切事情瞒住丈夫才成，她相信自己有那个力量，也有那个本事。可是现在，她一看见他那欢畅、温和、幸福的微笑和那双亮晶晶的、快活的眼睛,就觉得瞒住这个人跟毁谤、偷窃、杀人一样的卑鄙,可恶,不可能,而且她也没有力量这样做。一刹那间她决定把一切发生过的事向他和盘托出。她让他吻她,搂她,然后在他面前跪下来,蒙上脸。

"怎么了?怎么了,亲爱的?"他温存地问,"你想家了吧?"

她抬起臊得通红的脸,用惭愧的、恳求的眼光瞧他。可是恐惧和羞耻不容她说出实话来。

"没什么……"她说,"我没什么……"

"我们坐下来吧,"他说,搀起她来,扶她在桌子旁边坐下,"这就对了……你吃松鸡吧。你饿了,小可怜。"

她贪婪地吸进家里的亲切的空气,吃着松鸡。他呢,温存地瞧着她,高兴地笑了。

## 六

大概直到冬季过了一半,德莫夫才开始怀疑自己受着欺骗。倒仿佛他自己良心不清白似的,他每回遇见妻子,再也不能够面对面地瞧她的眼睛,也不再快活地微笑了。为了少跟她单独待在一块儿,他常常带着他的同事科罗斯捷列夫回家来吃饭,那是个身材矮小、头发剪短、满脸皱纹的男子,每逢跟奥莉加·伊万诺夫娜说话,总是窘得把他那件上衣的所有纽扣一会儿解开,一会儿扣上,然后用右手捻左边的唇髭。吃饭时候,两个医生谈到横膈膜一升高,有时候就会使心脏发生不规则的跳动,或者谈到近来常常遇到很多神经炎病例,再不然就讲到前一天德莫夫在解剖一个经诊断害"恶性贫血"的病人尸体的时候却在胰腺里发现了癌。他们所以谈医学,仿佛只是为了给奥莉加·伊万诺夫娜一个沉默的机会,也就是不必撒谎的机会似的。饭后,科罗斯捷列夫在钢琴那儿坐下来,德莫夫就叹口气,对他说:

"唉,老兄!对,可不是!弹个悲调的曲子吧。"

科罗斯捷列夫就耸起肩膀,伸开手指头,弹了几个音,用男高音唱起来:"指给我看啊,有什么地方俄罗斯农民不呻吟。"①德莫夫就又叹一口气,用拳头支着头,沉思起来。

奥莉加·伊万诺夫娜近来的举动非常不检点。她每天早晨醒来,心绪总是很坏,心想她已经不爱里亚博夫斯基,因此,谢谢上帝,事情就此了结了。可是喝完咖啡,她又寻思:里亚博夫斯基使她失去了丈夫,现在呢,她既失去了丈夫,又失去了里亚博夫斯基。然后她想起她那些熟人说里亚博夫斯基正在为画展准备一张惊人的画儿,是用波列诺夫②风格画成的、风俗和风景的混合画,凡是到过他画室的人,看见那幅画儿,都看得入迷。不过她心想:他是在她的影响下才创造出这张画儿来的,总之多亏有她的影响,他才大大地变得好起来。她的影响是那么有益,那么重要,要是她离开他,那他也许会完蛋。她又想起上回他来看她的时候,穿一件带小花点的灰色上衣,系一根新领带,懒洋洋地问她:"我漂亮吗?"凭他那种潇洒的风度、长长的鬈发、蓝蓝的眼睛,他也真的很漂亮(或者,也许只是乍一看才显得漂亮吧),而且他对她很温柔。

奥莉加·伊万诺夫娜想起许多事情,盘算了一阵,就穿好衣服,十分激动地坐上马车,到里亚博夫斯基的画室去了。她发现他兴高采烈,为他那幅真正美丽的画儿得意。他蹦蹦跳跳,十分顽皮,不管人家提出多么严肃的问题,总是打个哈哈了事。奥莉加·伊万诺夫娜嫉妒里亚博夫斯基画出

---

① 俄国诗人涅克拉索夫的诗句。
② 波列诺夫(1844—1927),俄罗斯的现实主义风景画家。

那张画儿,痛恨那张画儿,可是她出于礼貌,只好在那张画儿面前默默地站了五分钟光景,仿佛见到什么神圣的东西似的叹一口气,轻轻地说:

"是啊,这样的画儿以前你还从来没有画过。要知道,简直叫人生出满腔敬畏的心情呢。"

然后,她开始要求他爱她,别丢开她,要求他怜悯她这个可怜而不幸的人。她哭,吻他的手,逼他赌咒说他爱她,还对他说:缺了她的好影响,他就会走上岔路,完蛋。等到她扫了他的兴,觉着她自己有说不尽的委屈,就坐上车到女裁缝那儿去,或者到她认识的女演员那儿去要戏票。

要是她在他的画室里没找到他,就给他留下一封信,信上赌咒说:如果他当天不来看她,她准定服毒自尽。他害了怕,就去看她,留下来吃午饭。虽然她的丈夫在座,他却并不顾忌,用话顶撞她,她也照样还敬他。两个人都觉得彼此要拆也拆不开,都觉得对方是暴君和敌人,都气愤,在气愤中却没留意到他们两人的举动很不得体,连头发剪短的科罗斯捷列夫也全看明白了。饭后,里亚博夫斯基匆匆告辞,走了。

"您上哪儿去?"奥莉加·伊万诺夫娜在前厅带着憎恨瞧着他,问道。

他皱起眉头,眯细眼睛,信口念出一个他俩都认得的女人的名字。他明明在讪笑她的醋意,有意惹她生气。她就回到她的寝室,倒在床上。她由于嫉妒、烦恼、又委屈又羞耻的感觉,咬着枕头,哇哇地哭起来。德莫夫在客厅里丢下科罗斯捷列夫,走进寝室来,又慌张又着急,低声说:

"别哭得这么响,亲爱的……这是何苦呢?……这种事千万不要声张出去……千万别让人看出来……你知道,已经发生的事是不能挽救的了。"

沉重的嫉妒简直要弄得她的太阳穴炸开来,她不知道怎样才能平息这种嫉妒,同时她又觉着事情仍旧可以挽回,于是她把泪痕斑斑的脸洗一下,扑上粉,飞快地跑到刚才提到过的那个女人家里去了。她在那女人家里没找到里亚博夫斯基,就坐上车,到另一个女人家里,然后又到第三个女人家里……起初,照这样乱跑,她还觉着难为情,可是后来她跑惯了,往往一个傍晚跑遍她认识的一切女人的家,为的是找到里亚博夫斯基。大家也都明白这是怎么回事。

一天,她对里亚博夫斯基讲起她的丈夫:

"这个人用宽宏大量压迫我!"

她很喜欢这句话,她遇到那些知道她跟里亚博夫斯基的关系的画家,一谈起她的丈夫,她就把胳膊用力地一挥,说道:

"这个人用宽宏大量压迫我!"

他们的生活方式跟去年一模一样。每到星期三,他们总是举行晚会。演员朗诵,画家绘画,大提琴家弹奏,歌唱家演唱。照例一到十一点半钟,通到饭厅去的门就开了,德莫夫带着笑容说:

"诸位先生,请吃点东西吧。"

奥莉加·伊万诺夫娜照旧找名流,找到了又不满足,就再找。她每天晚上照旧很迟才回来。可是德莫夫却不像去年那样已经睡觉,他坐在他的书房里,在写什么东西。他三点钟左右才上床睡觉,八点钟就起来了。

一天傍晚,她正准备到剧院去,站在穿衣镜面前,忽然德莫夫走进她的寝室来,穿着礼服,打着白领结。他温和地微笑着,跟从前那样快活地瞧着他妻子的眼睛。他的脸放光。

"我刚才宣读了我的学位论文。"他说,坐下来,揉着他的膝头。

"宣读?"奥莉加·伊万诺夫娜问。

"嗬嗬!"他笑了,伸出脖子瞧镜子里他妻子的脸,因为她仍旧背对着他站在那儿,理她的头发。"嗬嗬!"他又笑一遍。"你知道,他们很可能给我病理总论的讲师资格。看样子恐怕会的。"

从他那神采焕发的、幸福的脸容看得出来,只要奥莉加·伊万诺夫娜跟他一块儿高兴,一块儿得意,那他样样事情都会原谅她,不但现在原谅,将来也一样,他会把一切都忘掉。可是她不懂什么叫作"讲师资格",或者"病理总论",此外,她担心误了戏,就什么话也没说。

他在那儿坐了两分钟,然后,带着自觉有罪的笑容走出去了。

## 七

那是很不平静的一天。

德莫夫头痛得厉害。他早晨没喝茶,也没去医院,一直躺在书房里一张土耳其式长沙发上。中午十二点多钟奥莉加·伊万诺夫娜照例出门去找里亚博夫斯基,想给他看她画的静物写生画,还要问他昨天为什么没来看她。她觉得这张画儿并没什么价值,她画它只不过要找一个不必要的借口到画家那儿去一趟罢了。

她没有拉铃就照直走进门去看他。她在门道脱雨鞋的时候,仿佛听见一个什么东西轻轻跑进画室去了,带着女人衣襟的沙沙声。她赶紧往里一看,只瞧见一段棕色的女裙闪了一闪,藏到一幅大画后面去了。有一块黑布蒙着那张画儿和画架,直盖到地板上。没有问题,有个女人躲起来了。想当初她奥莉加·伊万诺夫娜自己就常在那张画儿后面避难!里亚博夫斯基分明很窘,仿佛对她的光临觉着奇怪似的,向她伸出两只手,赔着笑脸说:

"啊啊!看见您很高兴。有什么好消息吗?"

奥莉加·伊万诺夫娜的眼睛里满是泪水。她又害羞又心酸。哪怕给她一百万卢布,她也绝不肯当着那个陌生的女人,那个情敌,那个虚伪的女人的面讲一句话,那女人现在正站在画儿背后,多半在恶毒地暗笑吧。

"我带给您一幅画稿……"她用细微的声音怯生生地说,嘴唇发抖,"Nature morte.①"

"哦哦!……画稿吗?"

画家用手接过那幅素描,一边瞧着一边走,仿佛不经意地走进了另一个房间。

奥莉加·伊万诺夫娜乖乖地跟着他走。

"Nature morte.……上等货,"他嘟嘟哝哝地说,渐渐押起韵来了,"罗……莫……祸……"

从画室里传来匆匆的脚步声和衣襟的沙沙声。这样看来,她已经走了。奥莉加·伊万诺夫娜恨不能大叫一声,拿起一个重东西照准画家的脑袋打过去,然后走掉,可是她泪眼模糊,什么也看不见,羞得什么似的,觉得自己已经不是奥莉加·伊万诺夫娜,也不是画家,只是个小小的甲虫了。

"我累了……"画家瞧着那幅画稿,懒洋洋地说,摇晃脑袋,好像要打退睡意似的,"当然,这幅画儿挺不错,不过今天一幅,去年一幅,过一个月又一幅……您怎么会画不腻呢?换了我是您,我就不画这劳什子,认真搞音乐什么的了。您本来就不能做画家,您是音乐家。可是您知道,我多累啊!我马上去叫他们拿点茶来……好吗?"

他走出房间,奥莉加·伊万诺夫娜听见他对他的听差交代几句话。为了避免告辞和解释,尤其是为了避免哭出来,她趁里亚博夫斯基还没回来,赶快跑到门道,穿上雨鞋,走到街上。这时候,她呼吸才算畅快,觉得她跟里亚博夫斯基,跟绘画,跟方才在画室里压在她心上的沉重的羞辱感觉,从此一刀两断了。什么都完了!

她坐上车子到女裁缝那儿,然后去看昨天刚到此地的巴尔纳伊②,又

---

① 法语:静物。
② 德国话剧演员。

从巴尔纳伊那儿到一家乐谱店,心里时时刻刻盘算怎样给里亚博夫斯基写一封又冷又狠、充满个人尊严的信,怎样到开春或是夏天跟德莫夫一块儿到克里米亚去,在那儿跟过去的生活一刀两断,从头过起新的生活。

傍晚很迟了,她才回到家。她没有脱掉外衣就走进客厅,坐下来写信。里亚博夫斯基对她说什么她做不了画家,现在为了报复,她就还敬他几句,写道,他年年画的老是那一套东西,天天讲的老是那一套话。她还写道,他已经站住不动,除了已有的成绩以外此后他休想有什么成绩了。她还想写下去,说他过去大大叨了她的好影响的光,如果他从此走下坡路,那只是因为她的影响被各式各样的暧昧人物,例如今天藏在画儿背后的那个家伙,抵消了。

"亲爱的!"德莫夫在书房里叫道,没有开门,"亲爱的!"

"你有什么事?"

"亲爱的,你不要上我屋里来,只在门口站住好了。是这么回事……前天我在医院里传染了白喉,现在……我病了。快去请科罗斯捷列夫来。"

奥莉加·伊万诺夫娜对丈夫素来称呼姓,她对她熟识的男人都是这样称呼的。她不喜欢他的教名奥西普,因为那名字总叫她联想到果戈理的奥西普①,和一句俏皮话:"奥西普,爱媳妇;阿西福,开席铺。"现在她却叫道:

"奥西普,不会的!"

"快去吧!我病了……"德莫夫在门里面说,她可以听见他走回去,在长沙发上躺下来。"快去吧!"他的声音含糊地传来。

"这是怎么回事?"奥莉加·伊万诺夫娜想,吓得周身发凉,"这病危险得很呐!"

她完全不必要地举着蜡烛走进寝室。在那儿,她盘算着她该怎么办,

---

① 果戈理的剧本《钦差大臣》中的一个仆人。

无意中往穿衣镜里看自己一眼。她瞧见她那苍白的、惊骇的脸,高袖口的短上衣,胸前的黄褶子,裙子上特别的花条,觉着自己又可怕又难看。她忽然热辣辣地感到对不起德莫夫,对不起他对她的那种深厚无边的爱情,对不起他年轻的生命,甚至对不起他好久没来睡过的那张空荡荡的小床。她想起他那常在的、温和的、依顺的笑容。她哀哀地哭了一场,给科罗斯捷列夫写一封央求的信。那已经是夜里两点钟了。

# 八

早晨七点多钟,奥莉加·伊万诺夫娜由于没有睡足而脑袋发沉,头发没有梳,模样很不好看,脸上带着惭愧的神情,走出寝室来。这时候有一位先生,留着一把黑胡子,大概是医师,走过她面前,到前堂去了。屋里有药气味。科罗斯捷列夫站在书房的门旁,用右手捻着左边的唇髭。

"对不起,我不能让您进去看他,"他阴沉地对奥莉加·伊万诺夫娜说,"这病会传染人的。况且,实际上,您也不必进去。反正他在发高烧,说昏话。"

"他真的得了白喉吗?"奥莉加·伊万诺夫娜小声问。

"老实说,他是自作孽,不可活,"科罗斯捷列夫嘟嘟哝哝地说,没有回答奥莉加·伊万诺夫娜问的话,"您知道他怎样传染到这病的?星期二那天,他用吸管吸一个害白喉的男孩子的薄膜。这是为什么?这是愚蠢……是啊,胡闹……"

"他病得重吗?很重吗?"奥莉加·伊万诺夫娜问。

"对了,据说这是顶厉害的那种白喉。真的,应当把希列克请来才对。"

一个矮小的红发男子来了,鼻子很长,讲话带犹太人的口音。然后来了一个高大、伛偻、头发蓬松的人,看样子像是大助祭。随后又来了一个很胖的青年,生一张红脸,戴着眼镜。这是医师们到他们的同事身旁来轮流值班。科罗斯捷列夫值完班,并不回家,却留在这儿,像阴影似的在各房间里穿来穿去。女仆忙着给值班的医师端茶,常跑到药房去,因此没有人收拾房间了。到处都安安静静,阴阴惨惨。

奥莉加·伊万诺夫娜坐在自己的寝室里,心想这是上帝来惩罚她了,因为她欺骗她的丈夫。那个沉默寡言、从不诉苦、使人不能理解的人,脾气温柔得失去了个性,又过分的忠厚,变得缺乏意志,为人软弱,这时候却独自待在一个地方,冷冷清清,躺在他那长沙发上受苦,一句抱怨的话也不说。要是他说出抱怨的话来,哪怕是在高热中,值班的医师也会知道毛病并不是单单出在白喉上。他们就会去问科罗斯捷列夫。他是什么都知道的,无怪他瞧着他朋友的妻子的时候,眼神好像在说:她才是真正的主犯,白喉不过是她的同谋犯罢了。现在她不再回想伏尔加河上的那个月夜,也不再回想那些爱情的剖白,更不回想他们在农舍里的诗意生活,而只回想:她,由于无聊的空想,由于娇生惯养,已经用一种又脏又黏的东西把自己从头到脚统统弄脏,从此休想洗得干净了……

"哎呀,我做假做得太厉害了!"她记起她跟里亚博夫斯基那段烦心的恋爱,不由得想道,"这种事真该死!……"

到四点钟,她跟科罗斯捷列夫一块儿吃午饭。他一点东西也不吃,光是喝红葡萄酒,皱着眉头。她也什么都没吃。她有时候暗自祷告,向上帝起誓:要是德莫夫病好了,她一定再爱他,做他的忠实妻子。有时候她又暂时忘了自己,瞧着科罗斯捷列夫,暗想:"做一个默默无闻的普通人,没有一点出众的地方,再加上生着那么一张满是皱纹的脸,一点也不懂礼貌,难道不乏味吗?"有时候她又觉着上帝一定会立刻来弄死她,因为她担心传染,一次也没到她丈夫的书房里去过。总之,她心绪麻木阴郁,相信她的生活已经毁掉,再怎么样也没法挽救了……

饭后,天擦黑了。奥莉加·伊万诺夫娜走进客厅,科罗斯捷列夫正躺在睡椅上睡觉,把一个金线绣的绸垫子枕在脑袋底下。"希——普——啊,"他在打鼾,"希——普——啊。"

医师们来值班,进进出出,却始终没有留意这种杂乱。一个陌生的人躺在客厅里睡觉和打鼾也好,墙上挂着那么多的画稿也好,房间布置得那么别致也好,这房子的女主人头发蓬松、衣冠不整也好,总之,现在,这一切全引不起一丁点儿兴趣了。有一位医师偶尔不知因为什么笑了一声,那笑声带一种古怪而胆怯的音调,听了甚至叫人害怕。

等到奥莉加·伊万诺夫娜第二回走进客厅里来,科罗斯捷列夫已经不在睡觉,而是坐着抽烟了。

"他得了鼻腔白喉症,"他低声说,"心脏已经跳得不正常了。真的,事情不妙。"

"那么您去请希列克吧。"奥莉加·伊万诺夫娜说。

"他已经来过了。发现白喉转到鼻子里去的,就是他。唉,希列克有什么用!真的,希列克一点用也没有。他是希列克,我是科罗斯捷列夫,如此而已。"

时间拖得长极了。奥莉加·伊万诺夫娜在一张从早上起就没收拾过的床上和衣躺下,迷迷糊糊睡着了。她梦见整个宅子里从地板到天花板,装满一大块铁,只要能够把那块铁搬出去,大家就会轻松快活了。等到醒过来,她才想起那不是铁,而是德莫夫的病。

"Nature morte,祸……"她想,又变得什么都想不起来了,"罗……莫……希列克怎么样?西列克……东列克……南列克……现在我的朋友们在哪儿啊?他们知道我们遭了难吗?主啊,救救我……怜恤我。西列克……东列克……"

那块铁又来了……时间拖得很长,可是楼下的钟常常敲响。门铃一个劲儿响,医师们陆陆续续进来……女仆走来,端着盘子,上面摆着一个空玻璃杯。她问道:

"要我把床收拾一下吗,太太?"

听不到答话,她就走了。下面的钟敲着。她梦见伏尔加河上的雨。又有人走进寝室来,仿佛是一个陌生人。奥莉加·伊万诺夫娜跳起来,认出那人是科罗斯捷列夫。

"现在什么时候?"她问。

"将近三点钟。"

"哦,什么事?"

"还有什么好事!……我是来告诉您:他去世了……"

他呜呜地哭了,在床边挨着她坐下,用袖口擦眼泪。她一下子还明白不过来,可是紧跟着周身发凉,开始慢慢地在胸前画十字。

"他去世了……"他用细微的声音再说一遍,又哭了,"他死,是因为他牺牲了自己……对科学来说,这是多大的损失啊!"他沉痛地说,"要是拿我们全体跟他比一下,他真称得起是伟大的人,不平凡的人!什么样的天才啊!他给我们大家多大的希望呀!"科罗斯捷列夫接着说,绞着手,"我的上帝啊,像这样的科学家现在我们就是打着火把也找不着了。奥西卡·德莫夫,奥西卡·德莫夫,你凭什么落到这个地步啊!唉唉,我的上帝啊!"

科罗斯捷列夫灰心得用两只手蒙上脸,摇头。

"而且他有那么大的道德力量!"他接着说,好像越来越气恼什么人似的,"这是一个善良、纯洁、仁慈的灵魂,不是人,是水晶!他为科学服务,为科学而死。他一天到晚跟牛一样地工作,谁也不怜惜他。这个年轻的科学家,未来的教授,却不得不私人行医,晚上做翻译工作,好挣下钱来买这些……无聊的废物!"

科罗斯捷列夫带着憎恨瞧着奥莉加·伊万诺夫娜,伸出两只手抓起被单,气冲冲地撕扯它,倒好像都怪被单不好似的。

"他不怜惜自己,别人也不怜惜他。唉,真的,空谈一阵有什么用!"

"对,真是一个天下少有的人!"客厅里有人用男低音说。

奥莉加·伊万诺夫娜回想她跟他一块儿过的全部生活,从头到尾所有的细节一个也不漏。她这才忽然明白:他果然是一个天下少有的、不平凡的人,拿他跟她认识的任什么人相比,真要算是伟大的人。她想起去世的父亲以及所有跟他共事的医师怎样看待他,她这才明白他们都认定他是一个未来的名人。墙啊,天花板啊,灯啊,地板上的地毯啊,好像一齐对她讥讽地眨眼,仿佛要说:"错过机会啰!错过机会啰!"她哭着冲出寝室,跑过客厅里一个不相识的男子身边,奔进丈夫的书房里去。他一动也不动地躺在一张土耳其式长沙发上,从腰部以下盖着一条被子。他的脸消瘦干瘪得可怕,脸色又黄又灰,活人脸上是看不见那种颜色的。只有凭了那个额头,凭了黑眉毛,凭了熟悉的微笑,才认得出他就是德莫夫。奥莉加·伊万诺夫娜赶快摸他的胸、他的额头、他的手。胸口还有余温,可是额头和那双手却凉得摸上去不舒服了。那对半睁半闭的眼睛没有瞧着奥莉加·伊万诺夫娜,却瞧着被子。

"德莫夫!"她大声喊叫,"德莫夫!"

她想对他说明过去的事都是错误,事情还不是完全没法挽救,生活仍旧可以又美丽又幸福。她还想对他说,他是一个天下少有的、不平凡的、伟大的人,她会一生一世地尊崇他,向他膜拜,感到神圣的敬畏……

"德莫夫!"她叫他,拍他的肩膀,不相信他从此不会再醒来了,"德莫夫!德莫夫啊!"

客厅里,科罗斯捷列夫正在对女仆发话:

"干吗一个劲儿地死问?您上教堂看守人那儿去,问一声靠养老院养活的那些老太婆住在哪儿。她们自会擦洗尸身,装殓起来,该做的事都会做好。"

1892 年

**【归纳探究】**

1. 这篇小说最开始的标题为《伟大的人》,你如何理解这个题目?但最终小说以《跳来跳去的女人》为题,你觉得理由是什么?结合小说内容谈谈你的看法。

提示:同学们可以结合契诃夫小说创作艺术风格的特点进行思考。

2. 小说结尾伊万诺夫娜才忽然明白:他(德莫夫)果然是一个天下少有的、不平凡的人,拿他跟她认识的任什么人相比,真要算是伟大的人。仔细回想一下,在我们日常生活中,这样平凡而又伟大的人都有哪些呢?什么样的特质才是我们漫长的人生中特别值得尊重和守护的?结合生活实际,谈谈你的理解。

## 第六病室

【导读】

　　《第六病室》是本书中篇幅最长的一篇作品，色调阴暗深沉，画面撼人心灵。小说在杂乱阴冷、闭塞压抑的环境中展开，以医师拉京和病人格罗莫夫的辩论为主要情节，交叉着第六病室里的其他人以及小城各色人等光怪陆离的生活，看似荒诞，实则真实。这如地狱般的存在，正是对当时俄国社会现实的映射。这篇作品是作者契诃夫库页岛调查游历后，文学创作中思想意识更一深层的探索，展现出了更加强烈的社会性和批判性。

### 一

　　医院的院子里有一幢不大的厢房，四周长着密密麻麻的牛蒡、荨麻和野生的大麻。这幢厢房的屋顶生了锈，烟囱半歪半斜，门前台阶已经朽坏，长满杂草，墙面的灰泥只剩下些斑驳的残迹。这幢厢房的正面对着医院，后墙朝着田野，厢房和田野之间由一道安着钉子的灰色院墙隔开。那些尖头朝上的钉子、那围墙、那厢房本身，都有一种特别的、阴郁的、罪孽深重的景象，只有我们的医院和监狱的房屋才会这样。

要是您不怕被荨麻扎伤,那您就顺着通到厢房的那条羊肠小道走过去,瞧瞧里面在干些什么吧。推开头一道门,我们就走进了前堂。在这儿,沿着墙,靠火炉的旁边,丢着一大堆医院里的破烂东西:褥垫啦,破旧的长袍啦,裤子啦,细蓝条子的衬衫啦,没有用处的破鞋啦,所有这些破烂堆在一块儿,揉得很皱,混在一起,正在腐烂,冒出一股闷臭的气味。

看守人尼基达是个年老的退伍兵,衣服上的军章已经褪成棕色。他老是躺在那堆破烂东西上,两排牙齿中间衔着一只烟斗。他的脸相严厉而枯瘦,他的眉毛滋出来,给那张脸添上了草原的看羊狗的神情,他的鼻子发红,身材矮小,虽说长得清瘦,筋脉嶙嶙,可是气派威严,拳头粗大。他是那种心眼简单、说干就干、办事牢靠、脑筋迟钝的人。在人间万物当中他最喜爱的莫过于安分守己,因此相信对他们是非打不可的。他打他们的脸,打他们的胸,打他们的背,碰到哪儿就打哪儿,相信要是不打人,这地方就要乱了。

随后您就走进一个宽绰的大房间,要是不把前堂算在内的话,整个厢房里就只有这么一个房间。这儿的墙壁涂了一层混浊的淡蓝色灰粉,天花板熏得挺黑,就跟不装烟囱的农舍一样。事情很清楚,这儿到冬天,炉子经常冒烟,房间里净是煤气。窗子的里边钉着一排铁格子,很难看。地板颜色灰白,满是木刺。酸白菜、灯心的焦味、臭虫、阿摩尼亚味,弄得房间里臭烘烘的,您一进来,这种臭气就使您觉着仿佛走进了动物园。

房间里放着几张床,床脚钉死在地板上。有些穿着医院的蓝色长袍、按照老派戴着睡帽的男子在床上坐着或者躺着。这些人都是疯子。

这儿一共有五个人。只有一个人出身贵族,其余的全是小市民。顶靠近房门的那个人是个又高又瘦的小市民,唇髭棕红发亮,眼睛沾着泪痕,坐在那儿用手托着头,瞧着一个地方发呆。他一天到晚伤心,摇头,叹气,苦笑。人家讲话,他很少插嘴;人家问他什么话,他也总是不答话。人家给他

75

吃食,他就随手拿起来吃下去,喝下去。从他那痛苦的、喀喀的咳嗽声,他那消瘦,他那脸颊上的红晕看来,他正在开始害肺痨病。

他旁边是一个矮小活泼、十分爱动的老头,留一把尖尖的小胡子、长着跟黑人那样拳曲的黑头发。白天,他在病室里从这个窗口走到那个窗口,或者坐在床上照土耳其人那样盘着腿。他像灰雀那样不住地打唿哨,轻声唱歌,嘿嘿地笑。到了晚上他也显出孩子气的欢乐和活泼的性格。他从床上起来祷告上帝,那就是,拿拳头捶胸口,用手指头抓门。这是犹太籍傻子莫依谢依卡,二十年前他的帽子作坊焚毁的时候发了疯。

在第六病室的所有病人当中,只有他一个人得到允许,可以走出屋子,甚至可以走出院子上街。他享受这个特权已经很久,这大概因为他是医院里的老病人,又是一个安分的、不伤人的傻子,本城的小丑。他在街上给小孩和狗包围着的情景,城里人早已看惯了。他穿着破旧的长袍,戴着可笑的睡帽,穿着拖鞋,有时候光着脚,甚至没穿长裤,在街上走来走去,在民宅和小店的门口站住讨一个小钱。有的地方给他一点克瓦斯喝,有的给他一点面包吃,有的给他一个小钱,因此他总是吃得饱饱的,满载而归。凡是他带回来的东西,尼基达统统从他身上搜去归自己享用。这个兵干起这种事来很粗暴,怒气冲冲,把犹太人的口袋底都翻出来,而且要上帝做见证,赌咒说他绝不让这个犹太人再上街,说他认为这种不安分守己的事比世界上任何什么事都坏。

莫依谢依卡喜欢帮人的忙。他给同伴们端水,他们睡熟了,他就给他们盖被。他应许每个人说:他从街上回来,一定给他们每个人一个小钱,给每个人缝一顶新帽子。他还用一把调羹喂他左边的邻居吃东西,那人是一个瘫子。他这样做不是出于同情,也不是出于人道主义性质的考虑,而是模仿他右边的邻居格罗莫夫的举动,不知不觉地受了他的影响。

伊万·德米特里奇·格罗莫夫是个大约三十三岁的男子,出身贵族家庭,做过法院的民事执行吏和十二品文官,害着被虐狂。他要么躺在床上,蜷着身子,要么就在房间里从这头走到那头,仿佛在锻炼身体。他很少坐着。他老是怀着一种朦胧的、不明确的担心,因此总是激动,焦躁,紧张。只要前堂传来一丁点儿沙沙声或者院子里有人叫一声,他就抬起头来,竖起耳朵:是不是有人来抓他了?是不是有人在找他?遇到这种时候,他脸上就现出极其不安和憎恶的神情。

我喜欢他这张颧骨很高的宽脸,脸色老是苍白而愁苦,像镜子那样映出一个被挣扎和长期的恐惧苦苦折磨着的灵魂。他这种愁眉苦脸是古怪而病态的,可是深刻纯真的痛苦在他脸上刻下来的细纹,却显出智慧和理性,他的眼睛射出热烈而健康的光芒。我也喜欢这个人本身,他殷勤,乐于为人出力,除了对尼基达以外,对一切人都异常体贴。不管谁掉了一个扣子或者一把调羹,他总是连忙从床上跳下来,捡起那件东西。每天早晨他都要向同伴们道早安,临睡也要向他们道晚安。

除了他经常保持紧张状态并且露出愁眉苦脸以外,他的疯病还有下面的表现。每到傍晚,有时候他把身上的短小的长袍裹一裹紧,周身发抖,牙齿打战,很快地从房间这头走到那头,在床铺之间穿来穿去。看上去,他仿佛在发高烧。从他忽然站住,瞧一眼同伴的样子看来,他分明想说什么很重要的话,可是大概想到他们不会听他讲,也听不懂他的话,就烦躁地摇摇头,仍旧走来走去。然而不久,说话的欲望就压倒一切顾虑,占了上风,他管不住自己,热烈奔放地讲起来。他的话又乱又急,像是梦呓,前言不搭后语,常常叫人听不懂,不过另一方面,不管在话语里也好,声调里也好,都可以使人听出一种非常优美的东西。他一讲话,您就会在他身上看出他既是疯子,又是正常的人。他那些疯话是很难写到纸上来的。他讲到人的卑鄙,讲到蹂躏真理的暴力,讲到将来终有一天会在地球上出现的灿烂生活,讲到时时刻刻使他想起强暴者的麻木残忍的铁窗格。结果他的话就变成由许多古老的然而还没过时的歌合成的一首凌乱而不连贯的杂曲了。

二

大约十二年前或者十五年前，一个姓格罗莫夫的文官住在本城大街上他自己的房子里，这是一个有地位又有家产的人。他有两个儿子，谢尔盖和伊万。谢尔盖在大学读到四年级的时候，得急性肺痨病死了，他的死亡仿佛给忽然降到格罗莫夫家中的一大串灾难开了个头。谢尔盖葬后不出一个星期，老父亲因为伪造文件和挪用公款而送审，不久以后就害伤寒，在监狱医院里去世了。房子连同所有的动产都被拍卖，撇下伊万·德米特里奇和他母亲没法生活了。

原先在父亲生前，伊万·德米特里奇住在彼得堡，在大学里念书，每月收到六七十个卢布，根本不懂什么叫作穷，现在他却得一下子改变他的生活了。他为了挣几个小钱而不得不一天到晚教家馆，做抄写工作，尽管这样却仍旧要挨饿，因为他把全部收入都寄给母亲维持生活了。伊万·德米特里奇受不了这样的生活；他灰心丧气，身体虚弱，就离开大学，回家来了。在这儿，在这小城里，他托人情在县立学校里谋到一个教员的位子，可是跟同事们处不好，学生也不喜欢他，不久他就辞职了。他母亲去世了。他有六个月没找到工作，光靠面包和水生活，后来做了法院的民事执行吏。他一直干这个差使，后来就因病被辞了。

他还在年纪轻轻，做大学生的时候，就从来没有让人觉得是个健康的人。他素来苍白，消瘦，动不动就着凉。他吃得少，睡不酣。他只要喝上一杯葡萄酒，就头晕，发歇斯底里病。他一向喜欢跟人们来往，可是由于他那爱生气的脾气和多疑的性格，他跟任什么人都不接近，也没有交到朋友。

他总是满心看不起地批评城里人,说是他觉着他们那种浑浑噩噩的愚昧和昏昏沉沉的兽性生活又恶劣又讨厌。他用男高音讲话,响亮,激烈,要么带着愤怒和愤慨的口气,要么带着热衷和惊奇的口气,不过他永远讲得诚恳。不管人家跟他谈什么,他老是把话题归结到一件事上去:在这个城里生活又无聊又烦闷,一般人没有高尚的趣味,过着黯淡而毫无意义的生活,用强暴、粗鄙的放荡、伪善来使这生活添一点变化;坏蛋吃得饱,穿得好,正人君子却忍饥受寒;这个社会需要创办学校、立论正直的地方报纸、剧院、公开的演讲、知识力量的团结;必须让这个社会看清楚自己,为自己害怕才成。他批评人们的时候,总是涂上浓重的色彩,只用黑白两色,任何其他的色调都不用。依他看来,人类分成正直的人和坏蛋,中间的人是没有的。提起女人和爱情,他总是讲得热烈而入迷,可是他从没恋爱过一回。

在这个城里,尽管他尖刻地批评人,容易冲动,可是大家都喜爱他,背地里总是亲切地叫他万尼亚[①]。他那天生的体贴、乐于帮忙的性情、正派的作风、道德的纯洁,他那又旧又小的礼服、病弱的外貌、家庭的不幸,在人们心中勾起一种美好、热烈、忧郁的感情。再说,他受过很好的教育,念过许多书,照城里人的看法,他无所不知,在这个城里像是一部备人查考的活字典。

他看过很多书。他老是坐在俱乐部里,兴奋地扯着稀疏的胡子,翻看杂志和书籍。凭他的脸色看得出来他不是在看书,而是在吞吃那些书页,几乎来不及嚼烂它们。人们必须认为看书是他的一种病态的嗜好,因为不管他碰到什么,哪怕是去年的报纸或者日历,也一概贪婪地抓过来,读下去。他在家里总是躺着看书。

---

[①] 伊万的爱称。

## 三

有一次,那是秋天的一个早晨,伊万·德米特里奇竖起大衣的领子,蹚着烂泥,穿过后街和小巷,带着一张执行票到一个小市民家里去收钱。他心绪郁闷,每天早晨他总是这样的。在一条小巷里,他遇见两个戴镣铐的犯人,有四个带枪的兵押着他们走。以前伊万·德米特里奇常常遇见犯人,他们每一次都在他心里引起怜悯和别扭的感情,可是这回的相逢却在他心上留下一种特别的奇怪印象。不知什么缘故,他忽然觉得他也可能戴上镣铐,像那样走过泥地,被人押送到监狱里去。他到那个小市民家里去过以后,在回到自己家里去的路上,在邮政局附近碰见一个他认识的警官,那人跟他打招呼,并排顺着大街走了几步,不知什么缘故,他觉得这很可疑。他回到家里,那一整天都没法把那两个犯人和荷枪的兵从脑子里赶出去,一种没法理解的不安心理搅得他没法看书,也没法集中脑力思索什么事。到傍晚他没有在自己屋里点上灯,一晚上也睡不着觉,总是想:他可能被捕,戴上镣铐,送进监牢里去。他知道自己从来没做过什么犯法的事,而且能够担保将来也绝不会杀人,不会放火,不会偷东西。不过,话说回来,偶然在无意中犯下罪,不是很容易吗?而且受人诬陷,最后,还有审判方面的错误,不是也可能发生吗?难怪老百姓的年代久远的经验教导人们:谁也不能保险不讨饭和不坐牢。在眼下这种审判程序下,审判方面的错误很有可能,没有什么可奇怪的。凡是对别人的痛苦有职务上、业务上的关系的人,例如法官、警察、医师等,时候一长,由于习惯的力量,就会变得麻木不仁,即使有心,也不能不采取敷衍了事的态度对待他们的当事人;在这方面,他们跟在后院屠宰牛羊却看不见血的农民没有什么不同。法官既然对人采取敷衍了事、冷酷无情的态度,那么为了剥夺无辜的人的一切公民权,判他苦役刑,就只需要一件东西,那就是时间。只要有时间来完成一些法定手续(法官们正是因此才拿薪水的),就大功告成了。事后,你休想在这个离铁路线有二百俄里远的、肮脏的、糟糕的小城里找到正义和保障!再者,既然社会认为一切暴力都是合理而适当的必要手段,各种仁慈行为,例如宣告无罪的判决,会引起沸沸扬扬的不满和报复情绪,那么,就联想到正义不也可笑吗?

到早晨,伊万·德米特里奇起床,满心害怕,额头冒出冷汗,已经完全相信他随时会被捕了。他想,既然昨天的阴郁思想这么久都不肯离开他,可见其中必是有点道理。的确,那些思想绝不会无缘无故钻进他脑子里来。

有一个警察不慌不忙地走过他的窗口,这可不会没有来由。那儿,在房子附近,有两个人站着不动,也不言语。为什么他们沉默呢?

从此,伊万·德米特里奇一天到晚提心吊胆。凡是路过窗口或者走进院子里来的人,他都觉得是间谍和暗探。中午,县警察局长照例坐着一辆双马马车走过大街,这是他从近郊的庄园坐车到警察局去,可是伊万·德米特里奇每回都觉得他的车子走得太快,而且他的脸上有一种特别的神情:他分明急着要去报告,说城里有一个很重要的犯人。门口有人一拉铃、一敲门,伊万·德米特里奇就打一个冷颤,每逢在女房东屋里碰到生客,就坐立不安。他一遇见警察和宪兵就微笑,打唿哨,为了显得满不在乎。他一连好几夜担心被捕而睡不着觉,可又像睡熟的人那样大声打鼾,呼气,好让女房东以为他睡着了。因为,要是他睡不着,那一定是他在受良心的煎熬:这就是了不起的罪证!事实和常识使他相信所有这些恐惧都是荒唐,都是心理作用。要是往大处看,那么被捕也好、监禁也好,其实并没有什么可怕的,只要良心清白就行,可是他越是有理性、有条理地思考,他那内心的不安反而变得越发强烈痛苦。这倒跟一个隐士的故事相仿了:那隐士想在一片密林里给自己开辟一小块空地,他越是辛辛苦苦用斧子砍,树林反而长得越密越盛。到头来,伊万·德米特里奇看出这没有用处,就索性不再考虑,完全听凭绝望和恐惧来折磨自己了。

他开始过隐居的生活,躲开人们。他早先就讨厌他的职务,现在他简直干不下去了。他深怕他会被人蒙骗,上了什么圈套,趁他不防备往他口袋里塞一点贿赂,然后揭发他,或者他自己一不小心在公文上出了个错,类似伪造文书,再不然丢了别人的钱。奇怪的是在别的时候他的思想从来没有像现在这样灵活机动,千变万化过,他每天想出成千种不同的理由来认真担忧他的自由和名誉。可是另一方面,他对外界的兴趣,特别是对书的兴趣,却明显地淡薄,他的记性也非常靠不住了。

春天,雪化了,在墓园附近的一条山沟里发现了两个部分腐烂的尸体,一个是老太婆,一个是男孩,都带着因伤致死的痕迹。城里人不谈别的,专门谈这两个死尸和没有查明的凶手。伊万·德米特里奇为了不让人家认为是他杀了人,就在街上走来走去,微微笑着,一遇见熟人,脸色就白一阵红一阵,开始表白说再也没有比杀害弱小和无力自卫的人更卑鄙的罪行了。可是这种做假的行为不久就弄得他厌烦了,他略略想了一阵,就决定处在他的地位,他顶好是躲到女房东的地窖里去。他在地窖里坐了一整天,后来又坐上一夜,和一个白天,实在冷得厉害,挨到天黑就像贼那样悄悄溜回自己的房间里去了。他在房间中央呆站着,一动也不动地听着,直到天亮。大清早,太阳还没出来,就有几个修理炉灶的工人来找女房东。伊万·德米特里奇明明知道这些人是来翻修厨房里的炉灶的,可是恐惧却告诉他说,他们是假扮成修理炉灶工人的警察。他悄悄溜出住所,没穿外衣,没戴帽子,满腔害怕,沿着大街飞跑。狗汪汪叫着在他身后追来,一个农民在他身后什么地方呼喊,风在他耳朵里呼啸,伊万·德米特里奇觉得在他背后,全世界的暴力合成一团,正在追他。

人家拦住他,把他送回家,打发他的女房东去请医师。安德烈·叶菲梅奇(关于他以后还要提到)吩咐在他额头上放个冰袋,要他服一点稠樱叶水,忧虑地摇摇头,走了,临行对女房东说,他不再来了,因为人不应该打搅发了疯的人。伊万·德米特里奇在家里没法生活,也得不到医疗,不久就给送到医院里去,安置在花柳病人的病室里。他晚上睡不着觉,任性胡闹,搅扰病人,不久就由安德烈·叶菲梅奇下命令,转送到第六病室去了。

过了一年,城里人已经完全忘掉了伊万·德米特里奇,他的书由女房东堆在一个敞棚底下的一辆雪橇上,给小孩子陆续偷走了。

## 四

伊万·德米特里奇左边的邻居,我已经说过,是犹太人莫依谢依卡。他右边的邻居是一个农民,胖得臃肿,身材差不多滚圆,脸容痴呆,完全缺乏思想的痕迹。这是一个不动的、贪吃的、不爱干净的动物,早就丧失思想和感觉的能力。他那儿经常冒出一股令人窒息的刺鼻的臭气。

尼基达给他收拾脏东西的时候,总是狠命打他,使足力气,一点也不顾惜自己的拳头。可怕的还不是他挨打,这是谁都能习惯的;可怕的倒是这个呆钝的动物挨了拳头,却毫无反应,一声不响,也不动一动,眼睛里没有一点表情,光是稍微摇晃几下身子,好比一只沉甸甸的大圆桶。

第六病室里第五个,也就是最后一个病人,是一个小市民,从前做过邮政局的检信员。这是一个矮小的、相当瘦的金发男子,面容善良,可又带点调皮。根据他那对聪明镇静的眼睛闪着明亮快活的光芒来判断,他很有心计,心里有一桩很重大的、愉快的秘密。他在枕头和褥子底下藏着点东西,从来不拿给别人看,倒不是怕人家抢去或者偷走,而是因为不好意思拿出来。有时候他走到窗口,背对着同伴,把一个什么东西戴在胸口上,低下头看它。要是你在这样的时候走到他面前去,他就慌里慌张,赶紧从胸口扯下一个什么东西来。不过要猜破他的秘密,却也不难。

"请您跟我道喜吧,"他常对伊万·德米特里奇说,"我已经由他们呈请授予带星的斯坦尼斯拉夫二等勋章了。带星的二等勋章是只给外国人的,可是不知什么缘故他们愿意为我破例,"他微笑着说,迷惑地耸耸肩膀,"是啊,老实说,我可真没料到!"

"这类事我一点也不懂。"伊万·德米特里奇阴郁地声明说。

"可是您知道我早晚还会得着什么勋章吗?"原先的检信员接着说,调皮地眯细眼睛,"我一定会得着瑞典的'北极星'。为了那样的勋章,真值得费点心思呢。那是一个白十字,有一条黑丝带。那是很漂亮的。"

大概别处任什么地方的生活都不及这所厢房里这样单调。早晨,除了瘫子和胖农民以外,病人都到前堂去,在一个大木桶那儿洗脸,用长袍的底襟擦脸。这以后他们就用带把的白铁杯子喝茶,这茶是尼基达从医院主楼拿来的。每人只许喝一杯。中午他们喝酸白菜汤和麦糊,晚上吃中午剩下来的麦糊。空闲的时候,他们就躺着,睡觉,看窗外,从这个墙角走到那个墙角。天天这样。甚至原先的检信员也老是谈他的那些勋章。

第六病室里很难见到新人。医师早已不收疯人了。再者,世界上喜欢访问疯人院的人总是很少的。每过两个月,理发师谢苗·拉扎里奇就到这个厢房里来一趟。至于他怎样给那些疯人理发,尼基达怎样帮他的忙,这个醉醺醺、笑嘻嘻的理发师每次光临的时候病人怎样大乱,我就不愿意再描写了。

除了理发师以外,还从来没有一个人来看一看这个厢房。病人们注定了一天到晚只看见尼基达一个人。

不过近来,医院主楼里却在散布一种相当奇怪的流言。

风传医师开始常到第六病室去了。

## 五

奇怪的流言!

安德烈·叶菲梅奇·拉京医师从某一点来看是一个与众不同的人。据说他年纪很轻的时候十分信神,准备干教士的行业。一八六三年在中学毕业的时候,他有心进一个宗教学院,可是他父亲,一个内外科的医师,似乎刻薄地挖苦他,干脆声明说,要是他去做教士,就不认他做儿子。这话是真是假,我不知道,不过安德烈·叶菲梅奇不止一回承认他对医学或者一般的专门科学素来不怎么爱好。

不管怎样,总之,他在医科毕业以后,并没出家做教士。他并不显得特别信教,他现在跟初做医师时候一样,不像是宗教界的人。

他的外貌笨重、粗俗,跟农民一样。他的脸相、胡子、平顺的头发、又壮又笨的体格,都叫人联想到大道边上小饭铺里那种吃得挺胖、喝酒太多、脾气很凶的老板。他那严厉的脸上布满细小的青筋,他眼睛小,鼻子红。他身材高,肩膀宽,因而手脚也大,仿佛一拳打出去准能致人死命似的。可是他的脚步轻,走起路来小心谨慎,蹑手蹑脚。要是他在一个窄过道里碰见了谁,他总是先站住让路,说一声"对不起!"而且他那讲话声音,出人意外,并不粗,而是尖细柔和的男高音。他的脖子上长着一个不大的瘤子,使他没法穿浆硬的衣领,因此他老是穿软麻布或者棉布的衬衫。总之,他的装束不像个医生。一套衣服,他一穿就是十年。新的衣服,他通常总是到犹太人的铺子①里去买，经他穿在身上以后，就跟旧衣服一样又旧又皱。他看病也好，吃饭也好，拜客也好，总是穿着那套衣服，可是这倒不是因为他吝啬，而是因为对自己的仪表全不在意。

安德烈·叶菲梅奇到这个城里来就职的时候，这个"慈善机关"的情形糟极了。病室里，过道上，医院的院子里，臭得叫人透不过气来。医院的杂役，助理护士和他们的孩子，跟病人一块儿住在病房里。大家抱怨说这地方没法住，因为蟑螂、臭虫、耗子太多。外科病室里丹毒从没绝迹过。整个医院里只有两把外科手术刀，温度计连一个也没有。浴室里存放土豆。总务处长、女管理员、医士，一齐向病人勒索钱财。安德烈·叶菲梅奇的前任是一个老医师，据说似乎私下里卖医院的酒精，还罗致护士和女病人，成立了一个后宫。这些乱七八糟的情形，城里人是十分清楚的，甚至把它说得言过其实，可是大家对待这种现象却满不在乎。有人还辩白说躺在医院里的只有小市民和农民，他们不可能不满意，因为他们家里比医院里还要糟得多。总不能拿松鸡来给他们吃啊！还有人辩白说：没有地方自治局的资助，单靠这个小城本身是没有力量维持一个好医院的，谢天谢地，这个医院即使差一点，可是总算有了一个。新成立的地方自治局，在城里也好，在城郊也好，根本没有开办诊疗所，推托说城里已经有医院了。

安德烈·叶菲梅奇视察医院以后，断定这个机构道德败坏，对病人的健康极其有害。依他看来，目前所能做的顶聪明的办法就是把病人放出去，让医院关门。可是他考虑到单是他一个人的意思办不成这件事，况且这样办了也没用，就算把肉体的和精神的污秽从一个地方赶出去，它们也会搬到另外一个地方去。那就只好等它们自己消灭。再说，人们既开办了一个医院，容许它存在下去，可见他们是需要它的。偏见以及日常生活中的种种坏事和丑事都是必要的，因为日子一长，它们就会化为有益的东西，

---

① 这种铺子里的东西价钱便宜。

如同粪肥变成黑土一样。人世间没有一种好东西在起源的时候会不沾一点肮脏的。

等到安德烈·叶菲梅奇上任办事以后,他对那种乱七八糟的情形分明相当冷淡。他只要求医院的杂役和助理护士不要在病房里过夜,购置了装满两个柜子的外科器械。至于总务处长、女管理员、医士、外科的丹毒等,仍旧维持原状。

安德烈·叶菲梅奇十分喜爱智慧和正直,可是讲到在自己四周建立一种合理而正直的生活,他却缺乏毅力,缺乏信心来维护自己这种权利。下命令、禁止、坚持,他根本办不到。这就仿佛他赌过咒,永远不提高喉咙说话,永远不用命令的口气似的。要他说一句"给我这个"或者"把那个拿来"是很困难的;他要吃东西的时候,总是迟疑地嗽一嗽喉咙,对厨娘说:"给我喝点茶才好……"或者:"给我开饭才好。"至于吩咐总务处长别再偷东西,或者赶走他,再不然干脆取消这个不必要的、寄生的职位,他是根本没有力量办到的。安德烈·叶菲梅奇每逢遭到欺骗或者受到奉承,或者看到一份他分明知道是假造的账单送来请他签署的时候,他就把脸涨得跟龙虾一样红,觉着于心有愧,不过还是签了字。每逢病人向他抱怨说他们在挨饿,或者责怪助理护士粗暴,他就发窘,惭愧地嘟哝道:

"好,好,以后我来调查一下……多半这是出了什么误会……"

起初安德烈·叶菲梅奇工作得很勤快。他每天从早晨起到吃午饭的时候止一直给病人看病,动手术,甚至接生。女人们说他工作用心,诊断很灵,特别是妇科病和小儿科病。可是日子一长,因为这工作单调无味而且显然无益,他分明厌烦了。今天接诊三十个病人,到明天一瞧,加到三十五个了,后天又加到四十个,照这样一天天,一年年地干下去,城里的死亡率并没减低,病人仍旧不断地来。从早晨起到吃午饭为止要对四十个门诊病人真正有所帮助,那是体力上办不到的,因此这就不能不成为骗局。一年接诊一万二千个门诊病人,如果简单地想一想,那就等于欺骗了一万二千人。讲到把病重的人送进病房,照科学的规则给他们治病,那也是办不到的,因为规则倒是有,科学却没有。要是他丢开哲学,照别的医生那样一板一眼地依规则办事,那么首先,顶要紧的事情就是消除肮脏,改成干净和通风,取消臭烘烘的酸白菜汤,改成有益健康的营养食品,取消盗贼,改用好的助手。

不过话说回来,既然死亡是每个人正常的、注定的结局,那又何必拦着他死呢?要是一个小商人或者文官多活个五年十载,那又有什么好处呢?要是认为医疗的目的在于借药品减轻痛苦,那就不能不提出一个问题来:为什么要减轻痛苦呢?第一,据说痛苦可以使人达到精神完美的境界;第二,人类要是真学会了用药丸和药水来减轻痛苦,就会完全抛弃宗教和哲学,可是直到现在为止,在这两种东西里,人们不但找到了逃避各种烦恼的保障,甚至找到了幸福。普希金临死受到极大的痛苦,可怜的海涅躺在床上瘫了好几年,那么其余的人,安德烈·叶菲梅奇也好,玛特辽娜·萨维希娜也好,生点病有什么关系?反正他们的生活根本没有什么内容,再要没有痛苦,就会完全空虚,跟阿米巴的生活一样了。

安德烈·叶菲梅奇给这类想法压垮,心灰意懒,不再天天到医院里去了。

# 六

他的生活是这样过的。他照例早晨八点钟起床,穿好衣服,喝茶。然后他在自己的书房里坐下看书,或者到医院里去。那边,在医院里,门诊病人坐在又窄又黑的小过道里等着看病。医院的杂役和助理护士在他们身边跑来跑去,皮靴在砖地上踩得咚咚地响;穿着长袍、形容憔悴的病人也从这儿过路。死尸和装满脏东西的器具也从这儿抬过去。小孩子啼哭,过堂风吹进来。安德烈·叶菲梅奇知道这种环境对发烧的、害肺痨的、一般敏感的病人是痛苦的,可是那又有什么办法呢?在候诊室里,他遇见医士谢尔盖·谢尔盖伊奇,那是一个矮胖子,脸蛋很肥,洗得干干净净,胡子刮光,态度温和沉稳,穿一身肥大的新衣服,看上去与其说像医士,倒不如说像枢密官。他在城里私人行医,生意做得很大。他打着白领结,自以为比医师精通医术,因为医师不另外私人行医。在候诊室的墙角神龛里放着一个大圣像,面前点着一盏笨重的长明灯,旁边有一个读经台,蒙着白罩子。墙上挂着主教的像、圣山修道院的照片、一圈圈干枯的矢车菊。谢尔盖·谢尔盖伊奇信教,喜欢庄严的仪式。圣像是由他出钱设置的。每到星期日,他指定一个病人在这候诊室里大声念赞美歌。念完以后,谢尔盖·谢尔盖伊奇就亲自拿着手提香炉,摇着它,散出里面的香烟,走遍各病室。

病人很多,可是时间很少,因此诊病工作就只限于简短地问一问病情,发给一点药品,例如挥发性油膏或者蓖麻油等等。安德烈·叶菲梅奇坐在那儿,用拳头支着脸颊,沉思着,随口问话。谢尔盖·谢尔盖伊奇也坐下,搓着手,偶尔插一句嘴。

"我们生病,受穷,"他说,"那是因为我们没有好好地向仁慈的上帝祷告。对了!"

安德烈·叶菲梅奇诊病的时候从来也不动手术。他早已不干这种事,一看见血心里就不愉快地激动起来。每逢他不得不扳开小孩的嘴,看一下喉咙,而小孩哭哭啼啼,极力用小手招架的时候,他耳朵里的闹声就会弄得他头晕,眼睛里涌出眼泪来。他连忙开个药方,摆一摆手,让女人赶快把孩子带走。

在诊病时候,病人的胆怯和前言不搭后语,再加上身边坐着的庄严的谢尔盖·谢尔盖伊奇、墙上的相片、二十多年以来他反反复复问过不知多少次的那些话,不久就弄得他厌烦了。他看过五六个病人以后就走了。他走后,余下的病人由医士接着看下去。

安德烈·叶菲梅奇回到家里,愉快地想到:谢天谢地,他已经很久没有私人行医,现在没有人会来打搅他了,就立刻在书房里桌子旁边坐下,开始看书。他看很多书,老是看得津津有味。他的薪水有一半都用在买书上,他的住处一共有六个房间,其中倒有三个房间堆满了书籍和旧杂志。他最爱看的是历史书和哲学书。医学方面,他却只订了一份《医师》,而且他总是从后面看起。每回看书,他老是一连看好几个钟头,中间不停顿,也不觉着累。他看书不像伊万·德米特里奇过去那样看得又快又急,而是慢慢地看,集中心力,遇到他喜欢的或者不懂的段落常常停一停。书旁边总是放着一小瓶白酒,旁边放一根腌黄瓜或者一个盐渍苹果,不是盛在碟子里,而是干脆放在粗呢桌布上。每过半个钟头,他就倒一杯白酒,慢慢喝下去,眼睛始终没离开书。随后,他不用眼睛去看,光是用手摸到黄瓜,咬下一小截来。

到下午三点钟,他就小心地走到厨房门口,嗽一嗽喉咙说:"达留希卡,给我开饭才好……"

吃过一顿烧得很差、不干不净的午饭以后,安德烈·叶菲梅奇就把两条胳膊交叉在胸口上,在房间里走来走去,思索着。钟敲四下,后来敲五下,他始终走来走去思索着。偶尔厨房的门吱吱嘎嘎响起来,达留希卡那张带着睡意的红脸从门里探出来。

"安德烈·叶菲梅奇,到您喝啤酒的时候了吧?"她操心地问。

"没有,还没到时候……"他回答,"我要等一会儿……我要等一会儿……"

照例,到了傍晚,邮政局长米哈依尔·阿韦良内奇来了,他在全城当中是唯一没有惹得安德烈·叶菲梅奇讨厌的人。米哈依尔·阿韦良内奇从前是个很有钱的地主,在骑兵队里当差,后来家道中落,为贫穷所迫,晚年就到邮政部门里做事了。他精神旺盛,相貌健康,白色络腮胡子蓬蓬松松,风度文雅,嗓音响亮而好听。他心眼好,感情重,可是脾气躁。每逢邮政局里有个主顾提出抗议,或者不同意他的话,或者刚要辩理,米哈依尔·阿韦良内奇就涨红脸,周身发抖,用雷鸣般的声调叫道:"闭嘴!"因此这个邮政局早就出了名,到这个机关去一趟真要战战兢兢。米哈依尔·阿韦良内奇喜欢而且尊重安德烈·叶菲梅奇,因为他有学问,心灵高尚。可是他对本城的别的居民总是很高傲,仿佛他们是他的部下似的。

"我来了!"他走进安德烈·叶菲梅奇的房间说,"您好,老兄!您恐怕已经讨厌我了吧,对不对?"

"刚好相反,我很高兴,"医师回答说,"我见着您总是很高兴。"

两个朋友在书房里一张长沙发上坐下来,沉默地抽一会儿烟。

"达留希卡,给我们拿点啤酒来才好!"安德烈·叶菲梅奇说。

他们仍旧一句话也不说,把第一瓶酒喝完。医师沉思着,米哈依尔·阿韦良内奇现出畅快活泼的神情,仿佛有什么极其有趣的事要讲一讲似的。谈话总是由医师开头。

"多么可惜啊,"他轻轻地、慢慢地说,摇着头,没有瞧他朋友的脸(他从来不瞧人家的脸),"真是可惜极了,尊敬的米哈依尔·阿韦良内奇,我们城里简直没有一个人能够聪明而有趣地谈一谈天,他们也不喜欢谈天。这对我们就是很大的苦事了。甚至知识分子也不免于庸俗。我跟您保证,他们的智力水平一点也不比下层人高。"

"完全对。我同意。"

"您知道,"医师接着轻声说,音调抑扬顿挫,"在这个世界上,除了人类智慧的最崇高的精神表现以外,一切都是无足轻重而没有趣味的。智慧在人和兽类中间划了一条明显的界线,暗示人类的神圣性,甚至在一定程度上由它代替了实际并不存在的不朽。因此,智慧成为快乐的唯一可能的源泉了。可是在我们四周,我们却看不见,也听不见智慧,这就是说我们的快乐被剥夺了。不错,我们有书,可是这跟活跃的谈话和交际根本不一样。要是您容许我打个不完全恰当的比喻的话,那我就要说,书是音符,谈话才是歌。"

"完全对。"

接着是沉默。达留希卡从厨房里走来,站在门口,用拳头支住下巴,带着茫然的哀伤神情,想听一听。

"唉!"米哈依尔·阿韦良内奇叹口气,"要希望现在的人有脑筋,那可是休想!"

他就叙述过去的生活是多么健康、快乐、有趣,从前俄罗斯的知识分子多么聪明,他们对名誉和友情有多么高尚的看法。借出钱去不要借据。朋友遭了急难而自己不出力帮忙,那是被人看作耻辱的。而且从前的出征、冒险、交锋是什么样子啊!什么样的朋友,什么样的女人!再说高加索,好一个惊人的地区!有一个营长的妻子,是个怪女人,常穿上军官的军服,傍晚骑马到山里去,单身一个人,向导也不带。据说她跟一个山村里的小公爵有点风流韵事。

"圣母啊,母亲啊……"达留希卡叹道。

"那时候我们怎样地喝酒!我们怎样地吃饭啊!那时候有多么激烈的自由主义者!"

安德烈·叶菲梅奇听着,却没听进去。他一边喝啤酒,一边在想什么。

"我常常盼望有些聪明的人,跟他们谈一谈天,"他忽然打断米哈依尔·阿韦良内奇的话说,"我父亲使我受到很好的教育,可是他在六十年代的思想影响下,硬叫我做医生。我觉得当时要是没听从他的话,那我现在一定处在智力活动的中心了。我多半做了大学一个系里的教员了。当然,智慧也不是永久的,而是变化无常的,可是您已经知道我为什么对它有偏爱。生活是恼人的牢笼。一个有思想的人到了成年时期,思想意识成熟了,就会不由自主地感到他关在一个无从脱逃的牢笼里面。确实,他从虚无中活到世上来原是由不得自己做主,被偶然的条件促成的……这是为什么呢?他想弄明白自己生活的意义和目的,人家却什么也说不出来,或者跟他说些荒唐话。他敲门,可是门不开。随后死亡来找他,这也是由不得他自己做主的。因此,如同监狱里的人被共同的灾难联系着,聚在一块儿就觉着轻松得多一样,喜欢分析和归纳的人只要凑在一起,说说彼此的骄傲而自由的思想来消磨时间,也就不觉得自己是关在牢笼里了。在这个意义上说来,智慧是没有别的东西可以代替的快乐。"

"完全对。"

安德烈·叶菲梅奇没有瞧朋友的脸,继续轻声讲聪明的人,讲跟他们谈天,他的话常常停顿一下,再往下讲。米哈依尔·阿韦良内奇专心听着,同意说:"完全对。"

"您不相信灵魂不朽吗?"邮政局长忽然问。

"不,尊敬的米哈依尔·阿韦良内奇;我不相信,而且也没有理由相信。"

"老实说,我也怀疑。不过我又有一种感觉,好像我永远也不会死似的。我暗自想道,得了吧,老家伙,你也该死了!可是我的灵魂里却有个小小的声音说:'别信这话,你不会死的!'……"

九点钟过后不久,米哈依尔·阿韦良内奇就告辞了。他在前堂穿上皮大衣,叹口气说:

"可是命运把我们送到什么样的穷乡僻壤来了!顶恼人的是我们不得不死在这儿。唉!……"

## 七

安德烈·叶菲梅奇送走朋友以后,就在桌旁坐下,又开始看书。傍晚的宁静以及后来夜晚的宁静,没有一点响声来干扰。时间也仿佛停住,跟医师一块儿呆呆地看书,好像除了书和带绿罩子的灯以外什么也不存在似的。医师那粗俗的、农民样的脸渐渐放光,在人的智慧的活动面前现出感动而入迷的笑容。"啊,为什么人类不会长生不死呢?"他想。为什么人要有脑中枢和脑室,为什么人要有视力、说话能力、自觉能力、天才呢?这些不都是注定了要埋进土里,到头来跟地壳一同冷却,然后在几百万年中间随着地球围绕太阳旋转,既没有意义,也没有目的吗?只为了叫人变凉,然后去旋转,那根本用不着把人以及人的高尚的、近似神的智慧从虚无中拉出来,然后仿佛开玩笑似的再把他变成泥土。

这是新陈代谢!可是用这种代替不朽的东西来安慰自己,这是多么懦弱啊!自然界所发生的这种无意识的变换过程甚至比人的愚蠢还要低劣,因为,不管怎样,愚蠢总还含有知觉和意志,在那种过程里却什么也没有。只有在死亡面前恐惧多于尊严的懦夫才会安慰自己说:他的尸体迟早会长成青草,长成石头,长成癞蛤蟆的……在新陈代谢中见到不朽是奇怪的,就像一个宝贵的提琴砸碎,没用了以后却预言装提琴的盒子会有灿烂的前途一样。

每逢时钟敲响,安德烈·叶菲梅奇就把身子往圈椅的椅背上一靠,闭上眼睛,为的是思索一会儿。他在刚从书上读到的优美思想的影响下,不由得对他的过去和现在看一眼。过去是可憎的,还是不想为妙。可是现在也跟过去一样。他知道:如今正当他的思想随同凉下去的地球围绕太阳旋转的时候,在那跟医师住宅并排的大房子里,人们却在疾病和肉体方面的污秽中受苦,有的人也许没睡觉,正在跟虫子打仗,有的人正在受着丹毒的传染,或者因为绷带扎得太紧而呻吟。也许病人在跟助理护士打牌,喝酒。每年有一万二千个人受到欺骗,全部医院工作跟二十年前一样,建立在偷窃、污秽、毁谤、徇私上面,建立在草率的庸医骗术上面。医院仍旧是个不道德的机构,对病人的健康极为有害。他知道尼基达在那安着铁窗子的第六病室里殴打病人,也知道莫依谢依卡每天到城里走来走去讨饭。

另一方面,他也很清楚地知道:在最近二十五年当中医学起了神话样的变化。当初他在大学念书的时候,觉着医学不久就会遭到炼金术和玄学同样的命运。可是如今每逢他晚上看书,医学却感动他,引得他惊奇,甚至入迷。真的,多么意想不到的辉煌,什么样的革命啊!由于有了防腐方法,伟大的皮罗戈夫①认为就连 in spe② 都不能做的手术,现在也能做了。普通的地方自治局医师都敢于做截除膝关节的手术。一百例腹腔切开术当中只有一例造成死亡。讲到结石病,那已经被人看作小事,甚至没人为它写文章了。梅毒已经能够根本治疗。另外还有遗传学说、催眠术、巴斯德③与科赫④的发现、以统计做基础的卫生学,还有我们俄罗斯的地方自治局医师的工作!精神病学以及现代的精神病分类法、诊断法和医疗法,跟过去相比,成了十足的厄尔布鲁士⑤。现在不再往疯子的头上泼冷水,也不再给他们穿紧身衣了,人们用人道态度对待疯子,据报纸上说甚至为他们开舞会,演剧了。安德烈·叶菲梅奇知道,就现代的眼光和水平来看,像第六病室这样糟糕的东西也许只有在离铁路线两百俄里远的小城中才会

---

① 皮罗戈夫(1810—1881),俄国外科学家和解剖学家。
② 拉丁文:在将来。
③ 巴斯德(1822—1895),法国生物学家。
④ 科赫(1843—1910),德国微生物学家。
⑤ 高加索地区的高山。

出现,在那样的小城里市长和所有的市议员都是半文盲的小市民,把医生看作术士,即使医生要把烧熔的锡灌进他们的嘴里去,也得相信他,不加一点批评,换了在别的地方,社会人士和报纸早就把这个小小的巴士底①捣得稀烂了。

"可是这又怎么样呢?"安德烈·叶菲梅奇睁开眼睛,问自己,"由此能得出什么结论来呢?有防腐方法也罢,有科赫也罢,有巴斯德也罢,可是事情的实质却一点也没有改变。患病率和死亡率仍旧一样。他们给疯子开舞会,演戏,可是仍旧不准疯子自由行动。可见这都是胡扯和瞎忙,最好的维也纳医院和我的医院实际上并没有什么差别。"

然而悲哀和一种近似嫉妒的感觉却不容他漠不关心。这大概是由于疲劳的缘故吧。他那沉甸甸的头向书本垂下去,他就用两只手托住脸,使它舒服一点,暗想道:

"我在做有害的事。我从人们手里领了薪水,却欺骗他们。我不正直。不过,话要说回来,我自己是无能为力的,我只是一种不可避免的社会罪恶的一小部分,所有县里的文官都有害,都白拿薪水……可见我的不正直不能怪我,要怪时代……我要是生在二百年以后,就会成为另一个人了。"

等到时钟敲了三下,他就吹熄灯,走进寝室。他并没有睡意。

## 八

两年前,地方自治局表示慷慨,议决每年拨出三百卢布作为补助金,供城中医院作扩充医务人员用,直到将来地方自治局的医院开办为止。县医

---

① 一七八九年法国大革命时巴黎民众所捣毁的黑暗监狱。

师叶夫根尼·费奥多雷奇·霍博托夫也应邀进城来协助安德烈·叶菲梅奇。这个人还很年轻,甚至没到三十岁。他身量高,头发黑,颧骨高,眼睛小。他的祖先多半是异族人。他来到本城的时候,一个钱也没有,只有一个又小又破的手提箱,还带着一个难看的年轻女人,他管她叫厨娘。这女人有个要喂奶的孩子。叶夫根尼·费奥多雷奇平时脚穿高统皮靴,戴一顶硬帽檐的大檐帽,冬天穿一件短羊皮袄。他跟医士谢尔盖·谢尔盖伊奇和会计主任交成了好朋友,可是不知什么缘故却把别的职员叫作贵族,而且躲着他们。他的整个住宅里只有一本书:《一八八一年维也纳医院最新处方》①。他去看病人,总要随身带着这本小书。一到傍晚他就到俱乐部去打台球,他不喜欢打牌。他在谈话中很喜欢用这类字眼:"无聊之至","废话连篇","故布疑阵",等等。

他每个星期到医院里来两次,查病房,看门诊。医院里完全不用消毒方法,放血用拔血罐,这些都使他愤慨,可是他也没有运用新方法,怕的是这样会得罪安德烈·叶菲梅奇。他把他的同行安德烈·叶菲梅奇看作老滑头,疑心他有很多的钱,私下里嫉妒他。他恨不得占据到他的职位才好。

## 九

那是春天,三月底,地上已经没有积雪,椋鸟在医院的花园里啼叫了。一天黄昏,医师送他的朋友邮政局长走到大门口。正巧这当儿犹太人莫依谢依卡带着战利品回来,走进院子里。他没戴帽子,一双光脚上套着低勒雨鞋,手里拿着一小包人家施舍的东西。

"给我一个小钱!"他对医师说,微微笑着,冷得直哆嗦。

---

① 《第六病室》发表在一八九二年,那本书相当旧了。

安德烈·叶菲梅奇素来不肯回绝别人的要求,就给他一个十戈比的银币。

"这多么糟,"他瞧着犹太人的光脚和又红又瘦的足踝,暗想,"瞧,脚都湿了。"

这在他心里激起一种又像是怜悯又像是厌恶的感情,他就跟在犹太人的身后,时而看一看他的秃顶,时而看一看他的足踝,走进了那幢厢房。医师一进去,尼基达就从那堆破烂东西上跳下来,立正行礼。

"你好,尼基达,"安德烈·叶菲梅奇温和地说,"发一双靴子给那个犹太人穿才好,不然他就要着凉了。"

"是,老爷。我去报告总务处长。"

"劳驾。你用我的名义请求他好了。就说是我请他这么办的。"

从前堂通到病室的门敞开着。伊万·德米特里奇躺在床上,用胳膊肘支起身子,惊慌地听着不熟悉的声音,忽然认出了来人是医师。他气得周身发抖,从床上跳下来,脸色气愤、发红,眼睛暴出来,跑到病室中央。

"大夫来了!"他喊一声,哈哈大笑,"到底来了!诸位先生,我给你们道喜。大夫赏光,到我们这儿来了!该死的败类!"他尖声叫着,带着以前病室里从没见过的暴怒,跺一下脚。"打死这个败类!不,打死还嫌便宜了他!把他淹死在粪坑里!"

安德烈·叶菲梅奇听见这话,就从前堂探进头去,向病室里看,温和地问道:

"这是为什么?"

"为什么?"伊万·德米特里奇嚷道,带着威胁的神情走到他面前,急忙把身上的长袍裹紧一点,"为什么?你是贼!"他带着憎恶的神情说,努起嘴唇像要啐出一口痰去,"骗子!刽子手!"

"请您消一消气,"安德烈·叶菲梅奇说,抱愧地微笑着,"我跟您担保我从没偷过什么东西;至于别的话,您大概说得大大地过火了。我看得出来您在生我的气。我求您,消一消气,要是可能的话,请您冷静地告诉我:您为什么生气?"

"那么您为什么把我关在这儿?"

"因为您有病。"

"不错,我有病。可是要知道,成十成百的疯子都逍遥自在地走来走去,因为您糊涂得分不清疯子跟健康的人。那么,为什么我跟这些不幸的人必得像替罪羊似的替大家关在这儿?您、医士、总务处长、所有你们这医院里的混蛋,在道德方面不知比我们每个人要低下多少,那为什么关在这儿的是我们而不是你们?道理在哪儿?"

"这跟道德和道理全不相干。一切都要看机会。谁要是关在这儿,谁就只好待在这儿。谁要是没关起来,谁就可以走来走去,就是这么回事。至于我是医生,您是精神病人,这是既说不上道德,也讲不出道理来的,只不过是刚好机会凑巧罢了。"

"这种废话我不懂……"伊万·德米特里奇用闷闷的声调说,在自己床上坐下来。

尼基达不敢当着医师的面搜莫依谢依卡。莫依谢依卡就把一块块面包、纸片、小骨头摊在他自己的床上。他仍旧冻得打哆嗦,用犹太话讲起来,声音像唱歌,说得很急。他多半幻想自己在开铺子了。

"放我出去吧。"伊万·德米特里奇说,他的嗓音发颤。

"我办不到。"

"可是为什么?为什么呢?"

"因为这不是我能决定的。请您想想看,就算我放您出去了,那于您又有什么好处呢?您出去试试看。城里人或者警察会抓住您,送回来的。"

99

"不错,不错,这倒是实话……"伊万·德米特里奇说,用手心擦着脑门,"这真可怕!可是我该怎么办呢?怎么办呢?"

安德烈·叶菲梅奇喜欢伊万·德米特里奇的声调、他那年轻聪明的容貌和那种愁苦的脸相。他有心对这年轻人亲热点,安慰他一下。他就在床边挨着他坐下,想了一想,开口说:

"您问我该怎么办。处在您的地位,顶好是从这儿逃出去。然而可惜,这没用处。您会被人捉住。社会在防范罪人、精神病人和一般不稳当的人的时候,总是不肯善罢甘休的。剩下来您就只有一件事可做,那就是心平气和地认定您待在这个地方是不可避免的。"

"这是对任什么人都没有必要的。"

"只要有监狱和疯人院,那就总得有人关在里面才成。不是您,就是我。不是我,就是另外一个人。您等着吧,到遥远的未来,监狱和疯人院绝迹的时候,也就不会再有窗上的铁格,不会再有这种长袍了。当然,那个时代是早晚要来的。"

伊万·德米特里奇冷笑。

"您说起笑话来了,"他说,眯细了眼睛,"像您和您的助手尼基达之流的老爷们跟未来是一点关系也没有的。不过您放心就是,先生,美好的时代总要来的!让我用俗话来表一表我的看法,您要笑就尽管笑好了:新生活的黎明会放光,真理会胜利,那时候节日会来到我们街上!我是等不到那一天了,我会死掉,不过总有别人的曾孙会等到的。我用我整个灵魂向他们欢呼,我高兴,为他们高兴!前进啊!求主保佑你们,朋友们!"

伊万·德米特里奇闪着亮晶晶的眼睛站起来,向窗子那边伸出手去,继续用激动的声调说:

"我从这铁格窗里祝福你们!真理万岁!我高兴啊!"

"我看不出有什么特殊的理由要高兴,"安德烈·叶菲梅奇说,他觉得伊万·德米特里奇的举动像是演戏,不过他也还是很喜欢,"将来,监狱和疯人院都不会有,真理会像您所说的那样胜利,不过要知道,事物的本质不会变化,自然界的规律也仍旧一样。人们还是会像现在这样害病,衰老,死掉。不管将来会有多么壮丽的黎明照亮您的生活,可是您到头来还是会躺进棺材,钉上钉子,扔到墓穴里去。"

"那么,长生不死呢?"

"唉,算了吧!"

"您不相信,可是我呢,却相信。不知是在陀思妥耶夫斯基还是伏尔泰①的一本书里,有一个人物说:要是没有上帝,人就得臆造出一个来。我深深地相信:要是没有长生不死,伟大的人类智慧早晚也会把它发明出来。"

"说得好,"安德烈·叶菲梅奇说,愉快地微笑着,"您有信心,这是好事。人有了这样的信心,哪怕幽禁在四堵墙当中,也能生活得很快乐。您以前大概在哪儿念过书吧?"

"对了,我在大学里念过书,可是没有毕业。"

"您是个有思想、爱思考的人。在随便什么环境里,您都能保持内心的平静。那种极力要理解生活的、自由而深刻的思索,那种对人间无谓纷扰的十足蔑视,这是两种幸福,比这更高的幸福人类还从来没有领略过。您哪怕生活在三道铁栅栏里,却仍旧能够享受这种幸福。第奥根尼②住在一个桶子里,可是他比世界上所有的皇帝都幸福。"

"您那个第奥根尼是傻瓜,"伊万·德米特里奇阴郁地说,"您干吗跟

---

① 法国作家伏尔泰(1694—1778)在《致关于三个冒充者的新书的作者》中说:"如果不存在上帝,就该臆造一个。"俄国作家陀思妥耶夫斯基在小说《卡拉玛佐夫兄弟》中引用了上述的话,并且增补了一句:而且确实,人类臆造出上帝来了。——俄文本编者注

② 第奥根尼(公元前约400—前约325),古希腊哲学家。
关于他的生活,有很多传说保留下来。人们断言第奥根尼由于是禁欲主义的信徒而住在木桶里。据传说,这个哲学家大白天举着灯找有权利称为人的人。——俄文本编者注

我提什么第奥根尼,说什么理解生活?"他忽然生气了,跳起来叫道,"我爱生活,热烈地爱生活!我害被虐狂,心里经常有一种痛苦的恐惧。不过有时候我充满生活的渴望,一到那种时候我就害怕自己会发疯。我非常想生活,非常想!"

他激动得在病室里走来走去,然后压低了嗓音说:

"每逢我幻想起来,我脑子里就生出种种幻觉。有些人走到我跟前来了,我听见说话声和音乐声了,我觉得我好像在一个树林里漫步,或者沿海边走着,我那么热烈地渴望着纷扰,渴望着奔忙……那么,请您告诉我,有什么新闻吗?"伊万·德米特里奇问,"外头怎么样了?"

"您想知道城里的情形呢,还是一般的情形?"

"哦,先跟我讲一讲城里的情形,再讲一般的情形吧。"

"好吧。城里乏味得难受……你找不着一个人来谈天,也找不着一个人可以让你听他谈话。至于新人是没有的。不过最近倒是来了一个姓霍博托夫的年轻医师。"

"居然在我还活着的时候就有人来了。他是怎么样的一个人,粗俗吗?"

"对了,他不是一个有教养的人。您知道,说来奇怪……凭各种征象看来,我们的大城里并没有智力停滞的情形,那儿挺活跃,可见那边一定有真正的人,可是不知什么缘故,每回他们派到我们这儿来的都是些看不上眼的人。这真是个不幸的城!"

"是的,这是个不幸的城!"伊万·德米特里奇叹道,他笑起来,"那么一般的情形怎么样?人家在报纸和杂志上写了些什么文章?"

病室里已经暗下来了。医师站起来,立在那儿,开始叙述国内外发表了些什么文章,现在出现了什么样的思想潮流。伊万·德米特里奇专心听着,提出些问题,可是忽然间,仿佛想起什么可怕的事,抱住头,在床上躺下,背对着医师。

"您怎么了?"安德烈·叶菲梅奇问。

"您休想再听见我说一个字!"伊万·德米特里奇粗鲁地说,"躲开我!"

"这是为什么?"

"我跟您说:躲开我!干吗一股劲儿地追问?"

安德烈·叶菲梅奇耸一耸肩膀,叹口气,出去了。他走过前堂的时候说:

"把这儿打扫一下才好,尼基达……气味难闻得很!"

"是,老爷。"

"这个年轻人多么招人喜欢!"安德烈·叶菲梅奇一面走回自己的寓所,一面想,"从我在此地住下起,这些年来他好像还是我所遇见的第一个能够谈一谈的人。他善于思考,他所关心的也正是应该关心的事。"

这以后,他看书也好,后来上床睡觉也好,总是想着伊万·德米特里奇。第二天早晨他一醒,就想起昨天他认识了一个头脑聪明、很有趣味的人,决定一有机会就再去看他一趟。

## 十

伊万·德米特里奇仍旧照昨天那种姿势躺着,双手抱住头,腿缩起来。他的脸却看不见。

"您好,我的朋友,"安德烈·叶菲梅奇说,"您没有睡着吧?"

"第一,我不是您的朋友,"伊万·德米特里奇把嘴埋在枕头里说,"第二,您白忙了,您休想再听见我说一个字。"

"奇怪……"安德烈·叶菲梅奇狼狈地嘟哝着,"昨天我们谈得挺和气,可是忽然间不知什么缘故,您怄气了,一下子什么也不肯谈了……大概总是我说了什么不得体的话,再不然也许说了些不合您的信念的想法……"

"是啊,居然要我来相信您的话!"伊万·德米特里奇说,欠起身来,带着讥讽和惊慌的神情瞧着医师。他的眼睛发红。"您尽可以上别处去侦察,探访,可是您在这儿没什么事可做。我昨天就已经明白您为什么上这儿来了。"

"古怪的想法!"医师笑着说,"那么您当我是密探吗?"

"对了,我就是这么想的……密探也好,大夫也好,反正是奉命来探访我的,这总归是一样。"

"唉,真的,原谅我说句实话,您可真是个……怪人啊!"

医师在床旁边一张凳子上坐下,不以为然地摇摇头。

"不过,姑且假定您的话不错吧,"他说,"就算我在阴险地套出您的什么话来,好把您告到警察局去。于是您被捕,然后受审。可是您在法庭上和监狱里难道会比待在这儿更糟吗?就算您被判终身流放,甚至服苦役刑,难道这会比关在这个厢房里还要糟吗?我觉得那也不见得更糟……那么您有什么可怕的呢?"

这些话分明对伊万·德米特里奇起了作用。他安心地坐下了。

这是下午四点多钟,在这种时候安德烈·叶菲梅奇通常总是在自己家中各房间里走来走去,达留希卡问他到了喝啤酒的时候没有。外面没有风,天气晴朗。

"我吃完饭出来溜达溜达,顺便走进来看看您,正像您看到的那样,"医师说,"外面完全是春天了。"

"现在是几月?三月吗?"伊万·德米特里奇问。

"是的,三月尾。"

"外面很烂吗?"

"不,不很烂。花园里已经有路可走了。"

"眼下要是能坐上一辆四轮马车到城外什么地方去走一趟,倒挺不错,"伊万·德米特里奇说,揉揉他的红眼睛,好像半睡半醒似的,"然后回到家里,走进一个温暖舒适的书房……请一位好大夫来治一治头痛……我已经好久没有照普通人那样生活过了。这儿糟透了!糟得叫人受不了!"

经过昨天的兴奋以后,他累了,无精打采,讲话不大起劲。他的手指头发抖,从他的脸相看得出他头痛得厉害。

"温暖舒适的书房跟这个病室并没有什么差别,"安德烈·叶菲梅奇说,"人的恬静和满足并不在人的外部,而在人的内心。"

"您这话是什么意思?"

"普通人从身外之物,那就是说从马车和书房,寻求好的或者坏的东西,可是有思想的人却在自己内心寻找那些东西。"

"请您到希腊去宣传那种哲学吧。那边天气暖和,空中满是酸橙的香气,这儿的气候却跟这种哲学配不上。我跟谁谈起第奥根尼来着?大概就是跟您吧?"

"对了,昨天跟我谈过。"

"第奥根尼用不着书房或者温暖的住处,那边没有这些东西也已经够热了。只要睡在桶子里,吃吃橙子和橄榄就成了。可是如果他有机会到俄罗斯来生活,那他慢说在十二月,就是在五月里也会要求住到屋里去。他准会冻得缩成一团呢。"

"不然。寒冷如同一般说来任何一种痛苦一样,人能够全不觉得。马可·奥勒留[①]说:'痛苦是一种生动的痛苦概念:运用意志的力量改变这个

---

① 马可·奥勒留(121—180),罗马帝国皇帝,是斯多葛派最后的一个大哲学家。

概念,丢开它,不再诉苦,痛苦就会消灭了。'①这话说得中肯。大圣大贤,或者只要是有思想、爱思索的人,他们之所以与众不同就在于蔑视痛苦,他们永远心满意足,对任什么事都不感到惊讶。"

"那么我就是呆子了,因为我痛苦,不满足,对人的卑劣感到惊讶。"

"您这话说错了。只要您多想一想,您就会明白那些搅得我们心思不定的外在事物都是多么渺小。人得努力理解生活,真正的幸福就在这儿。"

"理解……"伊万·德米特里奇说,皱起眉头。"什么外在,内在的……对不起,我实在不懂。我只知道,"他说,站起来,怒冲冲地瞧着医师,"我只知道上帝是用热血和神经把我创造出来的,对了,先生!人的机体组织如果是有生命的,对一切刺激就一定有反应。我就有反应!受到痛苦,我就用喊叫和泪水来回答;遇到卑鄙,我就愤慨;看见肮脏,我就憎恶。依我看来,说实在的,只有这才叫作生活。这个有机体越低下,它的敏感程度也越差,对刺激的反应也就越弱。机体越高级,也就越敏感,对现实的反应也就越有力。这点道理您怎么会不懂?您是医师,却不懂这些小事!为要蔑视痛苦,永远知足,对任什么事也不感到惊讶,人得先落到这种地步才成,"伊万·德米特里奇就指了指肥胖的、满身是脂肪的农民说,"要不然,人就得在苦难中把自己磨练得麻木不仁,对苦难失去一切感觉,换句话说,也就是停止生活才成。对不起,我不是大圣大贤,也不是哲学家,"伊万·德米特里奇愤愤地接着说,"那些道理我一点也不懂。我也不善于讲道理。"

"刚好相反,您讲起道理来很出色。"

---

① 在契诃夫故乡塔干罗格的契诃夫私人图书馆里保存着《马可·奥勒留·安东尼皇帝关于对自己重要的事物的思考》一书,上有契诃夫的很多批注。此处的一段话即引自该书。——俄文本编者注

"您模仿的斯多葛派①,是些了不起的人,可是他们的学说远在两千年前就已经停滞不前,一步也没向前迈进,将来也不会前进,因为那种学说不切实际,不合生活。那种学说只在那些终生终世致力于研究和赏玩各种学说的少数人当中才会得到成功,可是大多数人都不懂。任何鼓吹对富裕冷淡、对生活的舒适冷淡、对痛苦和死亡加以蔑视的学说,对绝大部分人来说是完全没法理解的,因为这大部分人从来也没有享受过富裕,也从没享受过生活的舒适。对他们来说,蔑视痛苦就等于蔑视生活本身,因为人的全部实质就是由饥饿、寒冷、委屈、损失等感觉以及哈姆莱特式的怕死感觉构成的。全部生活不外乎这些感觉。人也许会觉得生活苦恼,也许会痛恨这种生活,可是绝不会蔑视它。对了,所以,我要再说一遍:斯多葛派的学说绝不会有前途。从开天辟地起一直到今天,您看得明白,不断进展着的是奋斗、对痛苦的敏感、对刺激的反应能力……"

伊万·德米特里奇忽然失去思路,停住口,烦躁地揉着额头。

"我本来想说一句重要的话,可是我的思路断了,"他说,"我刚才说什么来着?哦,对了!我想说的是这个:有一个斯多葛派为了给亲人赎身,就自己卖身做了奴隶。那么,您看,这意思是说,就连斯多葛派对刺激也是有反应的,因为人要做出这种舍己救人的慷慨行为,就得有一个能够同情和愤慨的灵魂才成。眼下,我关在这个监狱里,已经把以前所学的东西忘光了,要不然我还能想起一点别的事情。拿基督来说,怎么样呢?基督对现实生活的反应是哭泣,微笑,忧愁,生气,甚至难过。他并没有带着微笑去迎接痛苦,他也没有蔑视死亡,而是在客西马尼花园里祷告,求这杯子离开他。"②

---

① 自公元前四世纪起在古代奴隶占有制社会兴起的一个哲学派别,鼓吹人完全听从命运的宿命论观点。

② 见《新约·马太福音》第二十六章第三十六节。

伊万·德米特里奇笑起来,坐下去。

"就算人的安宁和满足不在外界,而在自己的内心,"他说,"就算人得蔑视痛苦,对任什么事也不感到惊讶。可是您到底根据什么理由鼓吹这些呢?您是圣贤?是哲学家?"

"不,我不是哲学家,不过人人都应当鼓吹这道理,因为这是入情入理的。"

"不,我要知道您凭什么自以为有资格谈理解生活,谈蔑视痛苦等等?难道您以前受过苦?您懂得什么叫作痛苦?容我问一句,您小时候挨过打吗?"

"没有,我的父母是厌恶体罚的。"

"我父亲却死命地打过我。我父亲是个很凶的、害痔疮的文官,鼻子挺长,脖子发黄。不过,我们还是来谈您。您有生以来从没被人用手指头碰过一下,谁也没有吓过您,打过您,您结实得跟牛一样。您在您父亲的翅膀底下长大成人,用他的钱求学,后来一下子就谋到了这个俸禄很高而又清闲的差使。您有二十多年一直住着不花钱的房子,有炉子,有灯火,有仆人,同时您有权利爱怎么干就怎么干,爱干多少就干多少,哪怕不做一点事也不要紧。您本性是一个疲沓的懒汉,因此您把您的生活极力安排得不让任什么事来打搅您,不让任什么事来惊动您,免得您动一动。您把工作交给医士跟别的坏蛋去办。您自己呢,找个温暖而又清静的地方坐着,攒钱,看书,为了消遣而思索各种高尚的无聊问题,而且,"说到这儿,伊万·德米特里奇看着医师的红鼻子,"喝酒。总之,您并没见识过生活,完全不了解它,对现实只有理论上的认识。至于您蔑视痛苦,对任什么事也不感到惊讶,那完全是出于一种很简单的理由。什么四大皆空啦,外界和内部啦,把生活、痛苦、死亡看得全不在意啦,理解生活、真正的幸福啦,这都是最适合俄罗斯懒汉的哲学。比方说,您看见一个农民在打他的妻子。何必出头打抱不平呢？让他去打好了,反正他俩早晚都要死的。况且打人的人在打人这件事上所污辱的倒不是挨打的人,而是他自己。酗酒是愚蠢而又不像样子的,可是喝酒的结果也是死,不喝酒的结果也是死。一个农妇来找您,她牙痛……哼,那有什么要紧？痛苦只不过是痛苦的概念罢了。再说,人生在世免不了灾病,大家都要死的,因此,娘们儿,去你的吧,别妨碍我思索和喝酒。一个青年来请教：他该怎样做,怎样生活才对。换了别人,在答话以前总要好好想一想,可是您的回答却是现成的：努力去理解啊,或者努力去追求真正的幸福啊。可是那个荒唐的'真正的幸福'究竟是什么东西呢？当然,回答是没有的。在这儿,我们关在铁格子里面,长期幽禁,受尽折磨,可是这很好,合情合理,因为这个病室跟温暖舒适的书房之间根本没有什么分别。好方便的哲学：不用做事而良心清清白白,并且觉着自己是大圣大贤……不行,先生,这不是哲学,不是思想,也不是眼界开阔,而是懒惰,托钵僧①作风,浑浑噩噩的麻木……对了！"伊万·德米特里奇又生气了,"您蔑视痛苦,可是如果用房门把您的手指头夹一下,您恐怕就要扯着嗓门大叫起来了！"

"可是也许我并不叫呢。"安德烈·叶菲梅奇说,温和地笑笑。

"对,当然！瞧着吧,要是您一下子中了风,或者假定有个傻瓜和蛮横的家伙利用他自己的地位和官品当众侮辱您一场,而且您知道他侮辱了您仍旧可以逍遥法外,哼,到那时候您才会明白您叫别人去理解和寻求真正的幸福是怎么回事了。"

"这话很有独到之处,"安德烈·叶菲梅奇说,愉快地笑起来,搓着手,"您那种对于概括的爱好使我感到愉快的震动。多承您刚才把我的性格勾勒一番,简直精彩得很。我得承认,跟您谈话使我得到很大的乐趣。好,我已经听完您的话,现在要请您费心听我说一说了……"

---

① 指伊斯兰教或印度教的被人目为圣者的沿街乞讨者。

# 十一

这次谈话接下去又进行了一个多钟头,分明给安德烈·叶菲梅奇留下了深刻的印象。从此他天天到这个厢房里来。他早晨去,吃过午饭后也去,到了天近黄昏,他往往仍旧在跟伊万·德米特里奇交谈。起初伊万·德米特里奇见着他还有点拘束,疑惑他存心不良,就公开表示自己的敌意,可是后来他跟他处熟了,他那声色俱厉的态度就换成了鄙夷讥诮的态度。

不久医院里传遍一种流言,说是安德烈·叶菲梅奇医师开始常到第六病室去了。谢尔盖·谢尔盖伊奇也好,尼基达也好,助理护士也好,谁都不明白他为什么到那儿去,为什么在那儿一连坐上好几个钟头,到底谈了些什么,为什么不开药方。他的行动显得古怪。米哈依尔·阿韦良内奇常常发现他不在家,这在过去是从来没有过的事。达留希卡也很心慌,因为现在医师不按一定的时候喝啤酒,有时候连吃饭都耽误了。

有一天,那已经是在六月末尾,霍博托夫医师去看望安德烈·叶菲梅奇,商量点事。他发现医师没有在家,就到院子里去找他。在那儿有人告诉他,说老医师到精神病人那儿去了。霍博托夫走进厢房,在前堂里站住,听见下面的谈话:

"我们永远也谈不拢,您休想叫我改信您那种信仰,"伊万·德米特里奇愤愤地说,"您完全不熟悉现实,您从来没有受过苦,反而像蚂蟥那样靠别人的痛苦生活着,我呢,从生下来那天起直到今天却一直不断地受苦。因此我老实对您说,我认为在各方面我都比您高明,比您有资格。您不配教导我。"

"我根本没有存心叫您改信我的信仰,"安德烈·叶菲梅奇低声说,惋惜对方不肯了解他的心意,"问题不在这儿,我的朋友。问题不在于您受过苦而我没受过。痛苦和欢乐都是暂时的,我们不谈这些,不去管它吧。问题在于您跟我都在思考,我们看出彼此都是善于思考和推理的人,那么不管我们的见解多么不同,这却把我们联系起来了。我的朋友,要是您知道我是多么厌恶那种普遍存在的狂妄、平庸、愚钝,而我每次跟您谈话的时候是多么高兴就好了!您是有头脑的人,我觉得跟您相处很快活。"

霍博托夫推开一点门缝,往病室里看了一眼。戴着睡帽的伊万·德米特里奇跟安德烈·叶菲梅奇医师并排坐在床上。疯子愁眉苦脸,打哆嗦,颤巍巍地裹紧身上的长袍。医师一动不动地坐在那儿,头低垂着,脸色发红,显得凄苦而悲伤。霍博托夫耸一耸肩膀,冷笑一声,跟尼基达互相看一眼。尼基达也耸一耸肩膀。

第二天霍博托夫跟医士一块儿到厢房里来。两个人站在前堂里偷听。

"咱们的老大爷似乎完全疯了!"霍博托夫走出厢房时候说。

"主啊,饶恕我们这些罪人吧!"庄重的谢尔盖·谢尔盖伊奇叹道,小心的绕过泥塘,免得弄脏他那双擦得很亮的靴子,"老实说,尊敬的叶夫根尼·费奥多雷奇,我早就料着会出这样的事了!"

# 十二

这以后,安德烈·叶菲梅奇开始发觉四周有一种神秘的空气。杂役、助理护士、病人,一碰见他就追根究底地瞧他,然后交头接耳地说话。往常他总是喜欢在医院花园里碰见总务处长的女儿玛霞小姑娘,可是现在每逢他带着笑容向她跟前走过去,想摩挲一下她的小脑袋,不知因为什么缘故她却躲开他,跑掉了。邮政局长米哈依尔·阿韦良内奇听他讲话,也不再说"完全对",却莫名其妙地慌张起来,含糊地说:"是啊,是啊,是啊……"而且带着悲伤的、深思的神情瞧他。不知什么缘故,他开始劝他的朋友戒掉白酒和啤酒,不过他是一个有礼貌的人,在劝的时候并不直截了当地说,只是用了种种暗示,先对他讲起一个营长,那是一个极好的人,然后谈到团里的神甫,也是一个很好的人,他俩怎样贪酒,害了病,可是戒掉酒以后,病就完全好了。安德烈·叶菲梅奇的同事霍博托夫来看过他两三回,也劝他戒酒,而且无缘无故地劝他服用溴化钾①。

八月里安德烈·叶菲梅奇收到市长一封信,说是有很要紧的事请他去谈一谈。安德烈·叶菲梅奇按照约定的时间到了市政厅,发现在座的有军事长官、政府委派的县立学校的校长、市参议员、霍博托夫,还有一位胖胖的、头发金黄的先生,经过介绍,原来是一位医师。这位医师姓一个很难上口的波兰姓,住在离城三十俄里远的一个养马场上,现在凑巧路过这个城。

"这儿有一份申请关系到您的工作部门,"等到大家互相招呼过,围着桌子坐下来以后,市参议员对安德烈·叶菲梅奇说,"叶夫根尼·费奥多雷奇刚才在这儿对我们说起医院主楼里的药房太窄了,应当把它搬到一个厢房里去。这当然没有问题,要搬也可以搬,可是主要问题在于厢房需要修理了。"

"对了,不修理不行了,"安德烈·叶菲梅奇想了一想,说,"比方说,要是把院子角上那个厢房布置出来,改作药房的话,我想至少要用五百卢布。这是一笔不生产的开支。"

大家沉默了一会儿。

"十年前我已经呈报过,"安德烈·叶菲梅奇低声说下去,"照现在的形式存在着的这个医院对这个城市来说,是一种超过了它负担能力的奢侈品。这个医院是在四十年代建筑起来的,不过那时候的经费跟现在不同。

---

① 一种医治神经的镇静剂。

这个城市在不必要的建筑和多余的职位方面花的钱太多了。我想,换一个办法就可以用同样多的钱来维持两个模范的医院。"

"好,那您就提出另外一个办法吧!"市参议员活跃地说。

"我已经向您呈请过把医疗部门移交地方自治局管理。"

"对,您要是把钱移交地方自治局,他们就会把它贪污了事。"头发金黄的医师笑着说。

"这是照例如此的。"市参议员同意道,也笑了。

安德烈·叶菲梅奇用无精打采、暗淡无光的眼睛瞧着金黄头发的医师说:

"我们得公道才对。"

他们又沉默了一会儿。茶端上来了。不知什么缘故,军事长官很窘,就隔着桌子碰了碰安德烈·叶菲梅奇的手说:

"您完全把我们忘了,大夫。不过,您是个修士:您既不打牌,也不喜欢女人。您跟我们这班人来往一定觉着没意思。"

大家谈起一个正派人住在这个城里多么无聊。没有剧院,没有音乐,俱乐部最近开过一次跳舞晚会,女人倒来了二十个上下,男舞伴却只有两个。青年男子不跳舞,却一直聚在小卖部附近,或者打牌。安德烈·叶菲梅奇没有抬起眼睛瞧任何人,低声慢慢讲起来,说到城里人把他们生命的精力、他们的心灵和智慧,都耗费在打牌和造谣上,不善于,也不愿意,把时间用在有趣的谈话和读书方面,不肯享受智慧所提供的快乐,这真是可惜,可惜极了。只有智慧才有趣味,才值得注意,至于别的一切东西,那都是卑贱而渺小的。霍博托夫专心地听他的同事讲话,忽然问道:

"安德烈·叶菲梅奇,今天是几月几号?"

霍博托夫听到回答以后,就和金黄头发的医师用一种连自己也觉得不高明的主考人的口气开始盘问安德烈·叶菲梅奇今天是星期几,一年当中有多少天，第六病室里是不是住着一个了不起的先知。

回答最后一个问题的时候，安德烈·叶菲梅奇脸红了，说：

"是的，他有病，不过他是一个有趣味的年轻人。"

此外他们没有再问他别的话。

他在前厅穿大衣的时候，军事长官伸出一只手来放在他的肩膀上，叹口气说：

"现在我们这些老头子到退休的时候了！"

安德烈·叶菲梅奇走出市政厅，才明白过来，原来这是一个奉命考查他的智力的委员会。他回想他们对他提出的种种问题，就涨红了脸，而且现在，不知因为什么缘故，生平第一回沉痛地为医学惋惜。

"我的上帝啊，"他想起那些医师刚才怎样考查他，不由得暗想，"要知道，他们前不久刚听完精神病学的课，参加过考试，怎么会这样一窍不通呢？他们连精神病学的概念都没有！"

他生平第一回感到受了侮辱，生气了。

当天傍晚，米哈依尔·阿韦良内奇来看他。这个邮政局长没有向他打招呼，径直走到他跟前，拉住他的双手，用激动的声调说：

"我亲爱的，我的朋友，请您向我表明您相信我的真诚的好意，把我看作您的朋友！……我的朋友！"他不容安德烈·叶菲梅奇开口讲话，仍旧激动地接着说下去，"我因为您有教养，您心灵高尚而喜爱您。听我说，我亲爱的。那些医生受科学规章的限制，不能对您说真话，可是我要像军人那样实话实说：您的身体不大好！请您原谅我，我亲爱的，不过这是实情，您四周的人早就注意到这一点了。叶夫根尼·费奥多雷奇医师刚才对我说：为了有利于您的健康，您务必要休养一下，散散心才成。完全对！好极了！过几天我就要度假日，出外去换一换空气。请您表明您是我的朋友，我们一块儿走！仍照往日那样，我们一块儿走。"

"我觉得我的身体十分健康，"安德烈·叶菲梅奇想了一想，说，"我不能走。请您容许我用别的办法来向您表明我的友情。"

丢开书本，丢开达留希卡，丢开啤酒，一下子打破已经建立了二十年的生活秩序，出外走一趟，既不知道到哪儿去，也不知道为什么要去，这种想法一开头就使他觉着又荒唐又离奇。可是他想起了市政厅里的那番谈话，想起了他从市政厅出来，在回家的路上经历到的沉重心情，那么认为暂时离开这个城，躲开那些把他看作疯子的蠢人，倒也未尝不可。

"那么您究竟打算到哪儿去呢？"他问。

"到莫斯科去，彼得堡去，华沙去……在华沙，我消磨过我一生中最幸福的五个年头。那是多么了不起的城啊！去吧，我亲爱的！"

## 十三

一个星期以后，人们向安德烈·叶菲梅奇建议，要他休养一下，也就是说要他提出辞呈，他满不在乎地照着做了。再过一个星期，米哈依尔·阿韦良内奇就和他坐上一辆邮车，到就近的火车站去了。天气凉快，晴朗，天空蔚蓝，远处风景看得清清楚楚。他们离火车站有两百俄里远，坐马车走了两天，在路上住了两夜。每逢在驿站上他们喝的茶用没有洗干净的杯子盛来，或者车夫套马车费的时间久了一点，米哈依尔·阿韦良内奇就涨紫了脸，周身打抖，嚷道："闭嘴！不准强辩！"一坐上马车，他就一会儿也不停地说话，讲起他当初在高加索和波兰帝国旅行的情形。他有过多少奇遇，有过什么样的遭际啊！他讲得很响，同时还惊奇地瞪起眼睛，弄得听的人以为他是在说谎。再者，他一面说话，一面对着安德烈·叶菲梅奇的脸喷气，对着他的耳朵哈哈大笑。这弄得医师很别扭，妨碍他思考，不容他聚

115

精会神地思索。

为了省钱,他们在火车上乘三等车,坐在一个不准吸烟的车厢里。有一半的乘客是上等人。米哈依尔·阿韦良内奇不久就跟所有的人认识了,从这个座位换到那个座位,大声地说他们大不该在这样糟糕的铁路上旅行。简直是骗人上当!如果骑一匹好马赶路,那就大不相同:一天走一百俄里的路,赶完了路还精神抖擞,身强力壮。讲到我们收成不好,那是因为宾斯克沼泽地带排干了水。总之,什么事都乱七八糟。他兴奋起来,讲得很响,不容别人开口。这种夹杂大声哄笑和指手画脚的不停的扯淡,闹得安德烈·叶菲梅奇很疲劳。

"我们这两个人当中究竟谁是疯子呢?"他懊恼地想,"究竟是我这个极力不惊吵乘客的人呢,还是这个自以为比大家都聪明有趣,因此不容人消停的利己主义者?"

在莫斯科,米哈依尔·阿韦良内奇穿上没有肩章的军衣和镶着红丝绦的裤子。他一上街就戴上军帽,穿上军大衣,兵士们见着他都立正行礼。安德烈·叶菲梅奇现在觉得这个人把原来所有的贵族气派中的一切优点都丢掉,只留下了劣点。他喜欢有人伺候他,哪怕在完全不必要的时候也是一样。火柴就在他面前的桌子上,他自己也看见了,却对仆役嚷叫,要他拿火柴来。有女仆在场,他却只穿着衬里衣裤走来走去,并不觉着难为情。他对所有的仆人,哪怕是老人,也一律称呼"你"①,遇到他生了气,就骂他们是傻瓜和蠢货。安德烈·叶菲梅奇觉得这是老爷派头,可是恶劣得很。

首先,米哈依尔·阿韦良内奇领他的朋友到伊文尔斯卡雅教堂去。他热心地祷告,叩头,流泪,完事以后,深深地叹口气说:

"即使人不信神,可是祷告一下,心里也好像踏实点。吻圣像吧,我亲爱的。"

---

① 意谓有礼貌的人对仆人应该称呼"您"。

安德烈·叶菲梅奇很窘,吻了吻圣像,同时米哈依尔·阿韦良内奇努起嘴唇,摇头,小声祷告,眼泪又涌上了眼眶。随后,他们到克里姆林宫去,观看皇家的炮和皇家的钟,甚至伸出手指头去摸一摸。他们欣赏莫斯科河对面的风景,游览救世主教堂和鲁缅采夫博物馆。

他们在捷斯托夫饭店吃饭。米哈依尔·阿韦良内奇把菜单看了很久,摩挲着络腮胡子,用一种素来觉得到了饭店就像到了家里一样的美食家的口气对仆役说:

"我们倒要瞧瞧今天你们拿什么菜来给我们吃,天使!"

## 十四

医师走来走去,看这看那,吃啊喝的,可是他只有一种感觉:恼恨米哈依尔·阿韦良内奇。他一心想离开他的朋友休息一下,躲着他,藏起来,可是那位朋友却认为自己有责任不放医师离开身边一步,尽量为他想出种种消遣办法。到了没有东西可看的时候,他就用谈天来给他解闷。安德烈·叶菲梅奇一连隐忍了两天,可是到第三天他就向朋友声明他病了,想留在家里待一整天。他的朋友回答说,既是这样,那他也不出去。实在,也该休息一下了,要不然两条腿都要跑断了。安德烈·叶菲梅奇在一个长沙发上躺下,脸对着靠背,咬紧牙齿,听他朋友热烈地向他肯定说:法国早晚一定会打垮德国,莫斯科有很多骗子,单凭马的外貌绝看不出马的长处。医师耳朵里嗡嗡地响起来,心怦怦地跳,可是出于客气,又不便请他的朋友走开或者住口。幸亏米哈依尔·阿韦良内奇觉着坐在旅馆房间里闷得慌,饭后就出去散步了。

等到只剩下自己一个人,安德烈·叶菲梅奇就让自己沉湎于休息的感觉里。一动不动地躺在长沙发上,知道屋里只有自己一个人,这是多么痛快啊!没有孤独就不会有真正的幸福。堕落的天使之所以背弃上帝,大概就因为他一心想孤独吧,而天使们是不知道什么叫作孤独的。安德烈·叶菲梅奇打算想一想近几天来他看见了些什么,听见了些什么,可是米哈依尔·阿韦良内奇却不肯离开他的脑海。

"话说回来,他度假日,跟我一块儿出来旅行,还是出于友情,出于慷慨呢,"医师烦恼地想,"再也没有比这种友情的保护更糟糕的事了。本来他倒好像是个好心的、慷慨的、快活的人,不料是个无聊的家伙。无聊得叫人受不了。有些人就是这样,平素说的都是聪明话,好话,可是人总觉得他们是愚蠢的人。"

这以后一连几天,安德烈·叶菲梅奇声明他生病了,不肯走出旅馆的房间。他躺着,用脸对着长沙发的靠背,遇到他的朋友用谈话来给他解闷,他总是厌烦。遇到他的朋友不在,他就养神。他生自己的气,因为他跑出来旅行,他还生他朋友的气,因为他一天天地变得贫嘴,放肆了。他无论如何也不能把他的思想提到严肃高尚的方面去。

"这就是伊万·德米特里奇所说的现实生活了,它把我折磨得好苦,"他想,气恼自己这样小题大做,"不过这也没什么要紧……将来我总要回家去,一切就会跟先前一样了……"

到了彼得堡,局面仍旧是那样。他一连好几天不走出旅馆的房间,老是躺在长沙发上,只有为了喝啤酒才起来一下。

米哈依尔·阿韦良内奇时时刻刻急着要到华沙去。

"我亲爱的,我上那儿去干什么?"安德烈·叶菲梅奇用恳求的声音说,"您一个人去,让我回家好了!我求求您了!"

"那可无论如何也不成!"米哈依尔·阿韦良内奇抗议道。"那是个了不起的城。在那儿,我消磨过我一生中顶幸福的五个年头呢!"

安德烈·叶菲梅奇缺乏坚持自己主张的性格,勉强到华沙去了。到了那儿,他没有走出过旅馆的房间,躺在长沙发上,生自己的气,生朋友的气,生仆役的气,这些仆役固执地不肯听懂俄国话。米哈依尔·阿韦良内奇呢,照常健康快活,精神抖擞,一天到晚在城里溜达,找他旧日的熟人。他有好几回没在旅馆里过夜。有一天晚上他不知在一个什么地方过了一夜,一清早回到旅馆里,神情激动极了,脸涨得绯红,头发乱蓬蓬。他在房间里从这头走到那头,走了很久,自言自语,不知在讲些什么,后来站住说:

"名誉第一啊!"

他又走了一阵,忽然双手捧住头,用悲惨的声调说:

"对了,名誉第一啊!不知我为什么起意来游历这个巴比伦①,真是该死!我亲爱的,"他接着对医师说,"请您看轻我吧,我打牌输了钱!请您给我五百卢布吧!"

安德烈·叶菲梅奇数出五百个卢布,一句话也没有说就交给了他的朋友。他的朋友仍旧因为羞赧和气愤而涨红了脸,没头没脑地赌了一个不必要的咒,戴上帽子,走出去了。大约过了两个钟头,他回来了,往一张圈椅上一坐,大声叹一口气说:

"我的名誉总算保住了!走吧,我的朋友!在这个该死的城里,我连一分钟也不愿意再待了。骗子!奥地利的间谍!"

等到两个朋友回到他们自己的城里,那已经是十一月了,街上积了很深的雪。霍博托夫医师接替了安德烈·叶菲梅奇的职位。他仍旧住在原来的寓所,等安德烈·叶菲梅奇回来,腾出医院的寓所。那个被他称作"厨娘"的丑女人已经在一个厢房里住下了。

关于医院又有新的流言在城里传布。据说那丑女人跟总务处长吵过一架,总务处长就跪在她的面前告饶。

---

① 借喻"乱糟糟的城",典出基督教经书《旧约·创世记》。

安德烈·叶菲梅奇回到本城以后第一天就得出外去找住处。

"我的朋友,"邮政局长不好意思地对他说,"原谅我提一个唐突的问题:您手里有多少钱?"

安德烈·叶菲梅奇一句话也没有说,数一数自己的钱说:

"八十六卢布。"

"我问的不是这个,"米哈依尔·阿韦良内奇慌张地说,没听懂他的意思,"我问的是您一共有多少家底?"

"我已经告诉您了,八十六卢布……以外我什么也没有了。"

米哈依尔·阿韦良内奇素来把医师看作正人君子,可是仍旧疑心他至少有两万存款。现在听说安德烈·叶菲梅奇成了乞丐,没有钱来维持生活,不知什么缘故他忽然流下眼泪,拥抱他的朋友。

## 十五

安德烈·叶菲梅奇在一个女小市民别洛娃家一所有三个窗子的小房子里住下来。在这所小房子里,如果不算厨房,就只有三个房间。医师住在朝街的两个房间里,达留希卡和带着三个孩子的女小市民住在第三个房间和厨房里。有时候女房东的情人,一个醉醺醺的农民,上她这儿来过夜。他晚上吵吵闹闹,弄得达留希卡和孩子们十分害怕。他一来就在厨房里坐下,开始要酒喝,大家就都觉着很不自在。医师动了怜悯的心,把啼哭的孩子带到自己的房间里,让他们在地板上睡下。这样做,使他感到很大的快乐。

他跟先前一样,八点钟起床,喝完早茶以后坐下来看自己的旧书和旧杂志。他已经没有钱买新的了。要就是因为那些书都是旧的,要就是或许因为环境变了,总之,书本不再像从前那样紧紧抓住他的注意力,他看书感到疲劳了。为了免得把时间白白度过,他就给他的书开一个详细书目,在书脊上粘贴小签条;这种机械而费事的工作,他倒觉着比看书还有趣味。这种单调费事的工作不知怎么弄得他的思想昏睡了。他什么也不想,时间过得很快。即使坐在厨房里跟达留希卡一块儿削土豆皮,或者挑出荞麦粒里的皮屑,他也觉着有趣味。一到星期六和星期日,他就到教堂去。他站在墙边,眯细眼睛,听着歌声,想起他的父亲、他的母亲,想起大学,想起各种宗教,他心里变得平静而忧郁。事后他走出教堂,总惋惜礼拜式结束得太快。

他有两次到医院里去看望伊万·德米特里奇,想跟他谈天。可是那两回伊万·德米特里奇都非常激动,气愤;他请医师不要来搅扰他,因为他早就讨厌空谈了。他说他为自己的一切苦难只向那些该死的坏蛋要求一种补偿:单人监禁。难道连这么一点要求他们也会拒绝他吗?那两回安德烈·叶菲梅奇向他告辞,祝他晚安的时候,他没好气地哼一声,回答说:

"滚你的吧!"

现在安德烈·叶菲梅奇不知道该不该再去看望他。不过他心里还是想去。

从前,在吃完午饭以后的那段时间,安德烈·叶菲梅奇总是在房间里走来走去,思索,可是现在从吃完午饭起直到喝晚茶的时候止,他却一直躺在长沙发上,脸对着靠背,满脑子的浅薄思想,无论如何也压不下去。他想到自己做了二十几年的事,既没有得到养老金,也没有得到一次发给的补助金,不由得愤愤不平。不错,他工作得不勤恳,不过话说回来,所有的工作人员,不管勤恳也好,不勤恳也好,是一律都领养老金的。当代的正义恰好就在于官品、勋章、养老金等不是根据道德品质或者才干,却是一般地根据服务,不论什么样的服务,而颁给的。那为什么只有他一个人是例外呢?

他已经完全没有钱了。他一走过小杂货店,一看见女老板,就觉着害臊。到现在他已经欠了三十二个卢布的啤酒钱。他也欠小市民别洛娃的钱。达留希卡悄悄地卖旧衣服和旧书,还对女房东撒谎,说是医师不久就要收到很多很多钱。

他恼恨自己,因为他在旅行中花掉了他积蓄的一千卢布。那一千卢布留到现在会多么有用啊!他心里烦躁,因为人家不容他消消停停过日子。霍博托夫认为自己有责任偶尔来看望这个有病的同事。安德烈·叶菲梅奇觉得他处处都讨厌:胖胖的脸、恶劣而尊大的口气、"同事"那两个字、那双高统皮靴。顶讨厌的是他自以为有责任给安德烈·叶菲梅奇医病,而且自以为真的在给他看病。每回来访,他总带来一瓶溴化钾药水和几粒大黄药丸。

米哈依尔·阿韦良内奇也认为自己有责任来看望这个朋友,给他解闷。每一回他走进安德烈·叶菲梅奇的屋里总是装出随随便便的神情,不自然地大声笑着,开始向他保证说今天他气色大好。谢谢上帝,局面有了转机。从这样的话里,人就可以推断他认为他朋友的情形没有希望了。他还没有归还他在华沙欠下的债,心头压着沉重的羞愧,觉着紧张,因此极力大声地笑,说些滑稽的话。他的奇闻轶事现在好像讲不完了,这对安德烈·叶菲梅奇也好,对他自己也好,都是痛苦的。

有他在座,安德烈·叶菲梅奇照例躺在长沙发上,脸对着墙,咬紧牙关听着,他的心上压着一层层的水锈。他的朋友每来拜访一回,他就觉着这些水锈堆得更高一点,好像就要涌到他的喉头来了。

为了压下这些无聊的感触,他就赶紧暗想:他自己也罢,霍博托夫也罢,米哈依尔·阿韦良内奇也罢,反正早晚都会死亡,甚至不会在大自然中留下一点痕迹。要是想象一百万年以后有个精灵飞过地球上空,那么这个精灵就只会看见黏土和光秃的峭壁。一切东西,文化也好,道德准则也好,都会消灭,连一棵牛蒡也不会长出来。那么,在小店老板面前觉着害臊,有什么必要呢?那个不足道的霍博托夫,或者米哈依尔·阿韦良内奇的讨厌的友情,有什么道理呢?这一切都琐琐碎碎,毫无意义。

可是这样的想法已经无济于事了。他刚刚想到一百万年以后的地球,穿着高统靴的霍博托夫或者勉强大笑的米哈依尔·阿韦良内奇就从光秃的峭壁后面闪出来,甚至可以听见含羞带愧的低语声:"讲到华沙的债,好朋友,过几天我就还给您……一定。"

## 十六

有一天,米哈依尔·阿韦良内奇饭后来了,安德烈·叶菲梅奇正躺在长沙发上。凑巧,霍博托夫同时带着溴化钾药水也来了。安德烈·叶菲梅奇费力地爬起来,坐好,把两条胳膊支在长沙发上。

"今天您的气色比昨天好多了,我亲爱的,"米哈依尔·阿韦良内奇开口说,"对了,您显得挺有精神。真的,挺有精神!"

"您也真的到了该复原的时候了,同事,"霍博托夫说,打个哈欠,"大概这种无聊的麻烦事您自己也腻烦了。"

"咱们会复原的!"米哈依尔·阿韦良内奇快活地说,"咱们会再活一百年的!一定!"

"一百年倒活不了,再活二十年是总能行的,"霍博托夫安慰说,"没关系,没关系,同事,别灰心……那种病只不过是给您故布疑阵罢了。"

"我们还要大显身手呢!"米哈依尔·阿韦良内奇哈哈大笑,拍一拍他朋友的膝头,"我们还要大显身手呢!明年夏天,求上帝保佑,咱们到高加索去玩一趟,骑着马到处逛一逛——驾!驾!驾!等到我们从高加索回来,瞧着吧,大概还要热热闹闹地办一回喜事呐。"讲到这儿,米哈依尔·阿韦良内奇调皮地眨一眨眼,"我们会给您说成一门亲事的,好朋友……我们会给您说成一门亲事的……"

安德烈·叶菲梅奇忽然觉着那点水锈涌到喉头上来了。他的心猛烈地跳起来。

"这是庸俗!"他说,很快地站起来,走到窗子那边去,"难道你们不明白你们说的是些庸俗的话吗?"

他本来想温和而有礼貌地讲下去,可是他违背本心,忽然攥紧拳头,高高地举到自己的头顶上。

"躲开我!"他嚷道,嗓音变了,脸涨得通红,浑身打抖,"出去,你们俩都出去!你们俩!"

米哈依尔·阿韦良内奇和霍博托夫站起来,瞧着他,先是愣住,后来害怕了。

"出去,你们俩!"安德烈·叶菲梅奇不断地嚷道,"蠢材!愚人!我既不要你们的友情,也不要你的药品,蠢材!庸俗!可恶!"

霍博托夫和米哈依尔·阿韦良内奇狼狈地互相看一眼,踉跄地退到门口,走进了前堂。安德烈·叶菲梅奇抓起那瓶溴化钾,对他们背后扔过去。药水瓶摔在门槛上,砰的一声碎了。

"滚蛋!"他跑进前堂,用含泪的声音嚷道,"滚!"

等到客人走了,安德烈·叶菲梅奇就在长沙发上躺下来,像发烧一样地哆嗦,反反复复说了很久:

"蠢材!愚人!"

等到他的火气平下来,他首先想到可怜的米哈依尔·阿韦良内奇现在一定羞愧得不得了,心里难受,他想到这件事做得真可怕。以前还从来没有出过这样的事。他的智慧和客气到哪儿去了?对人间万物的理解啦,哲学性质的淡漠啦,都到哪儿去了?

医师又是羞愧,又是生自己的气,一夜也没有能够睡着,第二天早晨大约十点钟就动身到邮局去,向邮政局长道歉。

"以前发生的事,我们不要再提了,"米哈依尔·阿韦良内奇十分感动,握紧他的手,叹口气说,"谁再提旧事,就叫谁的眼睛瞎掉。留巴甫金!"他忽然大喊一声,弄得所有的邮务人员和顾客都打了个哆嗦,"搬椅子来。你等着!"他对一个农妇嚷道,她正把手伸进铁栅栏,向他递过一封挂号信来。"难道你没看见我忙着吗?过去的事我们就不要再提了,"他接着温和地对安德烈·叶菲梅奇说,"我恳求您,坐下吧,我亲爱的。"

他沉默了一会儿,揉着自己的膝头,然后说:

"我心里一点也没有生您的气。害病可不是闹着玩儿的事,我明白。昨天您发了病,吓坏了医师跟我,事后关于您我们谈了很久。我亲爱的,您为什么不肯认真地治一治您的病呢?难道可以照这样下去吗?原谅我出于友情直爽地说一句,"米哈依尔·阿韦良内奇小声说,"您生活在极其不利的环境里:狭窄,肮脏,没有人照料您,也没有钱治病……我亲爱的朋友,我跟医师全心全意地恳求您听从我们的忠告:到医院里去养病吧!在那儿有滋补的吃食,有照应,有人治病。咱们背地里说一句,叶夫根尼·费奥多雷奇虽然举止粗俗,不过他精通医道,咱们倒可以完全信任他。他已经答应我说他要给您治病。"

安德烈·叶菲梅奇被这种真诚的关心和忽然在邮政局长脸颊上闪光的眼泪感动了。

"我尊敬的朋友,不要听信那种话!"他小声说,把手按在胸口上,"不要听信那种话!那全是骗人的!我的病只不过是这么回事:二十年来我在全城只找到一个有头脑的人,而他又是个疯子。我根本没有害病,只不过我落进了一个魔圈里,出不来了。我觉得随便怎样都没关系,我准备承担一切。"

"进医院去养病吧,我亲爱的。"

"我是无所谓的,哪怕进深渊也没关系。"

"好朋友,答应我:您样样都听叶夫根尼·费奥多雷奇的安排。"

"遵命,要我答应我就答应。可是我再说一遍,我尊敬的朋友,我落进了一个魔圈里。现在不管什么东西,就连朋友的真心同情在内,也只有一个结局:引我走到灭亡。我正在走向灭亡,我也有勇气承认这个事实。"

"好朋友,您会复原的。"

"何必再说这种话呢?"安德烈·叶菲梅奇愤愤地说,"很少有人在一生的结尾不经历到我现在所经历到的情形。临到有人告诉您说您肾脏有病或者心房扩大之类的话,因此您开始看病的时候,或者有人告诉您说您是疯子或者罪犯,总之换句话说,临到人家忽然注意您,那您就得知道您已经落进魔圈里,再也出不来了。您极力想逃出来,可是反而陷得越发深了。那您就索性听天由命吧,因为任何人力都已经不能挽救您了。我觉得就是这样。"

这当儿窗洞那里挤满了人。为了免得妨碍人家的工作,安德烈·叶菲梅奇就站起来告辞。米哈依尔·阿韦良内奇又一次取得他的诺言,然后送他到外边门口。

当天,将近傍晚,出人意外,霍博托夫穿着短羊皮袄和高统靴到安德烈·叶菲梅奇家里来了,用一种仿佛昨天根本没出过什么事的口气说道:

"我是有事来找您的,同事。我来邀请您:您愿意不愿意跟我一块儿去参加会诊?啊?"

安德烈·叶菲梅奇心想霍博托夫大概要他出去散步解一解闷,或者真的要给他一个赚点钱的机会,就穿上衣服,跟他一块儿走到街上。他暗自高兴,总算有个机会可以把他昨天的过失弥补一下,就此和解了。他心里感激霍博托夫，因为昨天的事他绝口不提，分明原谅他了。这个没有教养的人会有这样细腻的感情，倒是很难料到的。

"您的病人在哪儿？"安德烈·叶菲梅奇问。

"在我的医院里。我早就想请您去看一看了……那是一个很有趣的病例。"

他们走进医院的院子，绕过主楼，向那住着疯人的厢房走去。不知什么缘故他们走这一路都没有说话。他们一走进厢房，尼基达照例跳起来，挺直了身子立正。

"这儿有一个病人两侧肺部忽然害了并发症，"霍博托夫跟安德烈·叶菲梅奇一块儿走进病室，低声说，"您在这儿等一会儿，我马上就来。我只是为了去拿我的听诊器。"

说完，他就出去了。

## 十七

天渐渐黑下来。伊万·德米特里奇躺在床上，把脸埋在枕头里。那个瘫子一动也不动地坐着，轻声地哭，努动嘴唇。胖农民和从前的检信员睡觉了。屋里寂静无声。

安德烈·叶菲梅奇在伊万·德米特里奇的床上坐下，等着。可是半个钟头过去了，霍博托夫没有来，尼基达却抱着一件长袍、一身不知什么人的衬里衣裤、一双拖鞋，走进病室里来。

"请您换衣服，老爷，"他轻声说，"您的床在这边，请到这边来，"他又说，指一指一张空床，那分明是不久以前搬进来的，"不要紧，求上帝保佑，您会复原的。"

安德烈·叶菲梅奇心里全明白了。他一句话也没说,依照尼基达的指点,走到那张床边坐下。他看见尼基达站在那儿等着,就脱光身上的衣服,觉着很害臊。然后他穿上医院的衣服,衬裤很短,衬衫却长,长袍上有熏鱼的气味。

"求上帝保佑,您会复原的。"尼基达又说一遍。

他把安德烈·叶菲梅奇的衣服收捡起来,抱在怀里,走出去,随手关上了门。

"没关系……"安德烈·叶菲梅奇想,害臊地把长袍的衣襟掩上,觉着穿了这身新换的衣服像是一个囚犯,"这也没关系……礼服也好,制服也好,这件长袍也好,反正是一样……"

可是他的怀表怎么样了?侧面衣袋里的笔记簿呢?他的纸烟呢?尼基达把他的衣服拿到哪儿去了?这样一来,大概直到他死的那天为止,他再也没有机会穿长裤、背心、高统靴了。这种事,乍一想,不知怎的,有点古怪,甚至不能理解。安德烈·叶菲梅奇到现在还相信小市民别洛娃的房子跟第六病室没有什么差别,这世界上的一切都无聊、空虚。然而他的手发抖,脚发凉,一想到待一会儿伊万·德米特里奇起来,看见他穿着长袍,就不由得害怕。他站起来,在房间里走了一个来回,又坐下。

在那儿,他已经坐了半个钟头,一个钟头,他厌烦得要命。难道在这种地方人能住一天,一个星期,甚至像这些人似的一连住好几年吗?是啊,他已经坐了一阵,走了一阵,又坐下了。他还可以再走一走,瞧一瞧窗外,再从这个墙角走到那个墙角。可是这以后怎么样呢?就照这样像个木头人似的始终坐在这儿思考吗?不,这样总不行啊。

安德烈·叶菲梅奇躺下去,可是立刻坐起来,用衣袖擦掉额头上的冷汗,于是觉着整个脸上都有熏鱼的气味了。他又走来走去。

"这一定是出了什么误会……"他说,茫然摊开两只手,"这得解释一下才成,一定是出了什么误会……"

这当儿伊万·德米特里奇醒来了。他坐起来,用两个拳头支着腮帮子。他吐了口唾沫。然后他懒洋洋地瞧一眼医师,起初分明不明白这是怎么回事。可是不久他那带着睡意的脸就现出了恶毒的讥讽神情。

"啊哈!好朋友,他们把您也关到这儿来了!"他眯细一只眼睛,用带着睡意而发哑的声音说,"我很高兴。您以前吸别人的血,现在人家要吸您的血了。好极了!"

"这一定是出了什么误会。"安德烈·叶菲梅奇给伊万·德米特里奇的话吓坏了,慌张地说。他耸一耸肩膀,再说一遍:"这一定是出了什么误会……"

伊万·德米特里奇又吐口唾沫,躺下去。

"该诅咒的生活!"他嘟哝说,"这种生活真叫人痛心,感到气愤,要知道它不是以我们的痛苦得到补偿来结束,不是像歌剧里那样庄严地结束,却是用死亡来结束。临了,来几个医院杂役,拉住死尸的胳膊和腿,拖到地下室去。呸!不过,那也没关系……到了另一个世界里,那就要轮着我们过好日子了……到那时候我要从那个世界到这里来显灵,吓一吓这些坏蛋。我要把他们吓得白了头。"

莫依谢依卡回来了,看见医师,就伸出手。

"给我一个小钱!"他说。

## 十八

安德烈·叶菲梅奇走到窗口去,瞧着外面的田野。天已经黑下来,右面天边一个冷冷的、发红的月亮升上来了。离医院围墙不远,至多不出一百俄丈的地方,矗立着一所高大的白房子,由一道石墙围起来。那是监狱。

"这就是现实生活!"安德烈·叶菲梅奇想,他觉着害怕了。

月亮啦,监狱啦,围墙上的钉子啦,远处一个烧骨场上腾起来的火焰啦,全都可怕。他听见身后一声叹息。安德烈·叶菲梅奇回过头去,看见一个人胸前戴着亮闪闪的星章和勋章,微微笑着,调皮地眨眼。这也显得可怕。

安德烈·叶菲梅奇极力对自己说:月亮或者监狱并没有什么蹊跷的地方。勋章是就连神智健全的人也戴的,人间万物早晚会腐烂,化成黏土。可是他忽然满心绝望,双手抓住窗上的铁窗格,使足力气摇它。坚固的铁窗格却一动也不动。

随后,为了免得觉着可怕,他走到伊万·德米特里奇的床边,坐下。

"我的精神支持不住了,我亲爱的,"他喃喃地说,发抖,擦掉冷汗,"我的精神支持不住了。"

"可是您不妨谈点哲学啊。"伊万·德米特里奇讥诮地说。

"我的上帝,我的上帝啊……对了,对了……有一回您说俄罗斯没有哲学,然而大家都谈哲学,连小人物也谈。其实,小人物谈谈哲学,对谁都没有什么害处啊,"安德烈·叶菲梅奇说,那声音仿佛要哭出来,引人怜悯似的,"可是我亲爱的,为什么您发出这种幸灾乐祸的笑声呢?小人物既然不满意,怎么能不谈哲学呢?一个有头脑、受过教育的人,他有神那样的相貌,有自尊心,爱好自由,却没有别的路可走,只能到一个肮脏愚蠢的小城里来做医师,把整整一辈子消磨在拔血罐、蚂蟥、芥子膏上面!欺骗,狭隘,庸俗!啊,我的上帝!"

"您在说蠢话了。要是您不愿意做医师,那就去做大臣好了。"

"不行,我什么也做不成。我们软弱啊,亲爱的。……以前我满不在乎,活泼清醒地思考着,可是生活刚刚粗暴地碰到我,我的精神就支持不住……泄气了……我们软弱啊,我们不中用……您也一样,我亲爱的。您聪明,高尚,从母亲的奶里吸取了美好的激情,可是刚刚走进生活就疲乏,害病了……我们软弱啊,软弱啊!"

随着黄昏来临,除了恐惧和屈辱的感觉以外,另外还有一种没法摆脱的感觉不断折磨安德烈·叶菲梅奇。临了,他明白了:他想喝啤酒,想抽烟。

"我要从这儿出去,我亲爱的,"他说,"我要叫他们在这儿点个灯……这样我可受不了……我不能忍受下去……"

安德烈·叶菲梅奇走到门口,开了门,可是尼基达立刻跳起来,挡住他的去路。

"您上哪儿去?不行,不行!"他说,"到睡觉的时候了!"

"可是我只出去一会儿,在院子里散一散步!"安德烈·叶菲梅奇慌张地说。

"不行,不行。这是不许可的。您自己也知道。"

尼基达砰的一声关上房门,用背抵住门。

"可是,就算我出去一趟,对别人又有什么害处呢?"安德烈·叶菲梅奇问,耸一耸肩膀,"我不明白!尼基达,我一定要出去!"他用发颤的嗓音说,"我要出去!"

"不许捣乱,这可要不得!"尼基达告诫说。

"鬼才知道这是怎么回事!"伊万·德米特里奇忽然叫道,他跳下床,"他有什么权利不放我们出去?他们怎么敢把我们关在这儿?法律上似乎明明说着不经审判不能剥夺人的自由啊!这是暴力!这是专横!"

"当然,这是专横!"安德烈·叶菲梅奇听到伊万·德米特里奇的叫声,添了点勇气,说道,"我一定要出去,非出去不可!他没有权利!我跟你说:你放我出去!"

"听见没有,愚蠢的畜生?"伊万·德米特里奇叫道,用拳头砰砰地敲门,"开门! 要不然我就把门砸碎! 残暴的家伙!"

"开门!"安德烈·叶菲梅奇叫道,浑身发抖,"我要你开门!"

"你尽管说吧!"尼基达隔着门回答道,"随你去说吧!"

"至少去把叶夫根尼·费奥多雷奇叫到这儿来! 就说我请他来……来一会儿!"

"明天他老人家自己会来。"

"他们绝不会放我们出去!"这当儿伊万·德米特里奇接着说,"他们要把我们在这儿折磨死! 啊,主,难道下一个世界里真的没有地狱,这些坏蛋会得到宽恕? 正义在哪儿? 开门,坏蛋,我透不出气来啦!"他用沙哑的声调喊着,用尽全身力量撞门,"我要把我的脑袋碰碎! 杀人犯!"

尼基达很快地开了门,用双手和膝盖粗暴地推开安德烈·叶菲梅奇,然后抡起胳膊,一拳打在他的脸上。安德烈·叶菲梅奇觉着有一股咸味的大浪兜头盖上来,把他拖到床边去。他嘴里真的有一股咸味:多半他的牙出血了。他好像要游出这股大浪似的挥舞胳膊,抓住什么人的床架,同时觉得尼基达在他背上打了两拳。

伊万·德米特里奇大叫一声。大概他也挨打了。

然后一切都安静了。淡淡的月光从铁格子里照进来,地板上铺着一个像网子那样的阴影。这是可怕的。安德烈·叶菲梅奇躺在那儿,屏住呼吸:他战兢兢地等着再挨打。他觉着好像有人拿一把镰刀,刺进他的身子,在他胸中和肠子里搅了几下似的。他痛得咬枕头,磨牙,忽然在他那乱糟糟的脑子里清楚地闪过一个可怕的、叫人受不了的思想:这些如今在月光里像黑影一样的人,若干年来一定天天都在经受这样的痛苦。这种事他二十多年以来怎么会一直不知道,也不想知道? 他不懂痛苦,根本没有痛苦的概念,可见这不能怪他,不过他那跟尼基达同样无情而粗暴的良心却使得他从后脑勺直到脚后跟都变得冰凉了。他跳起来,想用尽气力大叫一声,赶快跑去打死尼基达,然后打死霍博托夫、总务处长、医士,再打死他自己。可是他的胸膛里却发不出一点声音,他的腿也不听他使唤了。他喘不过气来,拉扯胸前的长袍和衬衫,撕得粉碎,然后倒在床上,不省人事了。

## 十九

　　第二天早晨他头痛,耳朵里嗡嗡地响,觉得周身不舒服。他想起昨天他的软弱,并不害臊。昨天他胆怯,甚至怕月亮,而且真诚地说出了这以前他万没料到自己会有的感情和思想。比方说,想到小人物爱谈哲学是由于不满足。可是现在,他什么也不在意了。

　　他不吃不喝,躺在那儿一动也不动,也不说话。

　　"对我说来,什么都一样了,"他们问他话的时候,他想,"我不想回答了……对我说来,什么都一样了。"

　　午饭后,米哈依尔·阿韦良内奇来了,送给他四分之一磅的茶叶和一磅果冻。达留希卡也来了,在床边站了整整一个钟头,脸上现出茫然的悲伤神情。霍博托夫医师也来看他。他拿来一瓶溴化钾药水,吩咐尼基达烧点什么熏一熏病室。

　　将近傍晚,安德烈·叶菲梅奇因为中风而死了。起初他感到猛烈的寒颤和恶心;仿佛有一种使人恶心的东西浸透他的全身,甚至钻进他的手指头,从肚子里往上冒,涌到他的脑袋里,淹没他的眼睛和耳朵。一切东西在他眼前都变成绿色了。安德烈·叶菲梅奇明白他的末日已经到了,想起伊万·德米特里奇、米哈依尔·阿韦良内奇、成百万的人,都相信长生不死。万一真会不死呢?可是他并不希望不死,他只想了一想就算了。他昨天在书上读到过一群非常美丽优雅的鹿,如今在他的面前跑过去。随后有一个农妇向他伸出手来,手里拿着一封挂号信……米哈依尔·阿韦良内奇说了句什么话。后来一切都消散,安德烈·叶菲梅奇永远昏过去了。

杂役们走来,抓住他的胳膊和腿,把他抬到小教堂里去了。在那儿他躺在桌子上,睁着眼睛,晚上月光照着他。到早晨,谢尔盖·谢尔盖伊奇来了,对着耶稣钉在十字架上的雕像虔诚地祷告一番,把他前任长官的眼睛合上了。

第二天安德烈·叶菲梅奇下了葬。送葬的只有米哈依尔·阿韦良内奇和达留希卡。

1892 年

【归纳探究】

1. 结合小说内容,用自己的话概括第六病室的主要特点。

2. 结合小说内容,特别是格罗莫夫和医师拉京的遭遇,谈一谈:第六病室里的"疯子"和"狂人"是在病室里,还是病室外?契诃夫是一位怎样的"医生作家"?

3. 相关评价及推荐阅读:

①俄国作家列斯科夫:"到处都是第六病室,这就是俄罗斯!"

②俄国画家列宾:"简直是令人费解,从这个内容朴素、简单,甚至完全是枯燥的故事中怎么竟会出现人类的如此不容反驳的、深刻而重大的思想的?"

③列宁:"自己好像也被关在这第六病室里了!"

④推荐阅读:爱尔兰诗人谢默斯·希尼的诗歌《契诃夫在萨哈林岛》
　　　　　　契诃夫的游记《萨哈林岛游记》

# 专题导读四

《挂在脖子上的安娜》《农民》《套中人》《醋栗》《约内奇》(五篇)

  这五篇小说创作于1895年至1898年,带着游历库页岛的宝贵成长,迁居梅里霍沃庄园的契诃夫以更宽广的视角进行观察,以细腻的笔触描绘了农村、工厂、小市民和知识分子阶层的日常生活。最为可贵的是这一时期的作品中,契诃夫笔下的进步知识分子开始觉醒,试图冲破压抑,发出了"不能再照这样生活下去了!"的强力呼喊!

  阅读这些令人回味的作品时,要注意在这些日常生活的剪影中体会我们并不陌生的生活气息;也要注意表述中简短利落、极具讽刺性的语言特点;更重要的是感受契诃夫对"新生活终将到来"的那份美好憧憬。阅读过程中可以运用对比、圈画批注、前勾后连等方法帮助深化、延展理解。

# 挂在脖子上的安娜

【导读】

　　刚满十八岁的安娜和五十二岁、身居要职的官吏阿列克谢伊奇结婚了,一场舞会让安娜的家庭地位和生活状态发生了翻天覆地的变化。命运带给安娜的这些"美好礼物"是用什么交换的呢?

## 一

　　婚礼以后,就连清淡的凉菜也没有;新婚夫妇各自喝下一杯酒,就换上衣服,坐马车到火车站去了。他们没有举行欢乐的结婚舞会和晚餐,没有安排音乐和跳舞,却到二百俄里以外参拜圣地去了。许多人都赞成这个办法,说莫杰斯特·阿列克谢伊奇已经身居要职,而且年纪也不算轻,热闹的婚礼或许不大相宜了。再者,一个五十二岁的官吏跟一个刚满十八岁的姑娘结婚,音乐就叫人听着乏味了。大家还说:莫杰斯特·阿列克谢伊奇是一个循规蹈矩的人,其所以想出到修道院去旅行一趟,是特意要让年轻的妻子知道:就连在婚姻中,他也把宗教和道德放在第一位。

　　人们纷纷到车站去给这对新婚夫妇送行。一群亲戚和同事站在那儿,手里端着酒杯,专等火车一开就嚷"乌拉",新娘的父亲彼得·列昂契奇戴一顶高礼帽,穿着教员制服,已经喝醉,脸色很苍白,不住地端着酒杯向窗子那边伸过头去,恳求地说:

"阿纽达①!阿尼娅②,阿尼娅!有一句话要跟你说!"

阿尼娅在窗口弯下腰来凑近他,他就凑着她的耳朵小声说话,用一股酒臭气熏着她,用呼出来的气吹着她的耳朵,结果她什么也听不明白。他在她脸上、胸上、手上画十字,同时他的呼吸发颤,眼泪在他眼睛里发亮。阿尼娅的兄弟,那两个中学生,彼佳和安德留沙,在他背后拉他的制服,用忸怩的口气悄悄说:

"爸爸,够了……爸爸,别说了……"

火车开了,阿尼娅看见她父亲跟着车厢跑了几步,脚步踉跄,他的酒也洒了,他的面容多么可怜、善良、惭愧啊。

"乌——拉!"他嚷道。

现在只剩下这对新婚夫妇在一起了。莫杰斯特·阿列克谢伊奇瞧一下车室,把东西放到架子上去,在年轻的妻子对面坐下来,微微笑着。他是个中等身材的官吏,相当丰满,挺胖,保养得很好,留着长长的络腮胡子,却没留上髭。他那剃得光光、轮廓鲜明的圆下巴看上去像是脚后跟。他脸上最有特色的一点是没有唇髭,只有光秃秃的、新近剃光的一块肉,那块肉渐渐过渡到像果冻一样颤抖的肥脸蛋上去。他风度尊严,动作从容,态度温和。

"现在我不由得想起一件事情来了,"他微笑着说,"五年前柯索罗托夫接受二等圣安娜勋章,去向大人道谢的时候,大人说过这样的话:'那么您现在有三个安娜了:一个挂在您的纽扣眼上,两个挂在您的脖子上。'这得说明一下。当时柯索罗托夫的太太,一个爱吵架的轻佻女人,刚刚回到

---

①② 安娜的爱称。

他家里来,她的名字就叫作安娜。我希望等我接受二等安娜勋章的时候,大人不会有理由对我说这种话。"

他那双小眼睛微笑着。她也微笑,可是一想到这个人随时会用他那黏湿的厚嘴唇吻她,而且她没有权利拒绝,就觉着心慌。他那胖身子只要微微一动,就会吓她一跳;她觉得又可怕又恶心。他站起来,不慌不忙地从脖子上取下勋章,脱掉上衣和坎肩,穿上长袍。

"这样就舒服一点了。"他在阿尼娅身边坐下来说。

她想起参加婚礼的时候多么痛苦,那时候她觉着不管司祭也好,来宾也好,总之,教堂里所有的人都忧愁地瞧着她,暗自问着:这么一个可爱的漂亮姑娘为什么,究竟为什么嫁给这么一个没有趣味、上了岁数的人呢?只不过那天早晨,她还因为一切布置得很好而高兴,可是后来在举行婚礼的时候,现在坐在火车车厢里的时候,她却觉着做错了事,上了当,荒唐可笑了。现在她跟一个阔人结婚了,可是她仍旧没有钱,她的结婚礼服是赊账缝制的。今天她父亲和弟弟来给她送行,她从他们的面容看得出他们身边连一个小钱也没有。今天他们有晚饭吃吗?明天呢?不知什么缘故她觉着眼下她不在家,她父亲和那两个男孩坐在家里正在挨饿,而且跟母亲下葬后第一天傍晚那样感到凄凉。

"啊,我是多么不幸!"她想,"为什么我那么不幸啊?"

莫杰斯特·阿列克谢伊奇是个庄重的、不惯于跟女人打交道的人,他挺别扭地搂一搂她的腰,拍一拍她的肩膀。她却想着钱,想着母亲,想着母亲的死。她母亲去世以后,她父亲彼得·列昂契奇,一个中学里的图画和习字教员,喝上了酒,紧接着家里就穷了。男孩们没有皮靴和雨鞋穿,她父亲给拉到调解法官那儿去,有一个法警跑来把家具列了清单……多么丢脸啊!阿尼娅只得照料喝醉的父亲,给弟弟补袜子,上市场。遇到有人称赞她年轻漂亮,风度优雅,她就觉着全世界都在瞧她的便宜的帽子和靴子上用墨水染过的窟窿。每到夜里她就哭,心里充满不安的、摆脱不掉的思想,老是担心她父亲很快就会因为他的嗜好而被学校辞退,那他会受不了,于是也跟母亲一样死掉。可是后来他们所认识的一些太太们出头张罗起来,开始替阿尼娅找一个好男人。不久她们就找到了这个莫杰斯特·阿列克谢伊奇,既不年轻,也不好看,可是有钱。他在银行里大约有十万存款,还有一个租赁出去的祖传的田庄。这个人规规矩矩,很得上司的赏识。人家对阿尼娅说,要他请求大人写封信给中学校长,甚至给督学,以免彼得·列昂契奇被辞掉,那在他是很容易办到的……

她正在回想这些事,却忽然听见音乐声飘进窗口来,掺杂着嗡嗡的说话声。原来火车在一个小车站上停住了。月台后面的人群里,有一个手风琴和一个吱嘎吱嘎响的便宜提琴正在奏得热闹,军乐队的声音从高高的桦树和白杨后面,从浸沉在月光中的别墅那边传来。别墅里一定在开跳舞晚会。别墅的住客和城里人遇到好天气,总要到这儿来透一透新鲜空气,如今他们正在月台上走来走去。这当中有一个人是所有的消夏别墅的房东,富翁,他是一个又高又胖的黑发男子,姓阿尔狄诺夫。他生着暴眼睛,脸长得像亚美尼亚人,穿一身古怪的衣服。他上身穿一件衬衫,胸前没系扣子,脚上穿一双带马刺的高统靴,一件黑斗篷从肩膀上耷拉下来,拖在地上像长后襟一样。两条猎狗跟在他身后,用尖鼻子嗅着地面。

眼泪仍旧在阿尼娅的眼睛里闪亮,可是她现在不再回想她母亲,不再想到钱,不再想到她的婚事了。她跟她认得的中学生和军官们握手,欢畅地微笑着,很快地说:

"你们好!生活得怎么样?"

她走出去,站在两个车厢中间的小平台上,让月光照着她,好让大家都看见她穿着漂亮的新衣服,戴着帽子。

"为什么我们的火车停在这儿不走?"她问。

"这儿是个让车站，"别人回答她说，"他们在等邮车开来。"

她看见阿尔狄诺夫在看她，就卖弄风情地眯细眼睛，大声讲法国话。于是，因为她自己的声音那么好听，因为她听见了音乐，因为月亮映在水池上，又因为阿尔狄诺夫，那出名的风流男子和幸运的宠儿，那么热切而好奇地瞧着她，还因为大家的兴致都很好，她忽然觉着快活起来。等到火车开动，她所认识的军官们向她行军礼告别，她索性哼起树林后面军乐队轰轰响着送来的波尔卡舞曲了。她一面走回车室，一面觉得方才在那小车站上好像已经得到保证：不管怎样，她将来一定会幸福的。

这对新婚夫妇在修道院里盘桓了两天，然后回到城里。他们住在公家的房子里。每逢莫杰斯特·阿列克谢伊奇出去办公，阿尼娅就弹钢琴，或者郁闷得哭一阵，再不然就在一个躺椅上躺下来，看小说，或者翻时装杂志。吃饭时候，莫杰斯特·阿列克谢伊奇吃得很多，谈政治，谈任命、调职、褒奖，还谈到人必须辛苦工作，说是家庭生活不是取乐，而是尽责，说一个个的戈比都当心着用，卢布自然就会来了，又说他把宗教和道德看得比世界上任何东西都要紧。他手里捏紧一把餐刀像拿着一把剑似的，说：

"各人都应当有各人的责任！"

阿尼娅听着他讲话，心里害怕，吃不下去，通常总是饿着肚子从桌旁站起来。饭后她丈夫睡午觉，鼾声很响，她就出门回到自己家去。她父亲和弟弟带着一种特别的神情瞧她，仿佛刚才在她进门以前，他们正在骂她不该为钱嫁给一个她并不爱的枯燥无味的男子似的。她的沙沙响的衣服、她的镯子、她周身上下那种太太气派，使他们觉得拘束，侮辱了他们。他们在她面前有点窘，不知道该跟她谈什么好，不过他们还是跟从前那样爱她，吃饭时候她不在座还会觉着不惯。她坐下来跟他们一块儿喝白菜汤，喝粥，吃那种有蜡烛气味的羊油煎出来的土豆。彼得·列昂契奇用发抖的手拿起小酒瓶斟满他的酒杯，带着贪馋的神情，带着憎恶的神情匆匆喝干，然后

喝第二杯,第三杯……彼佳和安德留沙,那两个生着大眼睛的、又白又瘦的男孩,夺过小酒瓶来,着急地说:

"喝不得了,爸爸……够了,爸爸……"

阿尼娅也不安,央求他别再喝了。他却忽然冒火了,用拳头捶桌子。

"我不准人家管我!"他嚷着,"顽皮的男孩!淘气的姑娘!我要把你们统统赶出去!"

不过他的声音流露出软弱和忠厚,谁也不怕他。饭后他总是仔细地打扮自己。他脸色苍白,下巴上因为刮胡子不小心而留下一个口子。他伸长了瘦脖子,在镜子前面足足站半个钟头,加意修饰,一会儿梳头,一会儿捋黑唇髭,周身洒上香水,把领带打成花结,然后他戴上手套和高礼帽,出门教家馆去了。如果那是放假的日子,他就待在家里绘画或者弹小风琴,那个琴就呼呼响,咕咕叫起来。他极力弹出匀称和谐的声音,边弹边唱,要不然就向男孩们发脾气:

"可恶的东西!坏蛋!你们把这乐器弄坏了!"

每到傍晚,阿尼娅的丈夫就跟那些同住在公家房子里的同事们打牌。在打牌的时候,那些官员的太太也聚到一起来,她们都是些丑陋的、装束粗俗的、跟厨娘一样粗鲁的女人。于是种种诽谤的话就在这房子里传开了,那些话跟这些官太太本身一样的丑恶和粗俗。有时候莫杰斯特·阿列克谢伊奇带着阿尼娅到剧院去。在休息时间,他从不放她离开身边一步,挽着她的胳臂走过走廊和休息室。每逢他跟什么人打过招呼以后,就立刻小声对阿尼娅说:"他是五等文官……大人接见过他……"或者"这人家道殷实……有房产……"他们走过小吃部的时候,阿尼娅很想吃点甜食,她喜欢吃巧克力糖和苹果糕,可是她没有钱,又不好意思问丈夫要。他呢,拿起一个梨,用手指头揉搓一阵,犹疑不定地问:

"多少钱一个?"

"二十五个戈比！"

"好家伙！"他回答，把那只梨放回原位。不过不买东西就走出小吃部又不像话，他就要了瓶矿泉水，自己把一瓶全喝光，眼泪都涌到他眼睛里来了。在这种时候，阿尼娅总是恨他。

或者他忽然涨得满脸通红，很快地对她说：

"向那位老太太鞠躬！"

"可是我不认识她。"

"没关系。她是税务局长的太太！我说，你倒是鞠躬啊！"他固执地埋怨道，"你的脑袋又不会掉下来。"

阿尼娅就鞠躬，她的脑袋也果然没有掉下来，可是这使她难过。她丈夫要她做什么她就做，同时她又恼恨自己，因为他把她当作最傻的傻瓜那样欺骗她。她原是只为了钱才跟他结婚的，不料现在她比婚前更缺钱。早先，她父亲至少有时候还给她一枚二十戈比银币，可是现在她连一个小钱也没有。偷偷拿钱，或者跟他要钱，她都办不到。她怕她丈夫，她在他面前发抖。她觉着她灵魂里仿佛早就存着对这个人的惧怕似的。从前她小时候总是觉得中学校长永远是世界上顶威严可怕的一种力量，好比乌云似的压下来，或者像火车头似的开过来，要把她压死似的。另一个同样的力量是大人，这是全家常常谈起，而且不知因为什么缘故大家都害怕的一个人。此外还有十个别的力量，不过少可怕一点，其中有一个中学教师，他上髭刮得光光的，严厉，无情。现在，最后来了莫杰斯特·阿列克谢伊奇这个循规蹈矩的人，他连相貌都长得像校长。在阿尼娅的想象中所有这些力量合成一个力量，活像一只可怕的大白熊，威逼着像她父亲那样的弱者和罪人。她不敢说顶撞的话，勉强赔着笑脸，每逢受到粗鲁的爱抚，被那种使她心惊胆战的搂抱所玷污的时候，还要装出快乐的神情。

彼得·列昂契奇只有一回大着胆子向他借五十卢布，好让他还一笔很讨厌的债,可是那是多么受罪啊!

"好吧,我给您这笔钱,"莫杰斯特·阿列克谢伊奇想了一想说,"可是我警告您,往后您要是不戒酒,我就再也不帮您忙了。一个在政府机关里做事的人养成这样的嗜好是可耻的!我不能不向您提起一件人人都知道的事实:许多有才干的人都是被这种嗜好毁掉的,然而他们一戒掉酒,也许能逐渐成为头面人物。"

随后是很长的句子:"按照……""由于这种情形的结局……""只因为上述的种种……"可怜的彼得·列昂契奇受了侮辱而十分难堪,反倒更想喝酒了。

男孩们总是穿着破靴子和破裤子来看望阿尼娅,他们也得听取他的教训。

"各人都应当有各人的责任!"莫杰斯特·阿列克谢伊奇对他们说。

他不给他们钱。可是他送给阿尼娅镯子、戒指、胸针,说是这些东西留到急难的日子自有用处。他常常打开她锁着的五屉柜,查看一下那些东西还在不在。

## 二

这当儿冬天来了。还在圣诞节以前很久,当地报纸就发布消息,说一年一度的冬季舞会"定于"十二月二十九日在贵族俱乐部举行。每天傍晚打完牌以后,莫杰斯特·阿列克谢伊奇总是很兴奋,跟那些官太太们交头接耳,担心地打量阿尼娅,随后在房间里从这头走到那头,走上很久,想心事。最后,一天晚上,夜深了,他在阿尼娅面前站定,说:

"你应当做一件跳舞衣服。听明白没有?只是请你跟玛丽亚·格里戈里耶夫娜和娜塔利娅·库兹明尼希娜商量一下。"

他给了她一百卢布。她收下钱,可是她在定做跳舞衣服的时候并没有找谁商量,只跟父亲提了一下。她极力揣摸她母亲会穿什么样的衣服参加舞会。她那故去的母亲素来打扮得最时髦,老是为阿尼娅忙碌,把她打扮得漂漂亮亮跟洋娃娃一样,教她说法国话,教她把马祖尔卡舞跳得极好(她在婚前做过五年家庭女教师)。阿尼娅跟母亲一样会用旧衣服改成新装,用汽油洗手套,租赁 bijoux① 穿戴起来。她也跟母亲一样善于眯细眼睛,娇声娇气地说话,做出妩媚的姿势,遇到必要时候装得兴高采烈,或者做出哀伤的、叫人琢磨不透的神情。她从父亲那儿继承了黑色的头发和眼睛、神经质、经常打扮得很漂亮的习惯。

在动身去参加舞会的半个钟头以前,莫杰斯特·阿列克谢伊奇没穿礼服走进她的房间,为了在她的穿衣镜面前把勋章挂在自己脖子上,他一见她的美丽和那身新做的轻飘衣服的灿烂夺目,不由得着了迷,得意地摩挲着他的络腮胡子说:

"原来我的太太能够变成这个样子……原来你能够变成这个样子啊!阿纽达!"他接着说下去,却忽然换了庄严的口气,"我已经使得你幸福了,那么今天你也可以办点事来使我幸福一下。我请求你想法跟大人的太太拉拢一下!看在上帝的分上,求你办一办!有她出力,我就能谋到高级陈报官的位子!"

他们坐车去参加舞会。他们到了贵族俱乐部,门口有看门人守着。他们走进前厅,那儿有衣帽架、皮大衣,仆役川流不息,袒胸露背的太太们用扇子遮挡着穿堂风。空气里有煤气灯和士兵的气味。阿尼娅挽着丈夫的胳臂走上楼去,耳朵听着音乐声,眼睛看着大镜子里她全身给许多灯光照着的影子,心头不由得涌上来一股欢乐,就跟那回在月夜下在小车站上一

---

① 法语:贵重的首饰。

样感到了幸福的预兆。她带着自信的心情骄傲地走着,她第一回觉着自己不是姑娘,而是成年的女人,她不自觉地模仿故去的母亲的步态和气派。这还是她生平第一回觉着自己阔绰和自由。就连丈夫在身旁,她也不觉着难为情,因为她跨进俱乐部门口的时候,已经本能地猜到:老丈夫在身旁不但一点也不会使她减色,反而会给她添上一种男人十分喜欢的、搔得人心痒的神秘意味。大厅里乐队已经在奏乐,跳舞开始了。阿尼娅经历过公家房子里的那段生活以后,目前遇到这种亮光、彩色、音乐、闹声,就向大厅里扫了一眼,暗自想道:"啊,多么好啊!"她立刻在人群里认出了她所有的熟人,所有以前在晚会上或者游园会上见过的人,所有的军官、教师、律师、文官、地主、大官、阿尔狄诺夫和那些上流社会的太太们。这些太太有的浓妆艳抹,有的露出一大块肩膀和胸脯,有的漂亮,有的难看,她们已经在慈善市场的小木房和售货亭里占好位子,开始卖东西,替穷人募捐了。有一个身材魁伟、戴着肩章的军官(她还是当初做中学生的时候在旧基辅街跟他认识的,可是现在想不起他的姓名了)好像从地底下钻出来一样,请她跳华尔兹舞。她就离开丈夫,翩翩起舞,马上觉得自己好像在大风暴中坐着一条小帆船随波起伏,丈夫已经远远地留在岸上了似的……她热烈而痴迷地跳华尔兹舞,然后跳波尔卡舞,再后跳卡德里尔舞,从这个舞伴手上飞到另一个舞伴手上,给音乐声和嘈杂声闹得迷迷糊糊,讲起话来俄国话里夹几句法国话,发出娇滴滴的声调,不住嘻嘻地笑,脑子里既没有想她丈夫,也没有想别的人,别的事。她引得男子纷纷艳羡,这是明明白白的,而且也不可能不这样。她兴奋得透不出气,颤巍巍地抓紧扇子,觉着口渴。她父亲彼得·列昂契奇穿一件有汽油味的、揉皱的礼服,走到她面前,递给她一小碟红色冰激凌。

"今天傍晚你真迷人,"他快活地瞧着她说,"我从没像今天这么懊悔过,你不该急急忙忙地结婚……何必结婚呢?我知道你是为我们的缘故才结婚的,可是……"他用发抖的手拿出一卷钞票来,说,"今天我收到了教家馆的薪水,可以还清我欠你丈夫的那笔钱了。"

她把小碟递到他手里,立刻就有人扑过来,一转眼间就把她带到远处去了。她从舞伴的肩膀上望出去,一眼看见她父亲搂住一位太太,在镶木地板上滑着走,带她在大厅里回旋。

"他在没有喝醉的时候多么可爱啊!"她想。

她跟原先那个魁伟的军官跳马祖尔卡舞;他庄严而笨重,像一具穿着军服的兽尸,一面走动一面微微扭动肩膀和胸脯,微微顿着脚,仿佛他非常不想跳舞。她呢,在他四周轻盈地跳来跳去,用她的美貌和裸露的脖子打动他的心。她的眼睛兴奋地燃烧着,她的动作充满热情。他却变得越来越冷淡,像皇帝发了慈悲似的向她伸出手去。

"好哇,好哇!……"旁观的人们说。

可是魁伟的军官也渐渐的来劲了。他活泼起来,兴奋起来,已经给她的妩媚迷住,满腔热火,轻盈而年轻地跳动着,她呢,光是扭动肩膀,调皮地瞧着他,仿佛她已经是皇后,而他是奴隶似的。这当儿她觉着整个大厅里的人都在瞧他们,每个人都呆住了,而且嫉妒他们。魁伟的军官还没来得及为这场舞蹈向她道谢,忽然人群让出一条路来,男人们有点古怪地挺直身子,垂下两只手贴在裤缝上……原来,燕尾服上挂着两颗星章的大人向她走来了。是的,大人确实向她走过来了,因为他的眼睛直勾勾地瞧着她,脸上现出甜蜜的笑容,同时像在咀嚼什么东西似的舔着自己的嘴唇,他每逢看见漂亮女人总要这样。

"真高兴,真高兴……"他开口了,"我要下命令罚您的丈夫坐禁闭室,因为他把这样一宗宝贝一直藏到现在,瞒住我们。我是受我妻子的委托来找您的,"他接着说,向她伸出胳膊,"您得帮帮我们的忙……嗯,对了……应当照美国人的办法那样……发给您一份美人奖金才对……嗯,对了……

美国人……我的妻子等得您心焦了。"

他带她走到小木房那儿,给她引见一个上了岁数的太太,那太太的脸下半部分大得不成比例,因此看上去倒好像她嘴里含着一块大石头似的。

"帮帮我们的忙吧,"她带点鼻音娇声娇气地说,"所有的美人儿都在为我们的慈善市场工作,只有您一个人不知什么缘故却在玩乐。为什么您不肯帮帮我们的忙呢?"

她走了,阿尼娅就接替她的位子,守着茶杯和银茶炊。她这儿的生意马上就兴隆起来。阿尼娅卖一杯茶至少收一个卢布,硬逼那个魁伟的军官喝了三杯。富翁阿尔狄诺夫生着一双暴眼睛,害着气喘病,也走过来了。他不像夏天阿尼娅在火车站看见的那样穿一身古怪的衣服,而是跟大家一样穿着燕尾服了。他两眼盯紧阿尼娅,喝下一杯香槟酒,付了一百卢布,然后喝点茶,又给了一百,始终没开口说话,因为他害气喘病而透不过气来……阿尼娅招来买主,收下他们的钱,她已经深深相信:她的笑容和眼光一定能给这些人很大的快乐。她这才明白:她生下来是专为过这种热闹、灿烂,有音乐和舞蹈,获得许多崇拜者的欢笑生活。她许久以来对于那种威逼着她、要把她活活压死的力量的恐惧依她看来显得可笑了,现在她谁也不怕,只是惋惜母亲已经去世,要是如今在场,一定会为她的成功跟她一块儿高兴呢。

彼得·列昂契奇脸色已经发白,不过两条腿还算站得稳,他走到小木房这儿来,要一小杯白兰地喝。阿尼娅脸红了,料着他会说出什么不得体的话(她已经因为自己有一个这样穷酸、这样平凡的爸爸而觉着难为情了),可是他喝干那杯酒,从他那卷钞票里抽出十卢布来往外一丢,一句话也没说就尊严地走了。过了一会儿,她看见他跟一个舞伴参加大圆舞①,这时候脚步已经不稳,嘴里不断地嚷着什么,弄得他的舞伴十分狼狈。阿

---

① 一种法国的舞蹈。

尼娅想起三年前他在舞会上也这样脚步踉跄,吵吵嚷嚷,结果被派出所长押回家来睡觉,第二天校长威吓他说要革掉他的差使。这种回忆来得多么不是时候啊!

等到小木房里的茶炊熄灭,疲乏的女慈善家们把自己的进款交给那位嘴里含着石头的上了岁数的太太,阿尔狄诺夫就伸出胳膊来挽住阿尼娅,走到大厅里去,那儿已经为全体参加慈善市场的人们开好了晚饭。吃晚饭的只不过二十来个人,可是很热闹。大人提议干杯:"在这堂皇的餐厅里,应当为今天市场的服务对象,那些廉价食堂的兴隆而干杯。"陆军准将提议"为那种就连大炮也要屈服的力量干杯",大家就纷纷举起酒杯跟太太们碰杯。真是快活极了,快活极了!

临到阿尼娅由人送回家去,天已经大亮,厨娘们上市场去了。她高高兴兴,带着醉意,脑子里满是新印象,累得要命,就脱掉衣服,往床上一躺,立刻睡着了……

当天下午一点多钟,女仆来叫醒她,通报说阿尔狄诺夫先生来拜访了。她赶快穿好衣服,走进客厅。阿尔狄诺夫走后不久,大人就来了,为她参加慈善市场工作而向她道谢。他带着甜蜜蜜的笑容瞧她,像是在咀嚼什么东西似的舔着嘴唇,吻她的小手,请求她准许他以后再来拜访,然后告辞走了。她呢,站在客厅中央,又吃惊又迷惑,不相信她的生活这么快就起了变化,惊人的变化。这当儿她丈夫莫杰斯特·阿列克谢伊奇走进来了……现在他站在她面前也现出那种巴结的、谄笑的、奴才般的低声下气神情了,这样的神情在他遇见权贵和名人的时候她常在他脸上看见。她又是快活,又是气愤,又是轻蔑,而且相信自己无论说什么话也没关系,就咬清每个字的字音说:

"滚开,蠢货!"

从这时候起,阿尼娅再也没有一个空闲的日子了,因为她时而参加野餐,时而出去游玩,时而演出。她每天都要到夜半以后才回家,在客厅地板上睡一觉,过后却又动人地告诉大家说她怎样在花丛底下睡觉。她需要很多的钱,不过她不再怕莫杰斯特·阿列克谢伊奇了,花他的钱就跟花自己的一样。她不央求他,也不硬逼他,光是派人给他送账单或者条子去。"交来人二百卢布",或者"即付一百卢布"。

到复活节,莫杰斯特·阿列克谢伊奇领到了二等安娜勋章。他去道谢的时候,大人放下报纸,在圈椅上坐得更靠后一点。

"那么现在您有三个安娜了,"他说,看着自己的白手和粉红色的指甲,"一个挂在您的纽扣眼上,两个挂在您的脖子上。"

莫杰斯特·阿列克谢伊奇出于谨慎举起两个手指头来放在嘴唇上,免得笑声太响。他说:

"现在我只巴望小符拉吉米尔出世了。我斗胆请求大人做教父。"

他指的是四等符拉吉米尔勋章。他已经在揣想将来他怎样到处去讲自己这句妙语双关的话了。这句话来得又机智又大胆,妙极了。他本来还想说点同样妙的话,可是大人又埋下头去看报,光是对他点一点头……

阿尼娅老是坐上三匹马拉着的车子到处奔走,她跟阿尔狄诺夫一块儿出去打猎,或是演独幕剧,或是出去吃晚饭,越来越不大去找自己家里的人。现在他们吃饭没有她来做伴了。彼得·列昂契奇酒瘾比以前更大,钱却没有,小风琴早已卖掉抵了债。现在男孩们不放他一个人上街去,总是跟着他,深怕他跌倒。每逢他们在旧基辅街上遇见阿尼娅坐着由一匹马驾辕、一匹马拉套的双马马车出来兜风,同时阿尔狄诺夫代替车夫坐在车夫座上的时候,彼得·列昂契奇就脱下高礼帽,想对她嚷一声,可是彼佳和安德留沙揪住他的胳膊,恳求地说:

"不要这样,爸爸……别说了,爸爸!……"

1895 年

【归纳探究】

1.回顾小说第二节舞会上安娜光彩照人的场景,圈画其中精彩的、讽喻性的语句,找出上层人物和小人物之间言行举止的鲜明对比,体会语言简洁凝练、言约义丰的特点。

2.前勾后连,尝试回忆《跳来跳去的女人》这篇小说,或课外阅读契诃夫的《出诊》《在故乡》,谈一谈:契诃夫笔下的女性形象反映了怎样的社会现实?讽刺了怎样的社会现象?

# 农 民

【导读】

在很多人的印象中,乡村是"莫笑农家腊酒浑,丰年留客足鸡豚"的淳朴;是"稻花香里说丰年,听取蛙声一片"的丰饶;是"漠漠水田飞白鹭,阴阴夏木啭黄鹂"的静谧,乡村代表着简单明亮、秀美淳朴的美好。但是在莫斯科害病了的尼古拉决定回去的乡下老家是什么样子呢?

## 一

莫斯科旅馆"斯拉夫商场"的一个仆役尼古拉·契基尔杰耶夫害病了。他的两条腿麻木,脚步不稳,因此有一天他手里托着一个盘子,盘子里盛着一份火腿加豌豆,顺过道走着,绊一个筋斗,摔倒了。他只好辞去职务。他已经把他自己和他妻子所有的钱都花在治病上,他们没法生活了,而且闲着没事做也无聊,就决定应该回家乡,回村子里去。在家里不但养病便当些,生活也便宜些。俗语说"在家千日好,出门一时难"①,这话不是

---

① 原文直译是"在家庭的四面墙壁里有帮助"。

没有道理的。

将近黄昏,他到了他的故乡茹科沃。据他小时候的记忆,故乡的那个家在他的心目中是个豁亮、舒服、方便的地方,可是现在一走进木房,他简直吓一跳,那么黑、那么窄、那么脏。他妻子奥莉加和他女儿萨莎是跟他同路来的,她们瞧着那个不像样的大炉子发了呆,它差不多占据半间屋子,给煤烟和苍蝇弄得污黑。好多的苍蝇哟!炉子歪了,墙上的原木歪歪斜斜,好像小木房马上就要坍下来似的。在前面墙角靠近圣像的地方,贴着瓶子上的商标纸和剪下来的报纸,这些是用来代替画片的。穷啊,穷啊!大人一个也不在家。大家都收庄稼去了。炉台上坐着一个八岁上下的、淡黄色头发的姑娘,没洗脸,露出冷冷淡淡的神情,她甚至没有看一眼这些走进来的人。下面,一只白猫正在炉叉上蹭痒痒呢。

"猫咪,猫咪!"萨莎叫它,"猫咪!"

"我们这只猫听不见,"那小姑娘说,"它聋了。"

"为什么?"

"是啊。它挨了打。"

尼古拉和奥莉加头一眼就瞧出来这儿的生活是什么样子,可是彼此都没说话。他们一声不响地放下包袱,一声不响地走出门外,到街上去了。从尽头数起他们的木房算是第三家,看上去好像是顶穷苦、顶古老的一家。第二家也好不了多少。可是尽头的一家却有铁皮房顶,窗上挂着窗帘。那所木房孤零零地立在那儿,四周没有围墙,那是一个小饭铺。所有的木房排成一单行,整个小村子安静而沉思,从各处院子里伸出柳树、接骨木、山梨树的枝子,有一种愉快的景象。

在农民住房的背后,有一道土坡溜到河边,直陡而险峻,这儿那儿的黏土里露出一块块大石头。在陡坡上,有一条小路顺着那些石头和陶工所挖的坑旁边蜿蜒出去。一堆堆碎陶器的破片,有棕色的,有红色的,在各处垒得很高。坡下面铺展着一片广阔、平整、碧绿的草场,草已经割过,如今农民的牲口正在那儿溜达。那条河离村子有一俄里远,在美丽的、树木茂密的两岸中间弯弯曲曲流过去。河对岸又是一个广阔的草场,有一群牲口和长长的好几排白鹅。过了草场,跟河这边一样,有一道陡坡爬上山去。坡顶上有一个村子和耸起五个拱顶的教堂,再远一点是一个老爷的房子。

"你们这儿真好!"奥莉加说,对着教堂在胸前画十字,"主啊,多么宽敞啊!"

正好这当儿钟声响起来,召人去做彻夜祈祷(这是星期六的黄昏)。下面有两个小姑娘,抬着一桶水,回过头去瞧着教堂,听那钟声。

"这会儿,'斯拉夫商场'正在开饭……"尼古拉沉思地说。

尼古拉和奥莉加坐在陡坡的边上,观赏日落,看金黄和绯红的天空怎样映在河面上,映在教堂的窗子上,映在空气中。空气柔和、沉静、难以形容的纯净,这在莫斯科是从来也没有的。太阳下山,成群的牲口走过去,咩咩地、哞哞地叫着,鹅从对岸飞过河来,然后四下里又沉静了。柔和的亮光融解在空气里,昏暗的暮色很快地降下来。

这当儿尼古拉的父母,两个干瘦的、驼背的、掉了牙的老人,身材一般高,回家来了。两个女人,儿媳妇玛丽亚和菲奥克拉,本来在对岸的地主庄园上工作,也回家来了。玛丽亚是尼古拉的哥哥基里亚克的妻子,有六个孩子。菲奥克拉是他弟弟杰尼斯的妻子,有两个孩子,杰尼斯出外当兵去了。尼古拉一走进木房,看见全家的人,看见高板床上、摇篮里、各处墙角里那些动弹着的大大小小的身体,看见两个老人和那些女人怎样用黑面包泡在水里,狼吞虎咽地吃下去,他就暗想:他这么生着病,一个钱也没有,回到这里来,而且带着家眷,是做错了,做错了!

"哥哥基里亚克在哪儿?"他们互相招呼过后,他问。

"他在一个商人那儿做看守人,"他父亲回答,"他住在那边树林子里。

他呢,倒是个好样儿的庄稼汉,就是酒喝得太厉害。"

"他不是挣钱的人!"老太婆辛酸地说,"咱们这一家的庄稼汉都倒霉,都不带点什么回家来,反倒从家里往外拿。基里亚克喝酒,老头子呢,也认得那条上小饭铺去的路,这种罪孽也用不着瞒了。这是圣母生了咱们的气。"

由于来了客人,他们烧起茶炊来。茶有鱼腥气,糖是灰色的,而且已经有人咬过。蟑螂在面包和碗盏上爬来爬去。喝这种茶叫人恶心,谈话也叫人不舒服,谈来谈去总离不了穷和病。可是他们还没喝完一杯茶,忽然院子里传来响亮的、拖长的、醉醺醺的声音:

"玛——丽亚!"

"看样子好像基里亚克来了,"老头子说,"说起他,他就来了。"

一片沉寂。过了不大工夫,嚷叫声又响起来,又粗又长,好像是从地底下发出来的:

"玛——丽亚!"

大儿媳妇玛丽亚脸色变白,缩到炉子那边去。这个结实的、宽肩膀的、难看的女人的脸上会现出这么害怕的神情,看上去很有点古怪。她女儿,那个原先坐在炉台上、神情淡漠的小姑娘,忽然大声哭起来。

"你号什么,讨厌鬼!"菲奥克拉对她吆喝道。她是一个漂亮的女人,身体也结实,肩膀也宽。"他不会打死她,不用怕!"

尼古拉已经从老头子口里听说玛丽亚不敢跟基里亚克一块儿住在树林子里。每逢他喝醉酒,他总来找她,大吵大闹,死命地打她一顿。

"玛——丽亚!"嚷叫声从门口传来。

"看在基督面上,救救我,亲人们,"玛丽亚嘟嘟哝哝地说,喘着气,仿佛浸在很冷的水里似的,"救救我,亲人们……"

木房里的孩子有那么多,他们一齐哭起来。萨莎学他们的样,也哭起

154

来。先是传来一声醉醺醺的咳嗽,随后有一个身材高大、满脸黑胡子的农民,戴着一顶冬天的帽子走进木房里来,由于小灯射出昏暗的光,他的脸看不清,显得很吓人。这人就是基里亚克。他走到妻子跟前,抢起胳膊,一拳头打在她脸上。她没喊出一点声音就给这一拳打昏了,一屁股坐下去,她的鼻子里立刻流出血来。

"好不害臊,好不害臊,"老头子嘟哝着,爬到炉台上去,"而且当着客人的面!造孽哟!"

老太婆一声不响地坐在那儿,躬着身子想心事。菲奥克拉摇着摇篮……显然,基里亚克感到自己招人害怕,心里得意,索性抓住玛丽亚的胳膊,拉她到门口,像野兽似的吼叫,为了显得更可怕些,可是这当儿他忽然瞧见客人,就停住手。

"哦,他们已经来了……"他说,放了妻子,"亲兄弟跟他家里的人……"

他在圣像前面念完祷告,摇摇晃晃,睁大他那发红的醉眼,接着说:

"亲兄弟跟他家里的人到爹娘家里来了……就是说,打莫斯科来的。就是说,莫斯科那个古时候的京城,所有的城市的母亲……原谅我……"

他在靠近茶炊的一张长凳上坐下,开始喝茶,在一片沉寂里独有他凑着小碟大声地喝茶……他喝了十来杯,然后在长凳上躺下,打起鼾来。

他们分头睡下。尼古拉因为有病,就跟老头子一块儿睡在炉台上。萨莎躺在地板上,奥莉加跟别的女人一块儿到板棚里去了。

"算了,算了,亲人儿,"她说,挨着玛丽亚在干草上躺下来,"眼泪消不了愁!忍一忍就行了。《圣经》上说:谁要是打你的右脸,就把左脸也送上去……算了,算了,亲人儿!"

然后,她压低嗓音用唱歌样的声调跟她们讲莫斯科,讲她的生活,讲她怎样在那些带家具的房间里做女仆。

155

"在莫斯科呀,房子都挺大,是用石头砌的,"她说,"教堂好多好多哟,四十个四十都不止,亲人儿。那些房子里都住着上等人,真好看,真文雅!"

玛丽亚说她不但从来没有到过莫斯科,就连故乡的县城也没去过。她认不得字,也不会祷告,就连"我们的父"①也不知道。她和她的弟媳菲奥克拉(这时候她坐在不远的地方听着呢)都十分不开展,什么也不懂。她们俩都不喜欢自己的丈夫。玛丽亚怕基里亚克。每逢只剩下她一个人跟他待在一块儿,她就害怕得发抖,而且一挨近他就总是被他喷出的浓烈的酒气和烟气熏得头痛。菲奥克拉一听到人家问起丈夫不在,是不是闷得慌,就没好气地回答说:

"滚他妈的!"

她们谈了一会儿,就不响了……

天气凉了。一只公鸡在板棚附近逼尖了喉咙喔喔地啼着,搅得人睡不着。等到淡蓝色的晨光射进每条板缝,菲奥克拉就悄悄地爬起来,走出去,随后听见她匆匆地跑到什么地方去了,她那双光脚踩出一片吧嗒吧嗒的声音。

二

奥莉加到教堂里去,带着玛丽亚一路去了。她们顺小路下坡,向草场走去,两个人兴致都挺好。奥莉加喜欢空旷的乡野。玛丽亚觉着这个妯娌是一个贴心的亲人。太阳升上来了。一只带着睡意的鹰在草场上面低低地飞翔,河面黯淡无光,有些地方有雾飘浮,可是从对面的高岸上面已经伸

---

① 祈祷文的开头几个字。

过一长条亮光来。教堂发亮了,白嘴鸦在地主的花园里哇哇地叫得很欢。

"老头子倒没什么,"玛丽亚讲起来,"可是老奶奶挺凶,总是吵架。咱们自己的粮食只够吃到谢肉节,现在我们在小饭铺里买面粉,所以她不痛快。她说:'你们吃得太多了。'"

"算了,算了,亲人儿!忍一忍就行了。经上写着:上我这儿来吧,所有你们这些辛苦劳累的人。"

奥莉加用唱歌样的声调平心静气地说着,她的步子像参拜圣地的女人的那种步子,又快又急。她每天念《福音书》,念得挺响,学教堂执事的那种腔调,有很多地方她看不懂,可是那些神圣的句子却把她感动得流泪,她一念到"如果"和"暂且"那类字,就觉着晕晕乎乎,心都不跳了。她信仰上帝,信仰圣母,信仰圣徒。她相信不管欺负什么人,普通人也好,德国人也好,茨冈人也好,犹太人也好,都不应该。她相信甚至不怜恤动物的人都会倒霉。她相信这些是写在圣书上的,因此,每逢她念《圣经》上的句子,即使念到不懂的地方,她的面容也会变得怜悯、感动、放光。

"你是哪儿的人?"玛丽亚问她。

"我是弗拉基米尔省的人。可是我早就到莫斯科去了,那时候我才八岁。"

她们走到河边。河对岸有个女人站在水边上,正在脱衣服。

"那是咱们家的菲奥克拉,"玛丽亚认出来了,"她刚才过河到老爷的庄园上去了。她去找老爷手下的男管事。她胡闹,爱骂人,真不得了!"

眉毛乌黑,头发蓬松的菲奥克拉年纪还轻,身体跟姑娘家一样结实,从岸坡上跳下去,用脚拍水,向四面八方送出浪花去。

"她爱胡闹,真不得了!"玛丽亚又说一遍。

河上架着一道摇晃的小木桥,桥底下清洁透亮的河水里游着成群的、宽额头的鲦鱼。碧绿的灌木丛倒映在水里,绿叶上的露珠闪闪发亮。天气暖起来,使人感到愉快。多么美丽的早晨啊!要是没有贫穷,没有那种可怕的、无尽头的、使人躲也没处躲的赤贫,大概人世间的生活也会那样美丽吧!这时候只要回头看一眼村庄,昨天发生的一切事情就会生动地想起来,她们本来在四周的风光里感到的那种令人陶醉的幸福,这时候就一下子消失了。

她们走进教堂。玛丽亚站在门口,不敢再往前走。虽然要到八点多钟教堂才会打钟做弥撒,她却不敢坐下去。她始终照这样站在那儿。

正在念《福音书》的时候,人群忽然分开,闪出一条路来让地主一家人走过去。有两个姑娘穿着白色连衣裙,戴着宽边帽子,走进来,跟她们一块儿来的还有一个脸蛋儿又胖又红的男孩,穿着海军服。他们一来,感动了奥莉加。她第一眼看去,就断定她们是上流社会的、有教养的、优雅的人。可是玛丽亚皱起眉头阴沉而郁闷地瞟着她们,仿佛进来的不是人,而是妖怪,要是她不让出路来,就会被踩死似的。

每回辅祭用男低音高声念着什么,她总觉着仿佛听见了一声喊叫:"玛——丽亚!"她就打冷颤。

三

村子里的人已经听说这些客人来了,做完弥撒以后,马上有许多人聚到那小木房里去。列昂内切夫家的人、玛特维伊切夫家的人、伊里巧夫家的人,都来打听他们那些在莫斯科做事的亲戚。茹科沃村所有的青年,只要认得字,会写字,就都送到莫斯科去,专门在旅馆或者饭馆里做仆役(就跟河对面那个村子里的青年都送到面包房里去做学徒一样)。这早已成

158

了风气,从农奴制时代①就开始了。先是有一个茹科沃的农民名叫卢卡·伊万内奇的,现在已经成为传奇人物了,那时候在莫斯科的一个俱乐部里做食堂的侍役,只肯推荐同乡去做事。等到那些乡亲得了势,就找他们的亲戚来,把他们安插在旅馆里和饭馆里。从那时候起,附近一带的居民就把茹科沃这个村子不叫作别的,只叫作下贱村或者奴才村了。尼古拉在十一岁那年给送到莫斯科去,由玛特维伊切夫家的伊万·马卡雷奇谋了个事,当时伊万·马卡雷奇在隐居饭店当差。现在,尼古拉带着一本正经的神情对玛特维伊切夫家的人说:

"伊万·马卡雷奇是我的恩人,我得日日夜夜为他祷告上帝,因为多亏他提拔,我才成了上流人。"

"我的爷啊,"伊万·马卡雷奇的妹妹,一个身材很高的老太婆,含着泪说,"我们一直没得着一点他的消息,那个亲人。"

"去年冬天他在奥蒙那一家当差,听说这一季他到城外一个花园饭店去了……他老了!是啊,往年夏天,他每天总要带着大约十个卢布回家,可是现在到处生意都清淡,这就苦了老人家了。"

女人们和那些老太婆瞧着尼古拉的穿了毡靴的脚,瞧着他那苍白的脸,悲凉地说:

"你不是挣钱的人了,尼古拉·奥西培奇,你不是挣钱的人了!真的不行了!"

大家全都疼爱萨莎。她已经满十岁了,可是她个子小,很瘦,看上去不过七岁的样子。别的小姑娘,都是脸蛋儿晒得黑黑的,头发胡乱地剪短,穿着褪了色的长衬衫,她夹在她们当中,却脸蛋儿白白的,眼睛又大又黑,头发上系着红丝带,显得滑稽可笑,倒好像她是一头小野兽,在旷野上给人捉住,带到小木房里来了似的。

---

① 农奴解放令是在一八六一年颁布的。

159

"她认得字呐!"奥莉加夸道,温柔地瞧着她的女儿,"念一念吧,孩子!"她说,从墙角拿出一本《福音书》来,"你念,让那些正教徒听一听。"

那本《福音书》又旧又重,皮封面,书边摸脏了。它带来一种空气,仿佛修士们走进房里来了似的。萨莎抬起眉毛,用唱歌样的声音响亮地念起来:

"'他们去后有主的使者……向约瑟梦中显现,说:起来,带着小孩子同他母亲……'"

"'小孩子同他母亲。'"奥莉加跟着念了一遍,激动得涨红了脸。

"'逃往埃及,……住在那里,等我吩咐你,因为希律必寻找小孩子,要除灭他……'"①

听到这里,奥莉加再也忍不住,就哭起来。玛丽亚看着她那样子,就也抽抽搭搭地哭了,随后伊万·马卡雷奇的妹妹也跟着哭。老头子不住咳嗽起来,跑来跑去要找一件礼物送给孙女,可是什么也没找到,只好挥一挥手,算了。等到念完经,邻居们就走散,回家去了。他们都深受感动,十分满意奥莉加和萨莎。

由于这天是节日,一家人就在家里待了一天。老太婆(不管丈夫也好,儿媳妇也好,孙子孙女也好,统统都叫她老奶奶)样样事情都要亲自做。她亲自生炉子,烧茶炊,甚至自己给田里的男人们送午饭去,事后却又抱怨说累得要死。她老是担心家里人吃得太多,担心丈夫和儿媳妇闲坐着不做事。一会儿,她仿佛听见饭铺老板的鹅从后面溜进她的菜园里来了,她就捞起一根长棍子跑出小木房,到那些跟她自己一样瘦小干瘪的白菜旁边尖声喊上半个钟头,一会儿,她又觉着仿佛有一只乌鸦偷偷来衔她的小鸡,就一边骂着,一边向乌鸦冲过去。她一天到晚生气,发牢骚,常常叫骂

---

① 见《新约·马太福音》。"小孩子"是耶稣,"约瑟"是耶稣母亲马利亚的丈夫,当时希律王要捉耶稣,所以全家逃了。

得那么响,弄得街上的行人都站住脚听。

她待她的老头子很不和气,一会儿骂他懒骨头,一会儿骂他瘟疫。他是个没有主张而很不可靠的人,要不是因为她经常督促他,也许他真就什么活也不干,光是坐在炉台上扯淡了。他对儿子说起他的一些仇人,讲个没完没了,抱怨邻居每天欺负他,听他讲话是乏味的。

"是啊,"他的话头拉开了,手叉在腰上,"是啊……在圣十字架节①以后,过了一个星期,我把干草按一普特三十戈比的价钱卖出去了,是我自个儿要卖的……是啊……挺好……所以,你瞧,有一天早晨我把干草搬出去,那是我自个儿要干,我又没招谁惹谁。偏偏赶上时辰不利,我看见村长安契普·谢杰尔尼科夫打小饭铺里出来。'你把它拿到哪儿去,你这混蛋?'他说啊说的,给我一个耳光。"

基里亚克害着很厉害的醉后头痛,在他弟弟面前觉得不好意思。

"这白酒害得人好苦啊。唉,我的天!"他嘟哝着,摇着他那胀痛的脑袋,"看在基督的分上,原谅我,亲兄弟和亲弟妹。我自己也不快活啊。"

因为这天是节日,他们在小饭铺里买了一条鲱鱼,用鲱鱼头熬汤。中午,他们坐下来喝茶,喝了很久,喝得大家都出了汗。他们真也好像让茶灌得胀大了。然后他们又喝鱼汤,大家都就着一个汤钵舀汤喝。至于鲱鱼,老奶奶却藏起来了。

傍晚,一个陶器工人在坡上烧汤钵。下面草场上,姑娘们围成一个圆圈跳舞,唱歌。有人拉手风琴。河对面也在烧窑,也有姑娘唱歌,远远听来歌声柔美而和谐。小饭铺里面和小饭铺左近,农民们闹得正有劲。他们用醉醺醺的嗓音杂七杂八地唱歌,互相咒骂,骂得非常难听,吓得奥莉加只有打抖的份儿,嘴里念着:

"啊,圣徒!……"

---

① 基督教的节日,在九月十四日。

使她吃惊的是这种咒骂滔滔不绝,而且骂得顶响、骂得顶久的反而是快要入土的老头子。姑娘们和孩子们听着这种咒骂,一点也不难为情,他们明明从小就听惯了。

过了午夜,河两岸陶窑里的火已经微下去,可是在下面的草场上,在小饭铺里,大家仍旧在玩乐。老头子和基里亚克都醉了,胳膊挽着胳膊,肩膀挤着肩膀,走到奥莉加和玛丽亚所睡的板棚那边去。

"算了吧,"老头儿劝道,"算了吧……她是挺老实的娘们儿……这是罪过……"

"玛——丽亚!"基里亚克嚷道。

"算了吧……罪过……她是个很不错的娘们儿。"

两个人在堆房旁边站了一分钟,就走了。

"我啊,爱——野地——里的花!"老头子忽然用又高又尖的中音唱起来,"我啊,爱——到草场上去摘它!"

然后他啐口痰,骂了句难听的话,走进小木房里去了。

## 四

老奶奶把萨莎安置在菜园附近,吩咐她看守着,别让鹅钻进来。那是炎热的八月天。小饭铺老板的鹅可能从后面钻进菜园里来,可是眼下它们正在干正经事,它们在小饭铺附近拾麦粒,平心静气地一块儿聊天,只有一只公鹅高高地昂起头,仿佛打算看一下老太婆是不是拿着棍子赶过来了。别的鹅也可能从坡下跑上来,可是眼下它们正在远远的河对面打食,在草场上排成白白的一条长带子。萨莎站了一会儿,觉着无聊,看见鹅没来,就跑到陡坡的边上去了。

在那儿她看见玛丽亚的大女儿莫特卡一动也不动地站在一块大石头上,瞧着教堂。玛丽亚生过十三个孩子,可是只有六个孩子还活着,全是姑娘,没有一个男孩,顶大的才八岁。莫特卡光着脚,穿一件长长的衬衫,站在太阳地里。太阳直直地晒着她的脑袋,可是她不在意,仿佛化成了石头。萨莎站在她旁边,瞧着教堂,说:

"上帝就住在教堂里。人点灯和蜡烛,可是上帝点绿的、红的、蓝的小圣像灯,跟小眼睛似的。夜里上帝就在教堂里走来走去,最神圣的圣母和上帝的侍者尼古拉陪着他走——咚,咚,咚!……守夜人吓坏了,吓坏了!算了,算了,亲人儿,"她说,学她母亲的话,"等到世界的末日来了,所有的教堂就都飞上天去了。"

"带——着——钟——楼————齐——飞?"莫特卡用低音问道,拖长每个字的字音。

"带着钟楼一齐飞。世界的末日来了,好心的人就上天堂,爱发脾气的人呢,可就要在永远燃着的、不灭的火里烧一烧了,亲人儿。上帝会对我妈和玛丽亚说:'你们从没欺负过人,那就往右走,上天堂去吧。'可是对基里亚克和老奶奶呀,他就要说:'你们往左走,到火里去。'在持斋的日子吃了荤腥东西的人也要送到火里去。"

她抬头看天,睁大眼睛,说:

"瞧着天空,别眨眼睛,那你就会看见天使。"

莫特卡也开始看天,在沉静中过了一分钟。

"看见没有?"萨莎问。

"没有。"莫特卡用低音说。

"可是我看见了。天空中有些小天使在飞,扇着小翅膀,一闪一闪的,跟小蚊子一样。"

莫特卡想了一想,眼睛瞧着地下问:

"老奶奶会遭到火烧吗?"

"会的,亲人儿。"

从这块石头直到紧底下,有一道光滑的慢坡,长满柔软的绿草,谁一看见,就想伸出手去摸一摸,或者在那上面躺一躺。萨莎躺下,滚到坡底下去了。莫特卡现出庄重而严肃的脸相喘着气,也躺下去,往下滚。她往下一滚,衬衫就卷到她肩膀上去了。

"多好玩呀!"萨莎说,高兴得很。

她们俩走到顶上预备再滚下去,可是正好这当儿那熟悉的尖嗓音响起来了。啊呀,多么可怕!那老奶奶,没了牙,瘦得皮包骨,驼着背,短短的白发在风里飘动,正拿着一根长棍子把鹅赶出菜园去,哇哇地叫着:

"它们糟践了所有的白菜,这些该死的东西!把你们宰了才好,你们这些该诅咒三次的恶鬼,祸害,为什么你们不死哟!"

她一眼看见那两个小女孩,就丢下棍子,拾起一根枯树枝,伸出又干又硬的手指头一把掐住萨莎的脖子,活像加了一个套包子,开始抽她。萨莎又痛又怕,哭起来,这当儿那只公鹅却伸直脖子,摇摇摆摆迈动两条腿,走到老太婆这边来,咭咭地叫了一阵,这才归到它的队里去,招得所有的雌鹅都用称赞的口气向它致敬:"嘎——嘎——嘎!"后来,老奶奶又打莫特卡。这一打,莫特卡的衬衫就又卷上去了。萨莎伤透了心,大声哭着,跑到小木房里去申诉。莫特卡跟着她跑,她也哭,可是嗓音粗得多,眼泪也不擦,脸湿得仿佛在水里泡过一样。

"我的圣徒啊!"奥莉加瞧见她俩走进小木房来,吓慌了,叫道,"圣母啊!"

萨莎刚开头讲她的事,老奶奶就尖声叫着,骂着,走进来了,然后菲奥克拉生气了,屋子里闹得乱哄哄的。

"没关系,没关系!"奥莉加脸色苍白,心里很乱,摩挲萨莎的脑袋,极力安慰这孩子,"她是你的奶奶,生她的气是罪过的。没什么,孩子。"

尼古拉本来已经给这种不断的吵嚷、饥饿、烟子、臭气闹得筋疲力尽,本来已经痛恨而且看不起贫穷,本来已经在妻子和女儿面前为自己的爹妈害臊,这时候就把两条腿从炉台耷拉下来,用气恼的、含泪的声音对他母亲说:

"您不能打她!您根本没有权利打她!"

"得了吧,你就待在炉台上等着咽气吧,你这病包儿!"菲奥克拉恶狠狠地顶撞他,"鬼支使你们上这儿来的,你们这些吃闲饭的!"

萨莎和莫特卡和家里所有的小女孩都躲到炉台上尼古拉的背后去,缩在一个角落里,在那儿一声不响,害怕地听着大人讲话,人可以听见她们的小小的心在怦怦地跳。每逢一个家庭里有人害很久的病,没有养好的希望了,就往往会发生一种可怕的情形:所有那些跟他贴近的人都胆怯地、悄悄地在心底里盼望着他死,只有小孩子才害怕亲近的人会死,一想到这个总要战战兢兢。现在,那些小姑娘屏住气息,脸上现出凄凉的神情,瞧着尼古拉,暗想他不久就要死了,她们就想哭,一心想对他说点什么亲切的、怜恤的话才好。

他呢,紧挨着奥莉加,仿佛求她保护他似的,用颤抖的声音轻轻对她说:

"奥里亚①,亲爱的,我在这儿住不下去了。我没有力量了。看在上帝的分上,看在天上的基督的分上,你写封信给你妹妹克拉夫季·阿勃拉莫芙娜吧。叫她把她所有的东西都卖掉,当掉,叫她把钱给我们寄来,我们好离开这儿。啊,上帝呀,"他痛苦地接着说,"哪怕让我看一眼莫斯科也好!哪怕让我梦见它也是好的,亲爱的!"

黄昏来了,小木房里黑了,大家心里都发闷,一句话也说不出来。生气

---

① 奥莉加的爱称。

的老奶奶拿黑面包的碎皮泡在一个碗里,吃了很久,足足有一个钟头。玛丽亚给奶牛挤完奶,提进一桶牛奶来,放在一张凳子上。然后老奶奶把桶里的牛奶灌进罐子里,也灌了很久,不慌不忙,明明很满意,因为眼下正是圣母升天节的斋期,谁也不能喝牛奶,这些牛奶就可以原封不动地留下来了。她只在一个茶碟里倒了一点点,留给菲奥克拉的小娃娃吃。等到老奶奶和玛丽亚把罐子送到地窖里去,莫特卡却忽然跳起来,从炉台上溜下去,走到凳子那儿,瞧见凳子上摆着那个装着面包皮的木头碗,就把茶碟里的牛奶倒一点在碗里。

老奶奶回到小木房里来,又吃她的面包皮。这当儿萨莎和莫特卡坐在炉台上瞧着她,心里暗暗高兴,因为她已经吃了荤腥,现在包管要下地狱了。她们得了安慰,就躺下去睡觉。萨莎一面迷迷糊糊地睡着,一面暗自描画最后审判的可怕情景:有一个大炉子烧着火,那炉子像陶窑,魔鬼长着牛样的犄角,周身漆黑,用一根长棍子把老奶奶赶进火里去,就跟刚才老奶奶自己赶鹅一样。

## 五

圣母升天节晚上十点多钟,正在坡下草场上游玩的男孩和女孩,忽然大惊小怪地叫起来,往村子那边跑。那些上边,坐在峭壁边上的人起初怎么也弄不明白这是怎么回事。

"着火了!着火了!"焦急的嚷叫声从底下传上来,"村里着火了!"

坐在坡上的人回头一看,就有一幅可怕的、不同寻常的景象映进他们的眼帘。村子尽头的几个小木房中,有一个小木房的草顶上升起一个火柱,有一俄丈高,火舌往上卷着,向四面八方撒出火星去,仿佛喷泉在喷水。

猛然间,整个房顶燃成一片明亮的火焰,火烧的爆裂声传过来。

月光朦胧,整个村子已经笼罩在颤抖的红光里。黑影在地面上移动,空中弥漫着烧焦的气味。从坡底下跑上来的人一个劲儿地喘气,抖得一句话也说不出来,他们互相推挤,摔倒,他们不习惯明亮的光芒,变得什么也看不见,彼此都认不清了。这真吓人。特别吓人的是在火焰上空,烟雾里面,飞着一些鸽子。小饭铺里还不知道起火的事,大家继续在唱歌,拉手风琴,仿佛压根儿没出什么岔子似的。

"谢苗大叔家里着火了!"有人粗声粗气地大叫一声。

玛丽亚在她的小木房附近跑来跑去,哭哭啼啼,绞着手,牙齿打战,其实火还远得很,在村子的那一头呢。尼古拉穿着毡靴走出来,孩子们穿着小衬衣一个个往外跑。乡村警察小屋左近,一块铁板敲响了。当当当的声音飘过空中。这急促而不停的响声闹得人心里发紧,浑身发凉。那些老太婆站在一旁,举着圣像。母羊、小牛、奶牛,从院子里给赶到街上来了。衣箱啦,羊皮袄啦,桶啦,也搬出来了。一匹黑毛的雄马,素来跟成群的马隔开,因为它踢它们,伤它们,这时候却撒开了缰,嘶叫着,踏得咚咚响地在村子里跑来跑去,跑了一两个来回,后来忽然在一辆大车旁边猛地站住,扬起后蹄踢那车子。

河对面教堂里的钟也响起来。

在起火的小木房旁边又热又亮,地上的每一根小草都可以看清楚。在一口抢救出来的衣箱上坐着谢苗,这是一个生着棕红色头发的农民,长着大鼻子,穿一件上衣,戴一顶便帽,扣在脑袋上,一直碰到耳朵。他的妻子扑在地上,脸朝下,神志昏迷,嘴里哼哼唧唧。一个八十岁上下的老头儿,身材矮小,留一把大胡子,看上去活像一个地精[①]。他不是本村的人,可显然跟这场火灾有关系,他在火场旁边走来走去,没戴帽子,抱着一个白包

---

① 西欧神话中守护地下财宝的丑陋的侏儒。

袄。火焰映在他的秃顶上。村长安契普·谢杰尔尼科夫,黑黑的脸,黑黑的头发,跟茨冈人一样,手里拿着一把斧子,走到小木房那儿,把一个个的窗子接连砍掉(谁也不知道为什么缘故),然后开始砍门廊。

"娘们儿,拿水来!"他嚷道,"把机器弄来!快办!"

方才在小饭铺里闹酒的农民们把救火的机器拉来了。他们全醉了,不断地绊绊跌跌,脸上露出束手无策的神情,眼睛里泪汪汪的。

"姑娘们,拿水来!"村长嚷着,他也醉了,"快办,姑娘们!"

妇女和姑娘跑下坡到泉水那儿,再提着装满水的大桶和小桶爬上坡,把水倒进机器里,再跑下坡去。奥莉加、玛丽亚、萨莎、莫特卡,都去取水。女人们和男孩们用唧筒压水,水龙带哗哗地响,村长把水龙带时而指着门,时而指着窗子,有时候用手指头堵住水流,这样一来,吱吱声越发尖了。

"真是一条好汉,安契普!"好些人的称赞声音嚷着,"加一把劲!"

安契普蹿进起火的过道屋,在里面哇哇地喊:

"用唧筒压水!惨遭不幸,教徒们,出力啊!"

一群农民站在旁边,什么也不干,瞧着火发呆。谁也不知道该做什么,他们什么事也不会做。而四周围全是麦子垛、干草、板棚、成堆的枯树枝。基里亚克和他父亲老奥西普,两人都带着几分醉意,也站在那儿。仿佛要为自己的袖手旁观辩护似的,老奥西普对伏在地上的女人说:

"何必拿脑袋撞地,大嫂?这小木屋保过火险啊,那你还愁什么?"

谢苗把起火原因一会儿对这个人讲一遍,一会儿又对那个人讲一遍:

"就是那个老头子,那个抱着包袱的老头子,茹科夫将军的家奴……他从前在我们的将军家里做厨子,但愿将军的灵魂升入天堂!今天傍晚他上我家来:'留我在这儿过夜吧。'他说……是啊,当然,我们就喝了一小盅……老婆忙着烧茶炊,想请老头子喝点茶,可是活该倒霉,她把茶炊搁在门道上了,烟囱里的火星一直吹到顶棚上,吹到干草上,就这么出了事。我们自己都差点给烧死。老头子的帽子烧掉了,真罪过!"

那块铁板被人不断地敲着,河对岸教堂里的钟一个劲儿地鸣响。奥莉加周身给火光照着,气也透不出来,害怕地瞧着红色的羊和在烟雾里飞翔的粉红色鸽子。她时而跑下坡去,时而跑上来。她觉得钟声跟尖刺似的钻进她的灵魂,觉得这场火永远也烧不完,觉得萨莎丢了……等到小木屋的天花板咔嚓一声坍下来,她心想这一下子包管全村都要起火,就浑身发软,再也提不动水,在岸坡的边上坐下来,把桶子放在身旁。她的身旁和她的身后都有农妇们坐着嚎啕大哭,仿佛在哭死人一样。

这当儿,从河对岸地主的庄园里来了两辆大车,车上坐着地主家的管事们和工人们,带着一架救火机。有一个年纪很轻的大学生骑着马赶来,穿着白色海军上衣,敞着怀。他们用斧子劈砍,声音很响,又把梯子安在起火的房架子上,立刻有五个人由大学生带头爬上去。那大学生涨红了脸,用尖利的嘶哑声调和仿佛干惯了救火的事的口气嚷着。他们拆开那个小木屋,把一根根木头卸下来,把畜栏、篱笆、附近的干草堆都移开了。

"不准他们捣毁东西!"人群里有人用很凶的声音喊叫,"不准!"

基里亚克带着坚决的神气走到小木屋去,仿佛要拦阻新来的人毁掉东西似的,可是有一个工人把他一把拉回来,在他脖子上打了一拳。这引起了笑声,那工人又打他一拳,基里亚克就倒下去,四肢着地,爬回人群里去了。

从河对岸还来了两个戴帽子的漂亮姑娘,大概是大学生的姊妹。她们站在远点的地方,看这火灾。拆下来的木头不再燃烧,可是冒着浓烟。大学生操纵水龙带,先对着木头冲,然后对着农民冲,再后又对那些提水的女人冲。

"乔治!"两个姑娘责备地、不安地斥责他,"乔治!"

火烧完了。直到人群开始走散,他们才注意到天亮了,大家的脸色苍白,有点发青,一清早残星在天空消失的时候人的脸色总是这样的。农民们一面走散,一面笑着,拿茹科夫将军的厨子和他那顶烧掉的帽子说了一阵笑话。他们已经有意把这场火灾变成笑谈,甚至好像惋惜火熄得太快了。

"您救火很有本事,少爷!"奥莉加对大学生说,"您应当到我们莫斯科去,那儿差不多天天有火灾!"

"您莫非是从莫斯科来的?"一位小姐问。

"正是这样。我丈夫原先在斯拉夫商场当差。这是我女儿,"她说,指一指萨莎,萨莎觉着冷,正偎在她身边,"她也是莫斯科人。"

两位小姐跟大学生说了一句法国话,他就给萨莎一个二十戈比的钱。老奥西普看在眼里,他的脸上顿时放出了希望的光。

"感谢上帝,老爷,幸好没风,"他对大学生说,"要不然一下子就都烧光了。老爷,好心的贵人,"他又说,声音放低了,而且觉着不好意思,"清早天冷,想法暖一暖才好……求您恩典赏几个钱买一小瓶酒喝吧。"

他没得着钱,就大声嗽了嗽喉咙,磨磨蹭蹭走回家去了。后来奥莉加站在岸坡的边上,瞧那两辆车子涉水过河,看那位少爷穿过草场。河对岸有一辆马车等着他们。她走进小木屋,对丈夫赞赏地说:

"那几个人真好!长得也好看!两位小姐出落得跟天使一样。"

"叫她们咽了气才好!"困倦的菲奥克拉恶狠狠地说。

## 六

玛丽亚认定自己不幸,常说巴不得死了才好,菲奥克拉却刚好相反,觉得这生活里样样东西,例如穷困、肮脏、不停的咒骂,都合她的胃口。人家给她什么,她不分好歹拿着就吃。不管到了哪儿,也不用被褥,她倒头就睡。她把脏水随手倒在门廊上,或者从门槛上泼出去,然后再光着脚蹚着泥水走过去。从头一天起她就恨尼古拉和奥莉加,这也正是因为他们不喜欢这生活。

"我倒要看看你们在这儿吃什么,莫斯科的贵人!"她幸灾乐祸地说,"我倒要看看!"

有一天早晨,那已经是九月初了,菲奥克拉从坡下担着两桶水回来,脸冻得发红,健康而美丽,这当儿玛丽亚和奥莉加正坐在桌子旁边喝茶。

"又是茶又是糖!"菲奥克拉讥诮地说,"两位贵夫人!"她放下水桶,补了一句,"她们倒养成了天天喝茶的派头。小心点,别让茶胀死!"她接着说,憎恨地瞧着奥莉加,"她在莫斯科养得肥头胖脸,这油篓子!"

她抡起扁担来,一下子打在奥莉加的肩头上,弄得两个妯娌只能把两手举起,轻轻一拍,说:

"啊呀,圣徒!……"

然后菲奥克拉下坡到河边去洗衣服,一路上高声痛骂,弄得木房里都听得见。

白昼过去了,然后来了秋天悠长的黄昏。他们在小木屋里缠丝线,人人都做,只有菲奥克拉例外,她过河去了。他们从附近的工厂里拿来这丝,全家人一齐工作,挣一点点钱,一个星期才挣二十戈比左右。

"当初,在东家手底下,日子倒好过得多,"老头子一面缠丝,一面说,"干完活就吃,吃了就睡,一样挨着一样。午饭有白菜汤和麦粥,晚饭也是白菜汤和麦粥。黄瓜和白菜多得是:随你吃,吃得你心满意足。那时候也严得多。人人都守本分。"

小木房里只点一盏小灯,灯光昏暗,灯芯冒烟。要是有人遮住灯光,一个大黑影就会落在窗上,人就能看见明亮的月光。老奥西普不慌不忙地讲起来,说到在农奴解放以前人们怎样生活,说起在这一带,现在固然穷了,生活乏味了,可是当初人们怎样带着猎犬、快腿狗、受过特别训练的猎狗去打猎,在围捕野兽的时候,农民都喝到白酒。成串的大车队怎样载着被打死的飞禽,送到莫斯科年轻的东家那边去。他又说到坏农奴怎样给人用桦树条打一顿,或者发配到特威尔的领地上去,好农奴怎样受到嘉奖。老奶奶也有话讲。她什么都记得,一样也没忘。她讲到她的女东家是一个好心的、信神的女人,她丈夫却是酒徒和浪子,他们所有的女儿都嫁给一些天晓得的人物:一个嫁给酒徒,一个嫁给小市民,一个私奔了(老奶奶当时是个年轻的姑娘,帮过她的忙),她们三个不久都郁郁地死了,她们的母亲也一样。想起这些事,老奶奶甚至洒下几滴眼泪。

忽然有人来敲门,大家都吃一惊。

"奥西普大叔,留我住一夜吧!"

随后走进来一个矮小的、秃顶的老头子,他就是茹科夫将军的厨子,也就是帽子被烧掉的那个人。他坐下,听着,然后他也开始回忆,讲各式各样的往事。尼古拉坐在炉台上,垂着两条腿,听着,详细问他旧日为老爷烧些什么菜。他们谈到肉饼、肉排、各种汤、各种作料,那厨子样样事情也都记得清楚,举出一些现在已经不烧的菜,比方说有一种用牛眼睛做的菜,名叫"早晨醒"。

"那时候你们烧'上将肉排'吗?"尼古拉问。

"不烧。"

尼古拉不以为然地摇摇头,说:

"唉!你们这些半吊子的厨子!"

小女孩们在炉台上坐着或者躺着,眼也不眨地瞧着炉台下面。那儿好像有很多的孩子,仿佛是云端里的小天使。她们爱听故事。她们时而高兴时而害怕,不住叹气,打冷战,脸色发白。老奶奶讲的故事比所有的故事都有趣味,她们就屏住呼吸听着,动也不敢动。

大家默默地躺下去睡觉。老年人给那些故事搅得心不定,兴奋起来,心想年纪轻轻的,那是多好啊,青春,不管是什么样儿,在人的记忆里留下的总是活泼、愉快、动人的印象。至于死,那是冷酷得多么可怕,而死又不很远了,还是别想它的好!小灯熄了。黑暗啦,给月光照得明晃晃的两个小窗子啦,寂静啦,摇篮的吱吱嘎嘎声音啦,不知什么缘故,只使得他们想到生活已经过去,再也没法子把它拉回来了。……刚刚迷迷糊糊,刚刚沉入遗忘的境界,忽然不知什么人碰了碰肩膀,朝自己的脸上吹一口气,睡意就没有了,身体觉着发麻,种种有关死亡的想头钻进脑子里来。翻一个身再睡,死亡倒是忘掉了,可是关于贫穷、饲料、面粉涨价等种种早就有的枯燥而沉闷的思想又在脑子里出现了,过一会儿,又不由得想起生活已经过去,再也没法子把它拉回来了……

"唉,主啊!"厨子叹气。

不知什么人轻轻地,轻轻地敲着小窗子。一定是菲奥克拉回来了。奥莉加起来,打个哈欠,小声念一句祷告,开了房门,然后走到外面门道里拉开门闩。可是没有人走进来,只有一阵冷风从街上吹进来,门道忽然给月光照亮了。从敞开的门口可以瞧见寂静而荒凉的街道和在天空浮游的月亮。

"是谁啊?"奥莉加喊一声。

"我,"传来了回答,"是我。"

靠近门口,贴着墙边,站着菲奥克拉,全身一丝不挂。她冻得打哆嗦,牙齿打战,在明亮的月光里显得很白、很美、很怪。她身上的阴影和照在皮肤上的月光,使人看来黑白分明。她的黑眉毛和结实而年轻的乳房特别清楚地显露出来。

"河对岸那些胡闹的家伙把我的衣服剥光,照这样把我赶出来了……"她说,"我只好没穿衣服,走回家来……就这么光着身子。给我拿件衣服穿上吧。"

"你倒是进屋里来啊!"奥莉加小声说,也开始发抖了。

"不要让老家伙们看见才好。"

事实上,老奶奶已经在动弹,咕噜了,老头子问:"是谁啊?"奥莉加把她自己的衬衫和裙子送出去,帮菲奥克拉穿上,然后她俩极力不出声地掩上门,轻手轻脚地走进屋里来。

"是你吗,野东西?"老奶奶猜出是谁了,生气地咕噜着,"该死的,夜游鬼……怎么不死哟!"

"没关系,没关系,"奥莉加小声说,给菲奥克拉穿好衣服,"没关系,亲人儿。"

一切又都沉静了,这屋子里的人素来睡不稳,各人都给一种捣乱的、纠缠不已的东西闹得睡不熟:老头子背痛,老奶奶心里满是焦虑和恶意,玛丽亚担惊害怕,孩子身上疥疮发痒,肚里饥饿。现在他们的睡眠也还是不安。他们不断地翻身,说梦话,起来喝水。

菲奥克拉忽然哇的一声哭了,粗声粗气,可是立刻又忍住,只是时不时地抽抽搭搭,她的哭声越来越轻,越来越含混,到后来就完全静下来了。河对面偶尔传来报时的钟声,可是那钟敲得挺古怪,先是五下,后是三下。

"唉,主啊!"厨子叹道。

瞧着窗口,谁也弄不清究竟是月亮仍旧在照耀呢,还是天已经亮了。玛丽亚起床,走出去。可以听见她在院子里挤牛奶,说:"站稳!"老奶奶也出去了。小木屋里还黑着,可是一切物件都已经可以看清楚了。

尼古拉通宵没睡着,从炉台上下来。他从一个绿箱子里拿出自己的燕尾服,穿上,走到窗口,摩平衣袖,揪一揪燕尾服的后襟,微微一笑。然后他小心地脱下这身衣服,放回箱子里,再躺下去。

玛丽亚走进来,开始生炉子。她明明没有睡足,现在一边走才一边醒过来。她一定做了什么梦,或者也许昨晚的故事来到了她的脑海里吧,因为她在炉子前面舒服地伸了个懒腰,说:

"是啊,自由好得多!"

## 七

老爷来了,村里的人这样称呼县警察所长。他什么时候来,为什么来,大家早在一个星期以前就知道了。茹科沃村只有四十家人,可是他们欠下官府和地方自治局的税款已经积累到两千多卢布了。

县警察所长在小饭铺里停下。在那儿,他"喝了两杯茶",然后步行到村长家里去。村长家门的附近已经有一群欠缴税款的人等着了。村长安契普·谢杰尔尼科夫尽管年轻,只不过三十岁出点头,却很凶,总是帮着上级说话,其实他自己挺穷,也总不能按期纳税。大概他很喜欢做村长,喜欢权力的感觉,他没有别的法子,只好借严厉来表现他的权力。在全村开会时候,人人怕他,听他的话。往往,在街上,或者在小饭铺附近,他忽然抓住一个醉汉,倒绑上他的手,把他关进禁闭室里去。有一回他甚至逮捕老奶奶,把她拘留在禁闭室里,关了一天一夜,因为她替奥西普出席村会,在会上骂街。他从没在城里住过,也从没看过书,可是他不知从哪儿学来各式各样文绉绉的字眼,喜欢插在谈话里用一用,人家虽然不能常常听懂他的意思,倒也因此敬重他。

奥西普带着他的缴税底册走进村长的小木屋,那县警察所长,一个瘦瘦的老头子,生着又长又白的络腮胡子,穿一件灰色衣服,正坐在过道屋墙角一个桌子那儿,写什么东西。小木屋里干干净净,四壁贴着从杂志上剪下来的画片,花花绿绿,在靠近圣像顶显眼的地方贴一张以前保加利亚巴丹堡公爵的照片。桌子旁边站着安契普·谢杰尔尼科夫,两条胳膊交叉在胸口上。

"他欠一百十九个卢布,大人,"轮到奥西普的时候,他说,"在复活节以前他付过一卢布,打那时候以后没给过一个钱。"

县警察所长抬头看奥西普,问:

"这是为什么,老兄?"

"发发慈悲吧,大人,"奥西普开口了,激动起来,"容我回禀,去年从留托列茨基来的一位老爷对我说,'奥西普,'他说,'把你的干草卖给我……你卖了吧。'他说。那有什么不行?我有大约一百普特要卖呢,都是娘儿们在水草场上割来的……好,我们就成交了……这事儿干得挺好,我自个儿要卖的……"

他抱怨村长,一个劲儿扭回头去瞧那些农民,倒好像要请他们来作见证似的,他脸红,冒汗,他的眼睛变得尖利而凶狠。

"我不懂你说这些干什么,"县警察所长说,"我问你……我问你为什么不缴欠款?你们都不缴,难道这要我来负责吗?"

"我缴不出来嘛!"

"这些话是岂有此理,大人,"村长说,"固然,契基尔杰耶夫家道贫寒,不过请您问问别人好了,此中症结都在白酒上,他们是一班胡作非为之徒。糊涂之至。"

县警察所长写下几个字,然后镇静地对奥西普说话,口气平和,仿佛跟他要一杯水喝似的:

"出去。"

不久他就坐上车走了。他坐上一辆简便的四轮马车,咳嗽着,甚至只凭他那又长又瘦的背影也看得出他已经记不得奥西普、村长、茹科沃的欠款,只在想他自己的心事了。他还没走出一俄里路,安契普·谢杰尔尼科夫已经从契基尔杰耶夫的小木屋里拿着茶炊走出来。老奶奶跟在后面,用尽气力尖声叫道:

"不准你拿走!不准你拿走,该死的!"

他迈开大步,走得很快,她呢,在后面紧紧地追他,驼着背,气冲冲,喘吁吁,差点跌倒。她的头巾滑到肩膀上,她的白头发看上去好像带点绿颜色,在风里飘着。她忽然站住,像一个真正的叛党似的,握着拳头使劲捶胸,用拖长的声音比平时更响地嚷着,好像在痛哭似的:

"正教徒啊,信仰上帝的人啊!圣徒啊,他们欺侮我!亲人啊,他们挤对我!哎呀,哎呀,好人啊,替我伸冤报仇!"

"老奶奶,老奶奶!"村长厉声说,"不得无理取闹!"

契基尔杰耶夫家的小木屋里缺了茶炊显得沉闷极了。茶炊丢了不要紧,可是这却有点叫人难堪,含着点侮辱意味,仿佛这家的名誉也完了似的。要是村长拿走桌子、所有的凳子、所有的盆盆罐罐,那倒好些,这地方不会显得这么空荡荡。老奶奶哇哇地叫,玛丽亚呜呜地哭,小姑娘们看见她们流眼泪,也哭了。老头子自觉有罪,坐在墙角,无精打采,闷声不响。尼古拉也一声不响。老奶奶爱他,为他难过,可是现在却忘了怜悯,忽然哇啦哇啦地骂他,责备他,对准他的脸摇拳头。她尖声叫道,这全得怪他不好,是啊,他在信上夸口,说什么在"斯拉夫商场"他一个月挣五十卢布,那为什么他汇给他们那么一点点钱?为什么他上这儿来,而且把家眷也带来?要是他死了,上哪儿去找钱来葬他?……尼古拉、奥莉加、萨莎的样儿,看起来真叫人心酸。

老头子嗽了嗽喉咙,拿起帽子,找村长去了。天擦黑了。安契普·谢杰尔尼科夫正在炉子旁边焊什么东西,鼓起腮帮子,屋里满是炭气。他的孩子们挺瘦,没有洗脸洗手,不见得比契基尔杰耶夫家的小孩强多少,正在

177

地板上爬着玩。他妻子是一个难看而长着雀斑的女人,大着肚子,正在缠丝。他们是一个极穷的、不幸的家庭。只有安契普一个人看上去还算结实、漂亮。有一张长凳上摆着五个茶炊,排成一行。老头子对巴丹堡①念了祷告,然后说:

"安契普,发发慈悲,把茶炊还给我吧!看在基督的面上!"

"拿三个卢布来,那你就可以取走。"

"我拿不出来嘛。"

安契普鼓起腮帮子,火呜呜地响,吱吱地叫,亮光映在茶炊上。老头子揉搓着帽子,想了一想,说:

"把它还给我吧!"

黑皮肤的村长好像变得完全漆黑,活像一个魔法师。他扭过头来对着奥西普发话,吐字很快,声音很凶:

"这全得由地方行政长官决定。到本月二十六日,你可以到行政会议去口头或者书面申诉你不满的理由。"

奥西普一个字也没听懂,可是也算满意,就回家去了。

过了十天光景,县警察所长又来了,待了一个钟头就坐上车走了。那些天,天气寒冷而且有风,河老早就结冰了,可是雪仍旧没下。道路难走,人们很痛苦。在一个节日的前夜,有几个邻居到奥西普家里来坐着闲谈。他们摸着黑说话,因为做工是有罪的,他们就没点灯。消息倒有几个,不过听着都十分不痛快。例如为了抵欠款,有两三家的公鸡被捉去送到乡公所,不料在那儿死掉了,因为没有人喂它们。羊也给捉去,而且捆在一块儿运走,每过一个村子就换一回大车,其中有一只死掉了。那么现在就有一个问题要解答:这都该怪谁呢?

---

① 前面叙过,他是保加利亚公爵,他的相片贴在圣像旁边,老头子原该对圣像念祷告,不料忙忙乱乱地弄错了。

"该怪地方自治局!"奥西普说,"不怪它,还怪谁?"

"当然,该怪地方自治局。"

虽然谁也不知道地方自治局是什么东西,可是样样事情,什么欠款啦,欺压啦,歉收啦,都怪在地方自治局身上。这种情形从很早以前就开始了,那时候有些富农自己开工厂、商店、客栈,做了地方自治局的议员,却始终不满意地方自治局,便在自己的工厂和酒馆里痛骂它。

他们谈到上帝还不把雪送下来,谈到该去砍柴了,可是坑坑洼洼的道路上没法走车子,也不能步行。原先,十五年到二十年以前,在茹科沃,大家谈的话要有趣味得多。在那年月,看起来每个老人心里好像都藏着一份秘密,仿佛他知道什么,正在盼着什么似的。他们谈加金色火漆印的圣旨,谈土地的划分,谈新土地,谈埋藏的财宝,总之,他们的话里暗示着什么。现在呢,茹科沃的人根本没有什么秘密,他们的全部生活就像都摊在手心上一样,大家看得明明白白。他们没别的可谈,只能谈贫穷和饲料,谈天还不下雪……

大家沉静了一阵。然后他们又想起公鸡和羊,又开始争论该怪谁不对。

"该怪地方自治局!"奥西普垂头丧气地说,"不怪它,还怪谁呢?"

# 八

教区的教堂在六俄里以外的柯索果罗沃村里,农民们只有不得已的时候,例如给孩子施洗礼,举行婚礼,或者举行教堂葬仪,才去一趟。他们做礼拜,通常是到河对面的教堂去。到了节日,遇上好天气,姑娘们就打扮漂亮,成群结伙地去做弥撒。她们穿着红的、黄的、绿的衣服,走过草场,看上去很快活。不过遇着坏天气,她们就都待在家里了。为了忏悔和领圣餐,她们总是到教区的教堂去。在复活节后的一周内,神甫举着十字架走遍各个小木屋,向每一个在大斋期间没有能够领圣餐的人要十五戈比。

老头子不信上帝,因为他差不多从没想到过上帝。他承认神奇的事,可是他觉得这只可能跟女人有关系。人家在他面前谈起宗教或者奇迹,向他提出关于这类事情的问题,他总是搔搔头皮,勉强地说:

"谁知道呢!"

老奶奶信上帝,可是她的信仰有点朦朦胧胧,在她的脑海里一切事情都搀混在一起,她刚想起罪恶、死亡、灵魂的得救,贫穷和烦恼立刻就插进来,盘踞她的脑海,她马上忘了刚才在想什么。祷告词一点也记不得,通常在傍晚躺下去睡觉以前,她总站在圣像面前,小声说:

"喀山的圣母,斯摩棱斯克的圣母,三臂的圣母……"

玛丽亚和菲奥克拉经常在胸前画十字,每年持斋,可是完全是应景儿。孩子都没学过祷告,也没人向他们讲起过上帝,传授过训诫,只是不准他们在斋期吃荤腥罢了。别的家庭也差不多,相信的人少,理解的人也少。同时大家又都喜欢《圣经》,温柔而敬仰地喜爱它。可是他们都没有书,也没有人念《圣经》,讲《圣经》。奥莉加有时候对他们念《福音书》,他们就尊敬她,对她和萨莎都恭恭敬敬地称呼"您"。

遇到当地教堂的命名节和祷告仪式,奥莉加常常到邻村去,到县城去,县城里有两个修道院和二十七个教堂。她痴痴迷迷,在朝圣的路上完全忘了家人,一直到回来的路上才会忽然发现自己有丈夫,有女儿,就高兴起来,笑眯眯、喜洋洋地说:

"上帝赐福给我了!"

村子里发生的事,她觉得厌恶,使她痛苦。到圣伊利亚节①,他们喝

---

① 基督教的节日,在七月二十日。

酒。到圣母升天节,他们喝酒。到圣十字架节,他们喝酒。圣母节①是茹科沃教区的节日,逢到这个节期,农民们一连喝三天酒。他们喝光了村社公积金五十卢布,然后还要挨家敛钱拿来喝酒。头一天,契基尔杰耶夫家宰了一头公羊。早晨,中午,傍晚,连吃三顿羊肉。他们吃得很多,到夜里孩子们还要起来再找补一点。那三天,基里亚克喝得酩酊大醉,他把所有的东西,连帽子和靴子也在内,统统换酒喝了,而且死命地打玛丽亚,打得她昏过去,一定要往她头上浇水,她才能醒过来。事后,大家都觉得害臊,恶心。

然而,甚至在茹科沃,在这"奴才村",每年也总有一回隆重的真正的宗教盛典。那是在八月,他们抬着赐予生命的圣母从这村走到那村,走遍全县。到了茹科沃所盼望的这一天,正好没风,天色阴沉。姑娘们一清早就穿上鲜艳华丽的衣服,出去迎接圣像,将近傍晚才把它抬进村子来,排成严肃的行列,举着十字架,唱着歌,同时河对面教堂的钟全部响起来。一大群本村和外村的人堵住街道,吵吵嚷嚷,尘土飞扬,挤成一团……老头子也好,老奶奶也好,基里亚克也好,大家都对圣像伸出手去,热切地瞧着它,哭哭啼啼地叫道:

"保护神啊,母亲!保护神啊!"

大家好像忽然明白人间和天堂并不是两隔开的,明白有钱有势的人还没有把一切都夺去,明白他们在遭受欺侮,遭受奴役,遭受沉重而难堪的贫穷,遭受可怕的白酒的祸害的时候,还有神在保佑他们。

"保护神啊,母亲!"玛丽亚哭道,"母亲!"

可是祈祷做完,圣像抬走了,一切就又恢复老样子,小饭铺里又传出粗鲁而酒醉的声音。

---

① 基督教的节日,在十月一日。

只有富裕的农民才怕死,他们越阔,就越不相信上帝和灵魂的得救,只因为害怕在人世的寿命会完结,才点蜡烛,做礼拜,以防万一。贫穷的农民并不怕死。人家当着老头子和老奶奶的面说他们活得太久,到死的时候了,可是他们满不在乎。他们一点也没顾忌地当着尼古拉的面对菲奥克拉说,等尼古拉死了,她丈夫杰尼斯就可以得到优待从军队里退伍,回家来了。玛丽亚呢,不但不怕死,反而惋惜死亡这么久还不来。她的小孩一死,她倒高兴。

他们不怕死,可是对于各种疾病,他们却过分地害怕。只要生一点点小毛病,肠胃不消化啦,着了点凉啦,老奶奶就在炉台上躺下,盖得严严的,不断地大声哀叫:"我要死——了!"老头子赶紧去请神甫,老奶奶就领圣餐,受临终涂油礼。他们常常谈到受凉,谈到蛔虫,谈到瘤子,说是瘤子在胃里移动,滚到心脏那儿去了。他们顶怕的是着凉,因此就是夏天也穿厚衣服,躺在炉台上取暖。老奶奶喜欢看病,常坐上车子到医院去,到了那儿她老是说她自己才五十八岁,而不说七十岁。她认为医生如果知道她的真岁数,就不肯给她看病,反而会说她该死了。她通常一清早就动身到医院去,随身带去两三个小姑娘,傍晚才回来,肚子挺饿,怒气冲冲,给自己带回来药水,给小姑娘带回来药膏。有一回她把尼古拉也带去,这以后他喝了两个星期的药水,说是觉得好一点了。

老奶奶认识周围三十俄里以内所有的医生、医士、巫医,其中她一个也不中意。在圣母节那天,神甫举着十字架走遍各个小木屋,教堂执事对她说:城里监狱附近住着一个小老头儿,做过军医士,医道很好,劝她去找他。老奶奶听了他的劝。等到头一场雪落下地,她就坐车进城,带回一个小老头子,留着胡子,穿一件长上衣,是一个皈依正教的犹太人,脸上满是蓝色的细血管。那当儿正好有些短工在小木屋里工作。一个老裁缝戴着极大的眼镜,正拿一件破烂的衣服裁成背心,还有两个年轻小伙子在用羊毛擀成毡靴。基里亚克因为酗酒而给革掉了差使,这时候住在家里,跟裁缝并排坐着,修理一个套包子。小木屋里又挤又闷,臭烘烘的。皈依正教的犹太人诊察了尼古拉,说是须得给病人放血。

他放上拔血罐去,老裁缝、基里亚克、小姑娘们站在一旁瞧着,他们觉着他们仿佛瞧见疾病从尼古拉身子里流出来了。尼古拉也瞧着吸血的罐子附在他胸膛上,渐渐充满浓浓的血,觉得好像真有什么东西从他身子里出去似的,就满意地微笑了。

"这挺好,"裁缝说,"求上帝保佑,这对你有好处。"

那皈依正教的人放了十二罐血,然后又放十二罐,喝了茶,坐车走了。尼古拉开始打抖,他的脸瘦下去,照女人们的说法,缩成一个小拳头了。他的手指头发青。他盖上一条被子和一件羊皮袄,可是觉着越来越冷。将近傍晚,他觉着很不好过,要求把自己放在地板上,请裁缝不要抽烟,然后他在羊皮袄下面安安静静地躺着。将近早晨,他死了。

## 九

啊,这个冬天多么寒冷,多么长啊!

到圣诞节,他们自己的粮食已经吃完,只好买面粉吃了。基里亚克现在住在家里,每到傍晚就吵闹,弄得人人害怕,到了早晨又因为头痛和羞愧而难过,他那样子看上去很是可怜。饥饿的母牛的叫声昼夜不停地从畜栏那边传来,叫得老奶奶和玛丽亚的心都碎了。仿佛故意捣乱似的,天气始终非常冷,雪堆得很高,冬天拖延下去。到报喜节①,刮了一场真正的冬天的暴风雪。在复活节后的一周内又下了一场雪。

---

① 基督教的节日,在俄旧历三月二十五日。

不过,不管怎样,冬天毕竟过完了。到四月初,白昼变得温暖,夜晚仍旧寒冷。冬天还不肯退让,可是终于来了温暖的一天,打退了冬季,于是小河流水,百鸟齐鸣。河边的整个草场和灌木给春潮淹没,茹科沃和对岸的高坡中间那一大块地方被一片汪洋大水占据,野鸭子在水面上这儿一群那儿一群地飞起飞落。每天傍晚,火红的春霞和华美的云朵造成新的、不平凡的、离奇的景致,日后人们在画儿上看见那种彩色和那种云朵的时候简直不会相信是真的。

仙鹤飞得很快很快,发出哀伤的叫声,声音里好像有一种召唤的调子。奥莉加站在斜坡的边上,长久地望着水淹的草场,瞧着阳光,眺望那明亮的、仿佛变得年轻的教堂,流下了眼泪,喘不过气来,因为她恨不得快快走掉,随便到哪儿去,即使到天涯海角去也行。大家已经决定让她重回莫斯科去当女仆,叫基里亚克也跟她一路去,谋个差使,做个管院子的或者雇工什么的。啊,快点走才好!

土地一干,天气一暖,他们就打点着动身了。奥莉加和萨莎背上背着包袱,脚上穿着树皮鞋,天刚亮就走了。玛丽亚也出来,送她们一程。基里亚克身体不舒服,只好再在家里待一个星期。奥莉加最后一次对着教堂在胸前画个十字,念了一阵祷告。她想起自己的丈夫,可是没哭,只是脸皱起来,变丑了,像老太婆一样。这一冬,她变得瘦多了,丑多了,头发也有点花白,脸上失去从前那种动人的风韵和愉快的微笑,现在只有她经历到的愁苦所留下的一种悲哀的、听天由命的神情了。她的目光有点迟钝呆板,仿佛耳朵聋了似的。她舍不得离开这个村子和这儿的农民。她想起他们怎样抬走尼古拉,在每一个小木屋旁边怎样为他做安魂祭,大家怎样同情她的悲痛,陪着她哭。在夏天和冬天有过一些日子,这些人生活得仿佛比牲口还糟,跟他们在一块儿生活真可怕,他们粗野、不老实、肮脏、醺醉。他们生活得不和睦,老是吵嘴,因为他们不是互相尊重,而是互相害怕和怀疑。

谁开小酒馆，灌醉人民？农民。谁把村社、学校、教堂的公款盗用了，喝光了？农民。谁偷邻居的东西，放火烧房子，为一瓶白酒到法庭上去做假见证？谁在地方自治局和别的会议上第一个出头跟农民们作对？农民。不错，跟他们一块儿生活是可怕的。不过话说回来，他们也是人，他们跟普通人一样受苦，流泪，而且在他们的生活里没有一件事无法使人谅解。劳动是繁重的，使人一到夜晚就周身酸痛，再者冬季严寒，收获稀少，住处狭窄，任何帮助也得不到，也没有一个地方可以去寻求帮助。比他们有钱有势的人是不可能帮助人的，因为他们自己就粗野、不老实、醺醉，骂起人来照样难听。任何起码的小官儿或者地主的管事都把农民当作叫花子，即使对村长和教会的长老讲话也只称呼"你"，自以为有权利这样做。再者，那些爱财的、贪心的、放荡的、懒惰的人到村子里来只是为了欺压农民、掠夺农民、吓唬农民罢了，哪儿谈得上什么帮助或者做出好榜样呢？奥莉加想起冬天基里亚克被押去挨打的时候那两位老人的悲悲惨惨、忍气吞声的表情……现在，她可怜所有这些人，为他们难过。她一边走，一边老是回过头去瞧那些小木屋。

送出三俄里以后，玛丽亚告别，然后她跪下来，把脸凑到地面，哭诉起来：

"又剩下我孤单单一个人了，我这可怜的人啊，多么可怜，多么不幸啊……"

她照这样哭诉很久。奥莉加和萨莎很久很久还看见她跪在地上，双手抱着脑袋，一个劲儿地向一边不知对谁叩头，一些白嘴鸦在她头顶上飞来飞去。

太阳升高了，天热起来。茹科沃村远远地落在后面了。走路是畅快的，奥莉加和萨莎不久就忘了村子，也忘了玛丽亚她们。多么高兴，样样东西都吸引她们。时而出现一个古老的坟丘，时而出现一长排电线杆子，一根挨着一根,伸展到不知什么地方去,到了地平线就不见了。电线神秘地嗡嗡响,时而她们远远看到一个小农庄,完全给一片苍翠遮住,飘来一股潮气和大麻的香气,不知什么缘故她们觉得好像那儿住着一些幸福的人似的,时而出现一匹皮包骨的瘦马,在田野上成为孤零零的一个白点。百灵鸟不停地歌唱,鹌鹑互相呼应。鸡秧不断尖声叫着,仿佛谁猛地丢出一个旧铁环去似的。

中午,奥莉加和萨莎走进一个大村子。那儿,在宽阔的街道上,她们遇见一个小老头,就是茹科夫将军家的厨子。他挺热,他那冒汗的、红红的秃顶在阳光里发亮。起初,他和奥莉加彼此都没认出来,后来他们正好同时看见对方,认出来了,却各走各的路,一句话也没说。有一个小木屋比别家显得新一点,阔气一点,奥莉加就在它那敞开的窗前站住,鞠一躬,提高嗓音,用尖细的、唱歌样的声调说:

"东正教的教徒啊,看在基督的分上多多周济周济吧,好让上帝保佑您,让您的爹娘在天国得到永久的安息。"

"东正教的教徒啊,"萨莎唱起来,"看在基督的分上,多多周济周济吧,好让上帝保佑您,让您的爹娘在天国……"

1897 年

【归纳探究】

1. 在尼古拉的故乡,农民承受着物质生活和精神生活的双重贫乏,请在文中画出让你感触最深刻的细节。

2. 拓展阅读鲁迅先生的作品《故乡》,尝试从人物形象和思想价值的角度思考两篇小说的相同点与不同点。

# 套 中 人

【导读】

　　《套中人》是契诃夫广为人知的作品之一,在这篇小说中,我们会读到经典的文学形象——别里科夫,他像个蜗牛一样整天把自己缩进厚厚的硬壳里,生怕世界出乱子。同时,我们还会读到伊万·伊万内奇这样探寻新生活的崭新形象,在沉闷压抑的环境中看到珍贵的亮色!

　　误了时辰的猎人们在米罗诺西茨科耶村边上村长普罗科菲的堆房里住下来过夜了。他们一共只有两个人:兽医伊万·伊万内奇和中学教师布尔金。伊万·伊万内奇姓一个相当古怪的双姓:奇姆沙-吉马莱斯基,这个姓跟他一点也不相称,全省的人就简单地叫他的本名和父名伊万·伊万内奇。他住在城郊一个养马场上,这回出来打猎是为了透一透新鲜空气。然而中学教师布尔金每年夏天都在Π伯爵家里做客,对这个地区早已熟透了。

　　他们没睡觉。伊万·伊万内奇是一个又高又瘦的老人,留着挺长的唇髭,这时候坐在门口,脸朝外,吸着烟斗。月亮照在他身上。布尔金躺在房里的干草上,在黑暗里谁也看不见他。

　　他们讲起各种各样的事。顺便他们还谈到村长的妻子玛芙拉。她是一个健康而不愚蠢的女人,可是她一辈子从没走出过她家乡的村子,从没见过城市或者铁路,近十年来一直守着炉灶,只有夜间才到街上去走一走。

"这有什么可奇怪的!"布尔金说,"那种性情孤僻、像寄生蟹或者蜗牛那样极力缩进自己的硬壳里去的人,这世界上有不少呢。也许这是隔代遗传的现象,重又退回从前人类祖先还不是群居的动物而是孤零零地住在各自洞穴里的时代的现象,不过,也许这只不过是人类性格的一种类型吧,谁知道呢?我不是博物学家,探讨这类问题不是我的事。我只想说像玛芙拉那样的人并不少见。是啊,不必往远里去找,就拿一个姓别里科夫的人来说好了,他是我的同事,希腊语教师,大约两个月前在我们城里去世了。当然,您一定听说过他。他所以出名,是因为他即使在顶晴朗的天气出门上街,也穿上套鞋,带着雨伞,而且一定穿着暖和的棉大衣。他的雨伞总是装在套子里,怀表也总是装在一个灰色的麂皮套子里,遇到他拿出小折刀来削铅笔,就连那小折刀也是装在一个小小的套子里的。他的脸也好像蒙着一个套子,因为他老是把脸藏在竖起的衣领里面。他戴黑眼镜,穿绒衣,用棉花堵上耳朵。他一坐上出租马车,总要叫马车夫支起车篷来。总之,在这人身上可以看出一种经常的、难忍难熬的心意,总想用一层壳把自己包起来,仿佛要为自己制造一个所谓的套子,好隔绝人世,不受外界影响。现实生活刺激他,惊吓他,老是闹得他六神不安。也许为了替自己的胆怯、自己对现实的憎恶辩护吧,他老是称赞过去,称赞那些从没存在过的东西。实际上他所教的古代语言,对他来说,也无异于他的套鞋和雨伞,使他借此躲避了现实生活。

"'啊,希腊语多么响亮,多么美!'他说,现出甜滋滋的表情。他仿佛要证明这句话似的,眯起眼睛,举起一个手指头,念道:'Anthropos!'①

"别里科夫把他的思想也极力藏在套子里。只有政府的告示和报纸

---

① 希腊语:人。

上的文章,其中写着禁止什么事情,他才觉得一清二楚。看到有个告示禁止中学生在晚上九点钟以后到街上去,或者看到一篇文章要求禁止性爱,他就觉着又清楚又明白:这种事是禁止的,这就行了。他觉着在官方批准或者允许的事里面,老是包含着使人起疑的成分,包含着隐隐约约、还没说透的成分。每逢经当局批准,城里成立一个戏剧小组,或者阅览室,或者茶馆,他总要摇摇头,低声说:

"'当然,行是行的,这固然很好,可是千万别闹出什么乱子来啊。'

"凡是违背法令、脱离常轨、不合规矩的事,虽然看来跟他毫不相干,却惹得他垂头丧气。要是他的一个同事参加祈祷式去迟了,或者要是他听到流言,说是中学生顽皮闹事,再不然要是有人看见一个女校的女学监傍晚陪着军官玩得很迟,他总是心慌意乱,一个劲儿地说:千万别闹出什么乱子来啊。在教务会议上,他那种慎重、他那种多疑、他那种纯粹套子式的论调,简直压得我们透不出气,他说什么不管男子中学里也好,女子中学里也好,青年人都品行恶劣,教室里吵吵闹闹,哎呀,只求这种事别传到上司的耳朵里去才好!哎呀,千万别闹出什么乱子来啊!还说如果把二年级的彼得罗夫和四年级的叶果罗夫开除,那倒很好。后来怎么样?他凭他那种唉声叹气、他那种垂头丧气、他那苍白的小脸上的黑眼镜(您要知道,那张小脸活像黄鼠狼的脸),把我们都降伏了,我们只好让步,减少彼得罗夫和叶果罗夫的品行分数,把他们禁闭起来,最后终于把他俩开除了事。他有一种古怪的习惯:常来我们的住处访问。他来到一位教师家里,总是坐下来,就此一声不响,仿佛在考察什么事似的。他照这样一言不发地坐上一两个钟头,就走了。他把这叫作'跟同事们保持良好关系'。显然,这类拜访,这样呆坐,在他是很难受的。他所以来看我们,只不过是因为他认为这是对同事们应尽的责任罢了。我们这些教师都怕他。就连校长也怕他。您瞧,我们这些教师都是有思想的、极其正派的人,受过屠格涅夫和谢德林的教育,然而这个老穿着套鞋、拿着雨伞的人,却把整个中学辖制了足足十五年!可是光辖制中学算得了什么?全城都受他辖制呢!我们这儿的太太们到星期六不办家庭戏剧晚会,因为怕他知道。有他在,教士们到了斋期就不敢吃荤,不敢打牌。在别里科夫这类人的影响下,在最近这十年到十五年间,我们全城的人变得什么都怕。他们不敢大声说话,不敢发信,不敢交朋友,不敢看书,不敢周济穷人,不敢教人念书写字……"

伊万·伊万内奇想说点什么,嗽了嗽喉咙,可是他先点燃烟斗,瞧了瞧月亮,然后才一板一眼地讲起来:

"是啊,有思想的正派人,既读屠格涅夫,又读谢德林,还读勃克尔①等等,可是他们却屈服,容忍这种事……问题就在这儿了。"

"别里科夫跟我同住在一所房子里,"布尔金接着说,"同住在一层楼上,他的房门对着我的房门。我们常常见面,我知道他在家里怎样生活。他在家里也还是那一套:睡衣啦,睡帽啦,护窗板啦,门闩啦,一整套各式各样的禁条和忌讳,还有:'哎呀,千万别闹出什么乱子来啊!'吃素对健康有害,可是吃荤又不行,因为人家也许会说别里科夫不持斋。他就吃用奶油煎的鲈鱼,这东西固然不是素食,可也不能说是斋期禁忌的菜。他不用女仆,因为怕人家对他有坏看法,于是雇了个六十岁上下的老头子做厨子,名叫阿法纳西,这人老是醉醺醺的,神志不清,从前做过勤务兵,好歹会烧一点菜。这个阿法纳西经常站在门口,两条胳膊交叉在胸前,老是长叹一声,嘟哝那么一句话:

"'眼下啊,像他们那样的人可真是多得不行!'

"别里科夫的卧室挺小,活像一口箱子,床上挂着帐子。他一上床睡觉,就拉过被子来蒙上脑袋;房里又热又闷,风推动关紧的门,炉子里嗡嗡地响,厨房里传来叹息声,不祥的叹息声……

---

① 勃克尔(1821—1862),英国历史学家、社会学家、哲学家。

"他躺在被子底下战战兢兢。他深怕会出什么事,深怕阿法纳西来杀他,深怕小偷溜进来,然后他就通宵做噩梦,到早晨我们一块儿到学校去的时候,他闷闷不乐,脸色苍白。他所去的那个有很多人的学校,分明使得他满心的害怕和憎恶。跟我并排走路,对他那么一个性情孤僻的人来说,显然也是苦事。

"'我们的教室里吵得很凶,'他说,仿佛极力要找一个理由说明他的愁闷似的,'太不像话了。'

"您猜怎么着,这个希腊语教师,这个套中人,还差点结了婚。"

伊万·伊万内奇很快地回头瞟一眼堆房,说:

"您开玩笑了!"

"真的,尽管说起来古怪,可是他的确差点结了婚。有一个新的史地教师,一个原籍乌克兰、名叫米哈伊尔·萨维奇·科瓦连科的人,派到我们学校里来了。他不是一个人来的,而是带着他姐姐瓦连卡一路来的。他是个高高的、皮肤发黑的青年,手挺大,从他的脸相就看得出他说话是男低音,果然他的嗓音像是从桶子里发出来的一样:'嘭,嘭,嘭!……'她呢,已经不算年轻,年纪有三十岁上下了,可是她长得也高,身材匀称,黑眉毛,红脸蛋,一句话,她简直不能说是姑娘,而是蜜饯水果,活泼极了,谈笑风生,老是唱小俄罗斯的抒情歌曲,老是哈哈大笑。她动不动就发出响亮的笑声:'哈哈哈!'我记得我们初次真正认识科瓦连科姐弟是在校长的命名日宴会上。在那些死板板的、又紧张又沉闷,甚至把赴命名日宴会也看作应公差的教师中间,我们忽然看见一个新的阿佛洛狄忒①从浪花里钻出来。她两手叉着腰,走来走去,笑啊唱的,翩翩起舞。……她带着感情唱《风在吹》,然后又唱一支抒情歌曲,随后又唱一支。她把我们大家,连别里科夫也在内,都迷住了。他挨着她坐下,露出甜滋滋的笑容,说:

---

① 希腊神话中爱和美的女神,相当于古罗马神话中的维纳斯,她在海里诞生,从浪花里钻出来。

"'小俄罗斯语言的柔和清脆使人联想到古希腊语言。'

"这句话她听着受用,她就开始热情而恳切地对他讲起他们在加佳奇县有一个庄园,她的妈就住在庄园里,那儿有那么好的梨,那么好的甜瓜,那么好的卡巴克①!乌克兰人把南瓜叫作卡巴克,把酒馆叫作希诺克,他们用红甜菜和白菜熬的红甜菜汤:'可好吃了,可好吃了,简直好吃得要命!'

"我们听啊听的,忽然大家灵机一动,生出了同样的想法。

"'要是把他们配成夫妇,那倒不错。'校长太太轻声对我说。

"不知什么缘故,我们大家这才想起来:原来我们的别里科夫还没结婚;这时候我们才觉着奇怪:不知怎么,他生活里这样一件大事,我们以前竟一直没有理会,完全忽略了。他对女人一般采取什么态度呢?这种终身大事的要紧问题他怎样替他自己解决的?这以前我们一点也没有关心过这件事。也许我们甚至不允许自己想到:一个不问什么天气总是穿着套鞋、睡觉总要挂上帐子的人,也会热爱什么人吧。

"'他已经四十多岁了,她呢,也三十了……'校长太太说明她的想法,'我看她肯嫁给他的。'

"在我们内地,由于闲得无聊的缘故,什么事没做出来过,多少不必要的蠢事啊!这是因为必要的事大家却根本不做。是啊,比方说,这个别里科夫,既然大家甚至不能想象他是一个可以结婚的人,那我们何必忽然要给他撮合婚事呢?校长太太啦,学监太太啦,我们中学里的所有太太们,都活跃起来,甚至变得好看多了,仿佛忽然发现了生活目标似的。校长太太在剧院里订下一个包厢,我们一看,原来瓦连卡坐在她的包厢里面,扇着扇子,满脸放光,高高兴兴。她旁边坐着别里科夫,身材矮小、背脊拱起,看上去好像刚用一把钳子把他从家里夹来的一样。我在家里办小晚会,太太们

---

① 俄语:酒馆(кабак)。

就要求我一定邀请别里科夫和瓦连卡。总之,机器开动了。看来瓦连卡也并不反对出嫁。她在她弟弟那儿生活得不大快活,他们只会成天价吵啊骂的。比方说,有过这样一个场面:科瓦连科顺了大街大踏步走着,他是又高又壮的大汉,穿一件绣花衬衫,一绺头发从帽子底下钻出来奔拉在他的额头上,一只手拿着一捆书,另一只手拿着一根有节疤的粗手杖。他身后跟着他姐姐,也拿着书。

"'可是你啊,米哈伊里克①,这本书绝没看过!'她大声争辩说,'我告诉你,我敢赌咒:你压根儿没看过!'

"'我跟你说我看过嘛!'科瓦连科大叫一声,把手杖在人行道上顿得直响。

"'唉,我的上帝,米哈伊里克! 你为什么发脾气?要知道,我们谈的是原则问题啊。'

"'我跟你说我看过嘛!'科瓦连科嚷道,声音更响了。

"在家里,要是有外人在座,他们也一个劲儿地争吵。这样的生活多半使她厌烦,盼望着有自己的小窝了。况且,也该想到她的年纪,现在已经没有工夫来挑啊拣的,跟什么人结婚都行,即使是希腊语教师也将就了。附带还要说一句:我们的小姐们大多数都不管跟谁结婚,只要能嫁出去就算。不管怎样吧,瓦连卡对我们的别里科夫开始表示明显的好感了。

"别里科夫呢? 他也常去拜望科瓦连科了,就跟他常来拜望我们一样。他去了就坐下,一声不响。他沉默着,瓦连卡就对他唱《风在吹》,或者用她那双黑眼睛沉思地瞧着他,再不就忽然扬声大笑:

"'哈哈哈!'

"在恋爱方面,特别是在婚姻方面,外人的怂恿总会起很大作用。所有的人,他的同事们和太太们,开始向别里科夫游说:他应当结婚了,他的

---

① 米哈伊尔的爱称。

生活没有别的缺憾,只差结婚了。我们大家向他道喜,做出一本正经的脸色说了各种俗套,例如,'婚姻是终身大事'等等。况且,瓦连卡长得不坏,招人喜欢,她是五等文官的女儿,有田庄,尤其要紧的是,她是第一个待他诚恳而亲热的女人。于是他昏了头,决定真该结婚了。"

"哦,到了这一步,就应该拿掉他的套鞋和雨伞了。"伊万·伊万内奇说。

"您只要一想就明白:这是办不到的。他把瓦连卡的照片放在自己桌子上,不断地来找我,谈瓦连卡,谈家庭生活,谈婚姻是终身大事,常到科瓦连科家去,可是他一点也没改变生活方式。甚至刚好相反,结婚的决定对他起了像害病一样的影响。他变得更瘦更白,好像越发深地缩进他的套子里去了。

"'瓦尔瓦拉①·萨维希娜我是喜欢的,'他对我说,露出淡淡的苦笑,'我也知道人人都必须结婚,可是……您知道,这件事发生得这么奇突……总得细细想一想才成。'

"'有什么可想的?'我对他说,'一结婚,就万事大吉了。'

"'不成,婚姻是终身大事,人先得估量一下将来的义务和责任……免得日后闹出什么乱子。这件事弄得我六神不安,现在我通宵睡不着觉。老实说,我害怕:她和她弟弟有一种古怪的思想方法。您知道,他们议论起事情来有点古怪。她的性情又很活泼。结婚倒不要紧,说不定就要惹出麻烦来了。'

"于是他没求婚,一个劲儿地拖延,弄得校长太太和我们所有的太太都烦恼极了。他时时刻刻在估量将来的义务和责任,同时他又差不多天天跟瓦连卡出去散步,也许他认为这是在他这种情形下照理该做的事吧。他

---

① 这名字的爱称即上文的瓦连卡。

常来看我,为的是谈家庭生活。要不是因为忽然闹出一场 Kolossalische Scandal①,他临了多半会求婚,因而促成一桩不必要的、愚蠢的婚事。在我们这儿,由于闲得无聊,没事情做,照那样结了婚的,正有成千上万的先例呢。

"应该说明一下:瓦连卡的弟弟科瓦连科从认识别里科夫的第一天起,就痛恨他,受不了他。

"'我不懂,'他常对我们说,耸一耸肩膀,'我不懂你们怎么能够跟这个告密的家伙,那副叫人恶心的嘴脸处得下去。唉!诸位先生,你们怎么能在这儿生活下去啊!你们这儿的空气闷死人,糟透了!难道你们能算是导师,教师吗?你们是官僚,你们这儿不是学府,而是城市警察局,而且有警察岗亭里那股酸臭气味。不行,诸位老兄,我在你们这儿再住一阵,就要回到我的田庄上去,在那儿捉捉虾,教教乌克兰的小孩子念书了。我是要走的,你们呢,尽可以跟你们的犹大留在这儿,叫他遭了瘟才好!'

"要不然他就哈哈大笑,笑得流出眼泪来,时而用男低音,时而用非常尖细的嗓音,摊开双手,问我:

"'他干吗上我这儿来坐着?他要干什么?他一直坐在那儿发呆。'

"他甚至给别里科夫起了一个外号叫'蜘蛛'。当然,关于他姐姐瓦连卡打算跟'蜘蛛'结婚的事,我们对他绝口不谈。有一回校长太太向他暗示说,要是他姐姐跟别里科夫这么一个稳重的、为大家所尊敬的人结婚,那倒是一件好事。他就皱起眉头,嘟哝道:

"'这不关我的事;哪怕她跟毒蛇结婚也由她。我不喜欢干涉别人的事。'

---

① 德语:大笑话。

"现在,您听一听后来发生的事吧。有个促狭鬼画了一张漫画,画着别里科夫打着雨伞,穿着套鞋,卷起裤腿,正在走路,臂弯里挽着瓦连卡,下面缀着题名:'恋爱中的 anthropos'。您要知道,那神态画得像极了。那位画家一定画了不止一夜,因为男子中学和女子中学里的教师们、宗教学校的教师们、衙门里的官儿,每人都接到一份。别里科夫也接到一份。这幅漫画给他留下极其难堪的印象。

"我们一块儿从房子里走出去,那天正好是五月一日,星期日,我们全体教师和学生事先约定在学校里会齐,然后一块儿步行到城郊的一个小树林里郊游。我们动身了,他脸色发青,比乌云还要阴沉。

"'天下有多么歹毒的坏人!'他说,他的嘴唇发抖了。

"我甚至可怜他了。我们走啊走的,忽然间,您猜怎么着,科瓦连科骑着自行车来了,在他身后,瓦连卡也骑着自行车,涨红了脸,筋疲力尽,可是快活,兴高采烈。

"'我们先走一步!'她嚷道,'天气多么好啊!多么好,简直好得要命!'

"他们俩走远,不见了。我的别里科夫的脸色从发青变成发白,好像呆住了。他站住,瞧着我……

"'请问,这是怎么回事?'他问,'或者,也许我的眼睛骗了我吗?难道中学教师和女人骑自行车还成体统吗?'

"'这有什么不成体统的?'我说,'让他们尽管骑自行车,快快活活玩一阵好了。'

"'可是这怎么行?'他叫起来,看见我平心静气,感到惊讶,'您在说什么呀?!'

"他大为震动,不愿意再往前走,回家去了。

"第二天他老是心不定地搓手,打哆嗦,从他的脸色看得出他身体不舒服,还没到放学的时候,他就走了,这还是他生平第一回呢。他没吃午饭。虽然门外已经完全是夏天天气,可是将近傍晚,他却穿得暖暖和和的,慢腾腾地走到科瓦连科家里去了。瓦连卡不在家,他只碰到她弟弟在家。

"'请坐吧。'科瓦连科冷冷地说,皱起眉头:他的脸上带着睡意,饭后他打了个盹儿,刚刚醒来,心绪很坏。

"别里科夫沉默地坐了十分钟光景,然后开口了:

"'我上您这儿来,是为了减轻我心里的负担。我心里沉重得很,沉重得很。有个不怀好意的家伙画了一张漫画,把我和另一个跟您和我都有密切关系的人画成可笑的样子。我认为我有责任向您保证我跟这事没一点关系……我没有做出什么事来该得到这样的讥诮,刚好相反,我的举动素来在各方面都称得起是正人君子。'

"科瓦连科坐在那儿生闷气,一句话也不说。别里科夫等了一会儿,然后压低喉咙,用悲凉的声调接着说:

"'另外我还有件事情要跟您谈一谈。我已经教书多年了,您最近才开始工作。我是一个比您年纪大的同事,认为有责任给您进一个忠告。您骑自行车,这种消遣对青年的教育工作者来说是完全不成体统的。'

"'怎么见得?'科瓦连科用男低音问。

"'难道这还用解释吗,米哈伊尔·萨维奇,难道这不是理所当然吗?如果教师骑自行车,那还能希望学生做出什么好事来?他们所能做的就只有头朝下,拿大顶走路了!既然政府还没有发出通告,允许做这种事,那就做不得。昨天我吓了一大跳!我一看见您的姐姐,眼前就变得一片漆黑。一个女人或者一个姑娘骑自行车,这太可怕了!'

"'说实在的,您到底要怎么样?'

"'我所要做的只有一件事,就是忠告您,米哈伊尔·萨维奇。您是青年人,您前途远大,您的举动得十分十分小心才成,您却这么马马虎虎,唉,

197

多么马马虎虎！您穿着绣花衬衫出门,经常拿着些书在大街上走来走去,现在呢,又骑什么自行车。校长会听说您和您姐姐骑自行车的,然后,这事又会传到督学的耳朵里,……这还会有好下场吗？'

"'讲到我姐姐和我骑自行车,这不干别人的事!'科瓦连科说,涨红了脸,'谁要来管我的家事和私事,我就叫谁滚他的蛋!'

"别里科夫脸色苍白,站起来。

"'要是您用这种口吻跟我讲话,那我就不能再讲下去了,'他说,'我请求您在我面前谈到上司的时候永远不要这样说话。您对当局应当尊敬才对。'

"'难道我说了当局什么坏话吗？'科瓦连科问,生气地瞧着他,'请您躲开我。我是正直的人,不愿意跟您这样的先生讲话。我不喜欢告密的人。'

"别里科夫心慌意乱,匆匆忙忙地穿大衣,脸上带着恐怖的神情。要知道这还是他生平第一回听到这么不客气的话。

"'随您怎么说,都由您,'他一面走出前堂,到楼梯口去,一面说,'只是我得跟您预先声明一下:说不定有人偷听了我们的话;为了避免我们的谈话被人家误解,避免闹出什么乱子起见,我得把我们的谈话内容报告校长先生……把大意说明一下。我不能不这样做。'

"'报告？去,报告去吧!'

"科瓦连科在他后面一把抓住他的衣领,使劲一推,别里科夫就滚下楼去,他的套鞋乒乒乓乓地响。楼梯又高又陡,不过他滚到楼下却安然无恙,站起来,摸了摸鼻子,看他的眼镜碎了没有。可是,他滚下楼的时候,偏巧瓦连卡回来了,还带着两位太太。她们站在楼下,呆呆地瞧着,这在别里科夫却比任什么事情都可怕。看样子,他情愿摔断脖子和两条腿,也不愿意成为取笑的对象:是啊,这样一来,全城的人都会听说这件事,还会传到校长耳朵里,传到督学耳朵里去。哎呀,千万别闹出什么乱子来啊!人家又会画一张漫画,到头来就会弄得他奉命辞职吧……

"等到他站起来,瓦连卡才认出是他。她瞧着他那滑稽的脸相、他那揉皱的大衣、他那套鞋,不明白是怎么回事,以为他是自己不小心摔下来的,就忍不住扬声大笑,响得整个房子都可以听见:

"'哈哈哈!'

"这一串响亮而清脆的'哈哈哈'就此结束了一切:结束了婚事,结束了别里科夫的人间生活。他没听见瓦连卡说了些什么话,他什么也没看见。一到家,他第一件事就是从桌子上撤去瓦连卡的照片,然后他躺下,从此再也没有起床。

"大约三天以后,阿法纳西来找我,问我要不要派人去请医生,因为据他说,他的主人不大对头。我走到别里科夫的屋里去。他躺在帐子里,盖着被子,一声不响:不管问他什么话,他总是回答一声'是'或者'不',此外就闷声不响了。他躺在那儿,阿法纳西呢,满脸愁容,皱着眉头,在他旁边走来走去,深深地叹气,可是像酒馆一样冒出白酒的气味。

"过了一个月,别里科夫死了。我们都去送葬,那就是说,两个中学校和宗教学校的人都去了。这时候他躺在棺材里,神情温和、愉快,甚至高兴,仿佛暗自庆幸终于装进一个套子里,从此再也不必出来了似的。是啊,他的理想实现了!老天爷也仿佛在对他表示敬意,他出殡的时候天色阴沉,下着雨。我们大家都穿着套鞋,打着雨伞。瓦连卡也去送葬,等到棺材下了墓穴,她哭了一阵。我发现乌克兰的女人总是不笑就哭,对她们来说不哭不笑的心情是没有的。

"老实说,埋葬别里科夫那样的人是一件大快人心的事。我们从墓园回来的时候,露出忧郁谦虚的脸相,谁也不肯露出快活的感情,像那样的感情,我们很久很久以前做小孩子的时候,遇到大人不在家,我们到花园里去

199

跑一两个钟头,享受充分自由的时候,都经历过。啊,自由啊,自由!只要有一点点自由的影子,只要有可以享受自由的一线希望,人的灵魂就会长出翅膀来。难道不是这样吗?

"我们从墓园回来,心绪极好。可是一个星期还没过完,生活又过得跟先前一样,跟先前一样的严峻、无聊、杂乱了,这样的生活固然没有奉到明令禁止,不过也没有得到充分的许可啊。局面并没有变得好一点。确实,我们埋葬了别里科夫,可是另外还有多少这种套中人活着,将来也还不知道会有多少呢!"

"问题就在这儿。"伊万·伊万内奇说,点上了他的烟斗。

"那样的人,将来不知道还会有多少!"布尔金又说一遍。

这个中学教师从堆房里走出来。他是一个矮胖的男子,头顶全秃了,留着一把黑胡子,差不多齐到腰上。有两条狗跟他一块儿走出来。

"多好的月色,多好的月色!"他抬头看,说道。

这时候已经是午夜了。向右边瞧,可以看见整个村子,一条长街远远地伸出去,大约有五俄里长。一切都浸在深沉而静寂的睡乡里,没有一点动静,没有一点声音,人甚至不能相信大自然能够这么静。人在月夜看着宽阔的村街和村里的茅屋、干草垛、睡熟的杨柳,心里就会变得恬静。这时候村子给夜色包得严严紧紧,躲开了劳动、烦恼、忧愁,安心休息,显得那么温和、哀伤、美丽,看上去仿佛星星在亲切而动情地瞧着它,大地上不再有坏人坏事,一切都挺好似的。左边,村子到了尽头,便是田野。可以看见田野远远地一直伸展到天边。在这一大片浸透月光的旷野上也是没有动静,没有声音。

"问题就在这儿了,"伊万·伊万内奇又说一遍,"我们住在城里,空气污浊,十分拥挤,写些无聊的文章,玩'文特',这一切岂不就是套子吗?至于在懒汉、爱打官司的人、无所事事的蠢女人中间消磨我们的一生、自己说而且听人家说各式各样的废话,这岂不也是套子吗?嗯,要是您乐意,那我就给您讲一个很有教益的故事。"

"不,现在也该睡了,"布尔金说,"留到明天再讲吧。"

他俩走进堆房,在干草上睡下来。他俩盖好被子,刚要昏昏睡去,忽然听见轻轻的脚步声:吧嗒,吧嗒……有人在离堆房不远的地方走着,走了一会儿站住了,过一分钟又是吧嗒,吧嗒……狗汪汪地叫起来。

"这是玛芙拉在走来走去。"布尔金说。

脚步声渐渐听不见了。

"你看着人们作假,听着人们说假话,"伊万·伊万内奇翻了个身说,"人们却因为你容忍他们的虚伪而骂你傻瓜。你忍受侮辱和委屈,不敢公开说你跟正直和自由的人站在一边,你自己也作假,还微微地笑,你这样做无非是为了混一口饭吃,得到一个温暖的角落,做个一钱不值的小官儿罢了。不成,不能再照这样生活下去了!"

"算了吧,您扯到别的题目上去了,伊万·伊万内奇,"教师说,"睡吧!"

过了大约十分钟,布尔金睡着了。可是伊万·伊万内奇不住地翻身,叹气,后来他起来,又走出去,坐在门边,点上烟斗。

1898 年

## 【归纳探究】

1. 小说中除了别里科夫,还有哪些人装在"套子"里?小说中有形的束缚和无形的束缚哪个更令你震撼?你自己是否也曾或多或少被某些事物和思想束缚住呢?请和身边的同学、朋友分享你的想法。

2. 小说结尾部分,伊万·伊万内奇喊出了"不成,不能再照这样生活下去了!"的呼唤,请你以此为段首语,写一段抒情文字或小诗送给书内或书外的"套中人"。

　　3.请圈画出文中运用比喻、夸张手法的精彩词句,体会作者幽默巧妙的笔法。

# 醋　栗

【导读】

我们终其一生追求的终极价值是什么？

尼古拉·伊万内奇是兽医伊万·伊万内奇的弟弟，他一辈子的梦想就是买下一座庄园，然后在里面"幸福"地度过后半生。为了实现这一梦想，他从一个天真烂漫的孩子变成为一个俗不可耐的庸人，最后，激动、满意地守着庄园的醋栗过活。

除了物质生活的满足，我们还需要追求其他哪些东西？

从大清早起，整个天空布满了雨云。那天没风，不热，可是使人烦闷，遇到灰色的阴天日子，乌云挂在田野的上空，久久不散，看样子会下雨，却又不下，那就会碰到这样的天气。兽医伊万·伊万内奇和中学教师布尔金已经走累了，依他们看来田野好像没有尽头似的。向前望去，远远地隐约可以看见米罗诺西茨科耶村的风车，右边有一排高岗，伸展出去，越过村子，到远方才消失。他们俩都知道那是河岸，那儿有草场、绿油油的柳树、庄园，要是站在一个高岗的顶上望出去，就可以看见同样辽阔的田野，看见电报线，看见远处一列火车，像是毛毛虫在爬，遇到晴朗天气在那儿甚至看得见城市。如今，遇到这没风的天气，整个大自然显得那么温和，正在沉思。伊万·伊万内奇和布尔金对这片田野生出满腔热爱,两人都心想:这个地方多么辽阔、多么美丽啊。

"上回我们在村长普罗科菲的堆房里,"布尔金说,"您打算讲一个故事来着。"

"对了,那时候我本来想讲一讲我弟弟的事。"

伊万·伊万内奇深深地叹一口气,点上烟斗,预备开口讲故事,可是正巧这当儿下雨了。过了大约五分钟,雨下大了,连绵不断,谁也说不清什么时候雨才会停。伊万·伊万内奇和布尔金站住,考虑起来。狗已经淋湿,站在那儿,用后腿夹着尾巴,带着温柔的神情瞧他们。

"我们得找个地方避一避雨才好,"布尔金说,"那就到阿廖欣家去吧。离这儿挺近。"

"那我们就去吧。"

他们往斜下里拐过去,穿过已经收割过的田地,时而照直走,时而往右走,后来走到大道上了。不久出现了白杨和花园,后来出现了谷仓的红房顶。有一条河,河水闪闪发光,于是眼界豁然开朗,前面是一大片水,有一个磨坊和一个白色的浴棚。这就是阿廖欣所住的索菲诺村。

磨坊在工作,声音盖过了雨声,水坝在颤抖。有几匹淋湿的马垂着头,站在大车旁边。人们披着麻袋走来走去。这儿潮湿、泥泞、不舒服,河水仿佛冰凉,不怀好意似的。伊万·伊万内奇和布尔金已经觉得周身潮湿、不干净、不舒服,脚沾着烂泥而变得挺重,他们穿过水坝,爬上坡,往地主的谷仓走去,都不说话,仿佛在互相生气似的。

有一个谷仓里筛谷机轰轰地响。门开着,滚滚的灰尘冒出来。阿廖欣本人就站在门口,这是一个四十岁光景的男子,又高又胖,头发挺长,与其说像地主,倒不如说像教授或者画家。他穿一件白的、可是好久没洗过的衬衫,拦腰系一根绳子,算是腰带,下身没穿长裤,只穿一条衬裤,靴子上也沾着烂泥和麦秸。他的眼睛和鼻子扑满灰尘,变得挺黑。他认出了伊万·伊万内奇和布尔金,显然很高兴。

"请到正房里去吧,两位先生,"他说,微微笑着,"我马上就来,用不了一分钟。"

那所房子高大,有两层楼。阿廖欣住在楼下的两个房间里,那儿有拱顶和小窗子,原先是管家们居住的。屋里设备简单,有黑面包、便宜的白酒、马具的气味。楼上的正房他难得去,只有客人来了他才去一趟。伊万·伊万内奇和布尔金走进那所房子,遇到一个使女,是个年轻女人,长得很美,他俩一下子都站住,互相瞧了一眼。

"你们再也想不出来我看见你们有多么高兴,两位先生,"阿廖欣说,跟着他们一块儿走进前堂,"真是想不到!佩拉格娅,"他对那使女说,"给客人找几件衣服来换一换吧。顺便,我也要换一换。只是我先得去洗个澡,因为我大概打春天起就没洗过澡了。两位先生,你们愿意到浴棚里去吗?他们也好趁这工夫在这儿打点一下。"

美丽的佩拉格娅那么娇弱,看上去又那么温柔,她给他们送来毛巾和肥皂,阿廖欣就陪着客人到浴棚里去了。

"是啊,我很久没洗过澡了,"他一面脱衣服一面说,"你们看,我的浴棚挺好,这还是我父亲盖起来的,可是不知怎么,我总是没工夫洗澡。"

他在台阶上坐下,给他的长头发和脖子擦满肥皂,他四周的水就变成棕色了。

"对了,我看也是的……"伊万·伊万内奇瞧着他的头,意味深长地说。

"我很久没洗过澡了……"阿廖欣难为情地重说一遍,又用肥皂洗起来,他四周的水就变成深蓝色,跟墨水一样了。

伊万·伊万内奇走到外面去,扑通一声跳进水里,冒着雨游泳,抡开胳

205

膊划水。他把水搅起波浪,弄得白色的百合在水浪上摇摇摆摆。他一直游到河当中水深处,扎一个猛子,过一分钟在另一个地方钻出来,接着再往远里游去,老是扎猛子,极力想够到河底。"哎呀,我的上帝啊!……"他反复说着,游得痛快极了,"哎呀,我的上帝啊!……"他游到磨坊那儿,跟农民们谈一阵,再游回来,平躺在水塘中央,仰起脸来承受雨水。布尔金和阿廖欣已经穿好衣服,准备走了,可是他仍旧在游泳,扎猛子。

"哎呀,我的上帝啊!……"他说,"哎呀,求主怜恤我!……"

"您也游得够了!"布尔金对他嚷道。

他们回到房子里。一直等到楼上的大客厅里点上灯,布尔金和伊万·伊万内奇穿好绸长袍和暖拖鞋,在圈椅上坐下,阿廖欣本人也洗好脸,梳好头,穿好新上衣,在客厅里走来走去,显然很痛快地享受着干净、温暖、干衣服、轻便的鞋,一直等到俊俏的佩拉格娅没一点声音地在地毯上走着,温柔地微笑,用盘子端来加了果酱的茶,一直到了这时候,伊万·伊万内奇才开口讲他的故事,而且仿佛不光是布尔金和阿廖欣在听,就连藏在金边镜框里、严厉而沉静地瞧着他们的那些老老少少的太太以及军官也在听似的。

"我们一共弟兄两个,"他开口了,"我伊万·伊万内奇和我弟弟尼古拉·伊万内奇,他比我大约小两岁。我学技术行业,做了兽医。尼古拉从十九岁起就已经在税务局里工作。家父奇姆沙-吉马莱斯基本来是少年兵①,可是后来他升上去,做了军官,给我们留下世袭的贵族身份和一份小小的田产。他死后,那份小田产抵了债,可是,不管怎样,我们的童年是在乡下自由自在地度过去的。我们完全跟农民的孩子一样,一天到晚在田野上,在树林里度过,看守马匹,剥树皮,钓鱼,等等……你们知道,只要人一辈子钓过一次鲈鱼,或者在秋天见过一次鸫鸟南飞,瞧着它们在晴朗而凉

---

① 在十九世纪中叶的俄国,兵士的儿子从出生的那天起就编入军籍,到相当年龄就入军事学校受训。

快的日子里怎样成群飞过村庄,那他就再也不能做一个城里人,他会一直到死都苦苦地盼望自由的生活。我弟弟在税务局里老是惦记乡下。一年年过去了,他却一直坐在他那老位子上,老是抄写那些文件,老是想着一件事:怎样才能回到乡下去。他这种怀念渐渐成为明确的渴望,化成梦想,只求找个靠河或者近湖的地方给自己买下一个小小的庄园才好。

"他是个温和善良的人,我喜欢他,可是这种把自己关在自家小庄园里过一辈子的愿望,我却素来不同情。人们通常说:一个人只需要三俄尺的土地①。可是要知道,三俄尺的土地是死尸所需要的地方,而不是活人需要的。现在还有人说,要是我们的知识分子贪恋土地,盼望有个庄园,那是好事。可是要知道,这种庄园也就是三俄尺土地。离开城市,离开斗争,离开生活的喧嚣,隐居起来,躲在自己的庄园里,这算不得生活,这是自私自利,偷懒,这是一种修道主义,可又是不见成绩的修道主义。人所需要的不是三俄尺土地,也不是一个庄园,而是整个地球,整个大自然,在那广大的天地中人才能够尽情发挥他自由精神的所有品质和特点。

"我弟弟尼古拉坐在他那办公室里,梦想将来怎样喝他自己家里的白菜汤,那种汤怎样散发满院子的清香,他怎样在绿草地上吃饭,怎样在太阳底下睡觉,怎样一连好几个钟头坐在大门外的凳子上眺望田野和树林。农艺书和日历上所有那些农艺建议,成了他的欢乐,成了他心爱的精神食粮。他也喜欢看报,可是他光看报纸上的一种广告,说某地有若干亩田地,连同草场、庄园、小溪、花园、磨坊和活水的池塘等一并出售。他脑子里就暗暗描出花园的幽径、花卉、水果、椋鸟巢、池塘里的鲫鱼,总之,你们知道,诸如此类的东西。这些想象的图画因他看到的广告不同而有所不同,可是不知什么缘故,其中每一个画面都一定有醋栗。他不能想象一个庄园,一个饶有诗意的安乐窝里会没有醋栗。

---

① 指墓穴的长度。

"'乡村生活自有它舒服的地方,'他常说,'在阳台上一坐,喝一喝茶,自己的小鸭子在池塘里泅水,各处一片清香,而且……而且醋栗成熟了。'

"他常画他田庄的草图,而每一回他的草图上都离不了这几样东西:(甲)主人的正房,(乙)仆人的下房,(丙)菜园,(丁)醋栗。他生活节俭,省吃省喝,上帝才知道他穿的是什么衣服,活像叫花子,可是不断地攒钱,存在银行里。他变得贪财极了。我一瞧见他就痛心,常给他点钱,遇到过节也总要寄点钱给他,可是他连这点钱也收藏起来。一个人要是打定了主意,那你就拿他没法办了。

"许多年过去了,他调到别的省里去了。他年纪也已经过四十岁,却仍旧看报上的广告,存钱。后来我听说他结婚了。他仍旧存心要买一个有醋栗的庄园,就娶了一个又老又丑的寡妇,其实对她一点感情也谈不上,只因为她有几个臭钱罢了。跟她结婚以后,他生活仍旧吝啬,老是弄得她吃不饱,同时,他把她的钱存在银行里,却写上他自己的名字。早先她嫁给一个邮政局长,跟他一块儿过活的时候,吃惯馅饼,喝惯果子露酒,可是跟第二个丈夫一块儿过日子,却连黑面包也吃不够;过着这样的生活,她开始憔悴,而且不出三年就把灵魂交给上帝了①。当然,我的弟弟一分钟也没想过她的死要由他负责。金钱跟白酒一样,会把人变成怪物。从前我们城里有个垂危的商人。他临死叫人给他端来一碟蜂蜜,把他所有的钱钞和彩票就着蜜一股脑儿吃到肚子里,让谁也得不着。有一回我正在一个火车站检查牲口,正巧有个马贩子摔到火车头底下,压断了一条腿。我们把他抬到候车室里,血哗哗地流,样子真是可怕,可是他老是求大家找回他的腿,老是放心不下:原来那条压断的腿所穿的靴子里有二十卢布,他深怕那点钱丢了。"

"您岔到别的事情上去了。"布尔金说。

---

① 意思是"死了"。

"我的弟媳死后,"伊万·伊万内奇沉吟了半分钟,接着说,"我弟弟就开始给他自己物色一份田产。当然,尽管物色了五年,到头来仍旧会出错,买下来的东西跟所想望的迥然不同。我弟弟尼古拉托中人买成一个抵押过的庄园,有一百十二俄亩土地,有主人的正房,有仆人的下房,有花园,可是单单没有果树园,没有醋栗,没有池塘和小鸭子。河倒是有,可是河水的颜色跟咖啡一样,因为田产的一边是造砖厂,另一边是烧兽骨的工场①。可是我的尼古拉·伊万内奇倒也并不十分难过,他订购二十株醋栗树,栽好,照地主的排场过起来了。

"去年我去探望他。我心想我要去看看那儿的情况怎么样。我弟弟在来信上称它为'楚木巴罗克洛夫芜园,又称吉马莱斯科耶'。我是在下午到达那个'又称吉马莱斯科耶'的。天挺热。到处都是沟渠、围墙、篱笆、栽成一行行的杉树,弄得人不知道怎样才能走到院子里去,应该把马拴在哪儿。我向房子走去,迎面遇见一条红毛的肥狗,活像一头猪。它想叫一声,可又懒得叫。厨娘从厨房里走出来,是一个光脚的胖女人,看样子也像一头猪。她说主人吃过饭后正在休息。我走进去看我弟弟。他在床上坐着,膝上盖一条被子。他老了,胖了,皮肉发松,他的脸颊、鼻子、嘴唇,全都往前拱出去,眼看就要跟猪那样咕咕叫着钻进被子里去了。

"我们互相拥抱,哭了几声,一半因为高兴,一半也因为凄凉地想到我们原先都年轻,现在两人却白发苍苍,快要入土了。他穿好衣服,领我出去看他的田庄。

"'怎么样,你在这儿过得好吗?'我问。

"'哦,还不坏,谢谢上帝,我过得很好。'

"他不再是往日那个畏畏缩缩的、可怜的文官,而是真正的地主,老爷了。他已经在这儿住熟,习惯,而且觉得很有味道了。他吃得很多,常到浴

---

① 烧兽骨是为了制胶。

棚去洗澡,长得胖起来,已经跟村社和两个工厂打过官司,农民若不称呼他'老爷',就老大地不高兴。他还带着老爷气派郑重其事地关心他的灵魂的得救,就做起好事来,然而并不是简简单单地做,却是摆足了架子做的。然而那是什么样的好事啊!他用苏打和蓖麻子油给农民治各种病,到了他的命名日就在村子中央做一回谢恩祈祷,然后摆出半桶白酒来请农民喝,自以为事情就该这么办。啊,那可怕的半桶白酒!今天,这位胖地主拉着农民们到地方行政长官那儿去控告他们放出牲畜来践踏他的庄稼,明天遇上隆重的节日,却请那些农民喝半桶白酒,他们喝酒,嚷着:'乌拉!'喝醉了的人就给他叩头。生活只要变得好一点,吃得饱,喝得足,闲着不做事,就会在俄罗斯人身上培养出顶顶骄横的自大。尼古拉·伊万内奇当初在税务局里自己甚至不敢有自己的见解,现在说起话来却没有一句不是真理,而且总是用大臣的口气:'教育是必要的,但是对老百姓来说,还未免言之过早。''体罚总的来说是有害的,可是遇到某些情形,这却是有益的,不可缺少的。'

"'我了解老百姓,我会应付他们,'他说,'老百姓都喜欢我。我只要动一动手指头,老百姓就会把我要办的事统统给我办好。'

"请注意,这些话都是带着贤明而慈悲的笑容说出来的。他把'我们这些贵族''我以贵族的身份看来'反反复复说了二十遍。他分明已经不记得我们的祖父是农民、父亲是兵了。就连我们的姓,奇姆沙-吉马莱斯基,实际上是个不相称的姓,他现在也觉着响亮、高贵、十分中意了。

"可是问题不在他,而在我自己了。我要跟你们讲一讲我在他那庄园上盘桓了短短几个钟头,我自己起了什么变化。傍晚,我们正在喝茶,厨娘端来满满一盘醋栗放在桌子上。这不是买来的,而是他自己家里种的,自从那些灌木栽下以后,这还是头一回收果子。尼古拉·伊万内奇笑起来,对那些醋栗默默地瞧了一分钟,眼睛里含着一汪眼泪,他兴奋得说不出话

来。然后他拿起一颗醋栗送进嘴里,瞧着我,现出小孩子终于得到心爱的玩具那种得意的神情,说:

"'多好吃啊!'

"他狼吞虎咽地吃起来,不住地反复说道:

"'啊,真好吃!你尝一尝吧!'

"那些醋栗又硬又酸,可是普希金说得好:'我们喜爱使人高兴的谎话,胜过喜爱许许多多的真理。'①我看见了一个幸福的人,他的心心念念的梦想显然已经实现,他的生活目标已经达到,他所想望的东西已经到手,他对他的命运和他自己都满意了。不知什么缘故,往常我一想到人的幸福,就不免带一点哀伤的感觉,这一回亲眼看到幸福的人,我竟生出一种跟绝望相近的沉重感觉。夜里我心头特别沉重。他们在我弟弟的卧室的隔壁房间里为我搭好一张床,我听见他没有睡着,老是爬下床来,走到那盘醋栗跟前,拿一颗吃一吃。我心想:实际上有多少满足而幸福的人啊!这是一种多么令人沮丧的势力!你们看一看这种生活吧:强者骄横而懒惰,弱者无知而且跟牲畜那样生活着,处处都是叫人没法相信的贫穷、拥挤、退化、酗酒、伪善、撒谎……可是偏偏所有的屋子里也好,街上也好,却一味的心平气和,安安静静。一个城市的五万居民当中竟没有一个人叫喊一声,大声发泄一下他的愤慨。我们看见人们到市场上去买食物,白天吃饭,晚上睡觉,他们说废话,结婚,衰老,心平气和地送死人到墓园去。可是那些受苦受难的人,那些在幕后什么地方正在进行着的人生惨事,我们却没看见,也没听见。处处都安静而太平,提抗议的只有那些没声音的统计表:若干人发了疯,若干桶白酒喝光了,若干儿童死于营养不良……这样的世道显然是必要的,幸福的人所以会感到逍遥自在,显然只是因为那些不幸的

---

① 引自普希金的诗《英雄》,但引文不全,原文是"我们喜爱使人高兴的谎话,胜过喜爱许许多多卑微的真理。"——俄文本编者注

人沉默地背着他们的重担,缺了这种沉默想要幸福就办不到。这是普遍的麻木不仁。每一个幸福而满足的人的房门背后都应当站上一个人,拿一个小锤子经常敲着门,提醒他:天下还有不幸的人,不管他自己怎样幸福,可是生活早晚会向他露出爪子来,灾难早晚会降临:疾病啦,贫穷啦,损失啦,到那时候谁也不会看见谁,谁也不会听见他,就跟现在他看不见别人,听不见别人一样。可是拿小锤子的人却没有,幸福的人无忧无虑地生活下去,日常的小烦恼微微地激动他,就跟微风吹动白杨一样,真是天下太平。

"那天晚上我才明白:我也幸福而满足,"伊万·伊万内奇接着说,站起来了,"我在吃饭和打猎的时候也教导过别人,说应该怎样生活,怎样信仰宗教,怎样驾驭老百姓。我也常说学问是光明,教育是必不可少的,可是对普通人来说,目前只要认得字,能写字,也就够了。我常说:自由是好东西,我们生活中不能没有它,就跟不能没有空气一样,不过我们得等待。对了,我常说那样的话,现在我却要问:'为什么要等?'"伊万·伊万内奇问,生气地瞧着布尔金,"我问你们:为什么要等?根据什么理由?人们就告诉我说:什么事都不是一下子就能办到的;各种思想都要渐渐地到一定的时期才能在生活里实现。可是这话是谁说的?有什么证据能够证明这话对?你们引证事物的自然规律,引证社会现象的合法性,可是我,一个有思想的活人,站在一道壕沟面前,本来也许可以从上面跳过去,或者在上面搭座桥走过去,却偏要等它自动封口,或者等它让淤泥填满,难道这样的事还说得上什么规律和合法性?再说一遍,为什么要等?等到没有了生活的力量才算吗?可是人又非生活不可,而且也渴望生活!

"那一次一清早,我从弟弟家里出来,走了,从此我在城里住着就感到不能忍受。城里的那种和平安静压得我不好受。我不敢看人家的窗子,因为这时候再也没有比幸福的一家人团团围住桌子喝茶的光景更使我难受的了。我已经老了,不适宜做斗争了,我甚至不会憎恨人了。我只能满心地悲伤,生气,烦恼,一到夜里,我的脑子里种种思想纷至沓来,弄得我十分激动,睡不着觉……唉,要是我年轻点就好了!"

伊万·伊万内奇激动得从这个墙角走到那个墙角,反复地说:

"要是我年轻点就好了!"

他忽然走到阿廖欣面前,先是握住他的一只手,后来又握住他的另一只手。

"帕维尔·康斯坦丁内奇!"他用恳求的声调说,"不要心平气和,不要容您自己昏睡!趁您还年轻力壮,血气方刚,要永不疲倦地做好事情!幸福是没有的,也不应当有。如果生活有意义,有目标,那意义和目标就绝不是我们自己的幸福,而是比这更伟大更合理的东西。做好事情吧!"

这些话,伊万·伊万内奇是带着可怜样的、恳求的笑脸说出来的,仿佛他本人为自己请求一桩什么事似的。

然后这三个人在客厅里挑了三张圈椅各据一方坐下来,沉默了。伊万·伊万内奇的故事既没满足布尔金,也没满足阿廖欣。金边镜框里的将军们和太太们在昏光中显得像是活人,低下眼睛来瞧他们,在这样的时候听那个可怜的、吃醋栗的文官的故事觉得乏味得很。不知什么缘故他们很想谈一谈或者听一听高雅的人和女人的事。他们所在的这个客厅里,样样东西,蒙着套子的枝形烛架啦,圈椅啦,脚底下的地毯啦,都在述说如今在镜框里低下眼睛瞧他们的那些人,从前就在这房间里走动过,坐过,喝过茶,现在俊俏的佩拉格娅正在这儿没一点声音地走来走去;这倒比一切故事都美妙得多呢。

阿廖欣困得要命,他一清早两点多钟就起床干农活儿,现在他的眼皮粘在一起了,可是他深怕客人等他走后也许会讲出什么有趣的故事,就流连着没走。他并没细想伊万·伊万内奇刚才所讲的是不是有道理,正确,反正他的客人没谈起麦粒,也没谈起干草,也没谈起煤焦油,所谈的都是跟他的生活没有什么直接关系的事,他不由得暗自高兴,盼望他们接着谈下去才好……

"不过,现在该睡了,"布尔金说,站起来,"请允许我跟你们道一声晚安吧。"

阿廖欣道了晚安,走下楼回到自己的住处去。客人们仍旧待在楼上。他俩被人领到一个大房间里过夜,房间里安着两张旧的雕花木床,墙角有一个象牙的耶稣受难像的十字架。那两张凉快的大床由俊俏的佩拉格娅铺好了被褥,新洗过的床单冒出好闻的气味。

伊万·伊万内奇一声不响地脱掉衣服,躺下。

"主啊,饶恕我们这些罪人吧!"他说,拉过被子来蒙上头。

他的烟斗放在桌子上,冒出一股浓烈的烟草的焦煳气。布尔金很久睡不着觉,不住地纳闷,想不出这股难闻的气味是打哪儿来的。

雨点通宵抽打着窗上的玻璃。

1898 年

【归纳探究】

1. 请回顾小说开头和结尾部分雨天环境的描写,结合故事内容思考环境描写产生的作用。

提示:可从人物塑造、主旨表达、氛围渲染等角度展开。

2. 请注意体会《套中人》《醋栗》两篇小说相似的叙事结构。

3. "人所需要的不是三俄尺土地,也不是一个庄园,而是整个地球,整个大自然,在那广大的天地中人才能够尽情发挥他自由精神的所有品质和特点。"这句话带给了你哪些启示,可以和身边的同学分享。

# 约内奇

【导读】

　　生活在乡村中的尼古拉满意地守护着自己的庄园和醋栗，生活在城镇里的普通知识分子约内奇又渴求着什么呢？让我们走进小说，认识一下这些活得"自在光鲜"的城里人。

## 一

　　每逢到这个省城来的人抱怨这儿的生活枯燥而单调，当地的居民仿佛要替自己辩护似的，就说正好相反，这个城好得很，说这儿有图书馆、剧院、俱乐部，常举行舞会，最后还说这儿有些有头脑的、有趣味的、使人感到愉快的人家，尽可以跟他们来往。他们还提出图尔金家来，说那一家人要算是顶有教养，顶有才气的了。

　　那一家人住在本城大街上自己的房子里，跟省长的官邸相离不远。伊万·彼得罗维奇·图尔金本人是一个胖胖的、漂亮的黑发男子，留着络腮胡子，常常为了慈善性的募捐举办业余公演，自己扮演老年的将军，咳嗽的样儿挺可笑。他知道许多趣闻、谜语、谚语，喜欢开玩笑，说俏皮话，他脸上老是露出这么一种表情:谁也弄不清他是在开玩笑呢,还是说正经话。他的妻子薇拉·约瑟福芙娜是一个身材瘦弱、模样俊俏的夫人,戴着夹鼻眼镜,常写长篇和中篇小说,喜欢拿那些小说当着客人朗诵。女儿叶卡捷琳娜·伊万诺芙娜是一个年轻的姑娘,会弹钢琴。总之,这个家庭的成员各有各的才能。图尔金一家人殷勤好客,而且带着真诚的纯朴,兴致勃勃地在客人面前显露各自的才能。他们那所高大的砖砌的房子宽敞,夏天凉快,一半的窗子朝着一个树木苍郁的老花园,到春天就有夜莺在那儿歌唱。每逢家里来了客人,厨房里就响起叮叮当当的菜刀声,院子里散布一股煎洋葱的气味,这总是预告着一顿丰盛可口的晚餐要开出来了。

当德米特里·约内奇·斯达尔采夫医师刚刚奉派来做地方自治局医师,在离城九俄里以外的嘉里日住下来的时候,也有人告诉他,说他既是有知识的人,那就非跟图尔金家结交不可。冬天,有一天在大街上他经人介绍跟伊万·彼得罗维奇相识了。他们谈到天气、戏剧、霍乱,随后伊万·彼得罗维奇就邀他有空上自己家里来玩。到春天,有一天正逢节期,那是耶稣升天节①,斯达尔采夫看过病人以后,动身到城里去散散心,顺便买点东西。他不慌不忙地走着去(他还没置备马车),一路上哼着歌:

  在我还没喝下生命之杯里的泪珠的时候……②

在城里,他吃过午饭,在公园里逛一阵,后来忽然想起伊万·彼得罗维奇的邀请,仿佛这个念头自动来到他心头似的,他就决定到图尔金家去看看他们是些什么样的人。

"您老好哇?"伊万·彼得罗维奇说,走到门外台阶上来接他,"看见这么一位气味相投的客人驾到,真是高兴得很,高兴得很。请进。我要把您

---

 ① 基督教的节日,在复活节后的第四十日。
 ② 意思是"在我还不懂愁苦的时候……",这是诗人杰尔维格的诗《悲歌》,经另一诗人亚科甫科夫编成歌曲。

介绍给我的贤妻。薇罗琪卡①,我跟他说过,"他接着说,同时把医师介绍给他妻子,"我跟他说过,按照法律他可没有任何理由老是坐在医院的家里,他应该把公余的时间用在社交上才对。对不对,亲爱的?"

"请您坐在这儿吧,"薇拉·约瑟福芙娜说,叫她的客人坐在她身旁,"您满可以向我献献殷勤。我丈夫固然爱吃醋,他是奥赛罗②,不过我们可以做得很小心,叫他一点也看不出来。"

"哎,小母鸡,你这宠坏了的女人,……"伊万·彼得罗维奇温柔地喃喃道,吻了吻她的额头,"您来得正是时候,"他又转过身来对客人说,"我的贤妻写了一部伟乎其大的著作,今天她正打算高声朗诵一遍呢。"

"好让③,"薇拉·约瑟福芙娜对丈夫说,"dites que l'on nous donne du thé."④

斯达尔采夫由他们介绍,跟叶卡捷琳娜·伊万诺芙娜,一个十八岁的姑娘见了面。她长得很像母亲,也瘦弱,俊俏。她的表情仍旧孩子气,腰身柔软而苗条。她那已经发育起来的处女胸脯,健康而美丽,叫人联想到春天,真正的春天。然后他们喝茶,外加果酱、蜂蜜,还有糖果和很好吃的饼干,那饼干一送进嘴里就立时溶掉。等到黄昏来临,别的客人就渐渐来了,伊万·彼得罗维奇用含着笑意的眼睛瞧着每一个客人,说:

"您老好哇?"

然后,大家都到客厅里坐下来,现出很严肃的脸色。薇拉·约瑟福芙娜就朗诵她的长篇小说。她这样开头念:"寒气重了……"窗子大开着,从厨房飘来菜刀的叮当声和煎洋葱的气味……人们坐在柔软的、深深的圈椅里,心平气和。在客厅的昏暗里灯光那么亲切地眯着眼。眼前,在这种夏

---

① 薇拉的爱称。
② 英国剧作家莎士比亚所著剧本《奥赛罗》中的男主人公。他疑妻不贞,杀死了她。
③ 俄文伊万等于法文的让。
④ 法语:叫人给我们拿茶来。

日的黄昏,谈笑声从街头阵阵传来,紫丁香的香气从院子里阵阵飘来,于是寒气浓重的情景和夕阳的冷光照着积雪的平原和独自赶路的行人的情景,就不容易捉摸出来了。薇拉·约瑟福芙娜念到一个年轻美丽的伯爵小姐怎样在自己的村子里办学校,开医院,设立图书馆,怎样爱上一个流浪的画家。她念着现实生活里绝不会有的故事,不过听起来还是很受用,很舒服,使人心里生出美好宁静的思想,简直不想站起来……

"真不赖……"伊万·彼得罗维奇柔声说。

有一位客人听啊听的,心思飞到很远很远的什么地方去了,用低到刚刚能听见的声音说:

"对了……真的……"

一个钟头过去了,又一个钟头过去了。附近,在本城的公园里,有一个乐队在奏乐,歌咏队在唱歌。薇拉·约瑟福芙娜合上她的稿本,大家沉默五分钟,听着歌咏队合唱的《卢契努希卡》,那支歌道出了小说里所没有的,实生活里所有的情趣。

"您把您的作品送到杂志上发表吗?"斯达尔采夫问薇拉·约瑟福芙娜。

"不,"她回答,"我从来不拿出去发表。我写完,就藏在柜子里头。何必发表呢?"她解释道,"要知道,我们已经足可以维持生活了。"

不知因为什么缘故,人人叹一口气。

"现在,科契克①,你来弹个什么曲子吧。"伊万·彼得罗维奇对女儿说。

钢琴的盖子掀开,乐谱放好,翻开。叶卡捷琳娜·伊万诺芙娜坐下来,两只手按琴键,然后使足了气力按,按了又按,她的肩膀和胸脯颤抖着。她一个劲儿地按同一个地方,仿佛她不把那几个琴键按进琴里面去就决不罢

---

① 叶卡捷琳娜的爱称。

休似的。客厅里满是铿锵声,仿佛样样东西,地板啦,天花板啦,家具啦……都发出轰隆轰隆的响声。叶卡捷琳娜·伊万诺芙娜正在弹一段很难的曲子,那曲子所以有趣味就因为它难,它又长又单调。斯达尔采夫听着,幻想许多石块从高山上落下来,一个劲儿地往下落,他巴望着那些石块快点停住,别再落了才好。同时,叶卡捷琳娜·伊万诺芙娜紧张地弹着,脸儿绯红,劲头很大,精力饱满,一绺卷发披下来盖在她的额头,很招他喜欢。他在嘉里日跟病人和农民一块儿过了一冬,现在坐在这客厅里,看着这年轻的、文雅的,而且多半很纯洁的人,听着这热闹的、冗长的、可又高雅的乐声,这是多么愉快,多么新奇啊……

"嗯,科契克,你以前从没弹得像今天这么好,"当女儿弹完,站起来的时候,伊万·彼得罗维奇说,眼里含着一汪眼泪,"死吧,丹尼司,你再也写不出更好的东西来了。"①

大家围拢她,向她道贺,表示惊奇,说他们有很久没听到过这么好的音乐了。她默默地听着,微微地笑,周身显出得意的神态。

"妙极了!好极了!"

"好极了!"斯达尔采夫受到大家的热情的感染,说,"您是在哪儿学的音乐?"他问叶卡捷琳娜·伊万诺芙娜,"是在音乐学院吗?"

"不,我刚在准备进音乐学院,眼下我在家里跟扎夫洛芙斯卡娅太太学琴。"

"您在这儿的中学毕业了?"

"哦,没有!"薇拉·约瑟福芙娜替她回答,"我们在家里请了老师。您会同意,在普通中学或者贵族女子中学里念书说不定会受到坏影响。年轻的女孩子正当发育的时候是只应该受到母亲的影响的。"

---

① 这是极高的赞语,似是波乔木金公爵对伟大的俄罗斯剧作家冯维辛说的,那是在一八七二年喜剧《纨绔少年》初次公演以后。

"可是,我还是要进音乐学院。"叶卡捷琳娜·伊万诺芙娜说。

"不,科契克爱她的妈妈。科契克不会干伤爸爸妈妈心的事。"

"不嘛,我要去!我要去!"叶卡捷琳娜·伊万诺芙娜逗趣地说,耍脾气,还跺了一下脚。

吃晚饭的时候,轮到伊万·彼得罗维奇来显才能了。他眼笑脸不笑地谈趣闻,说俏皮话,提出一些荒谬可笑的问题,自己又解答出来。他始终用一种他独有的奇特语言高谈阔论,那种语言经长期的卖弄俏皮培养成功,明明早已成了他的习惯:什么"伟乎其大"啦,"真不赖"啦,"一百二十万分地感谢您"啦,等等。

可是这还没完。等到客人们酒足饭饱,心满意足,聚集在前厅,拿各人的大衣和手杖,他们身旁就来了个听差帕夫卢沙,或者,按照这家人对他的称呼,就是巴瓦,一个十四岁的男孩,头发剪得短短的,脸蛋儿胖胖的。

"喂,巴瓦,表演一下!"伊万·彼得罗维奇对他说。

巴瓦就拉开架势,向上举起一只手,用悲惨惨的声调说:"苦命的女人,死吧!"

大家就哈哈大笑。

"真有意思。"斯达尔采夫走到街上,想道。

他又走进一个酒店,喝点啤酒,然后动身回家,往嘉里日走去。一路上,他边走边唱:

在我听来,你的声音那么亲切,那么懒散……①

走完九俄里路,上了床,他却一丁点倦意也没有,刚好相反,他觉得自己仿佛能够高高兴兴地再走二十俄里似的。

"真不赖……"他想,笑着昏昏睡去。

---

① 这是普希金抒情诗《夜》中的一行,在谱成歌曲时作曲家已略加更动。原句不是这样,而是"在你听来,我的声音那么亲切,那么懒散……"

## 二

斯达尔采夫老是打算到图尔金家去玩,不过医院里的工作很繁重,他无论如何也抽不出空闲工夫来。就这样,有一年多的时间在辛劳和孤独中过去了。可是有一天,他接到城里来的一封信,装在淡蓝色信封里……

薇拉·约瑟福芙娜害偏头痛①,可是最近科契克天天吓唬她,说是她要进音乐学院,那病就越发常犯了。全城的医师都给请到图尔金家去过,最后就轮到了地方自治局医师。薇拉·约瑟福芙娜写给他一封动人的信,信上求他来一趟,解除她的痛苦。斯达尔采夫去了,而且从此以后常常,常常上图尔金家去……他果然给薇拉·约瑟福芙娜略微帮了点忙,她已经在对所有的客人说他是个不同凡响的、医道惊人的医师了。不过,现在他上图尔金家去,却不再是为了医治她的偏头痛了……

那天正逢节日。叶卡捷琳娜·伊万诺芙娜坐在钢琴前弹完了她那冗长乏味的练习曲。随后他们在饭厅里坐了很久,喝茶,伊万·彼得罗维奇讲了个逗笑的故事。后来,门铃响了,伊万·彼得罗维奇得上前厅去迎接客人。趁这一时的杂乱,斯达尔采夫十分激动地低声对叶卡捷琳娜·伊万诺芙娜说:

"我求求您,看在上帝面上,别折磨我,到花园里去吧!"

她耸耸肩头,仿佛觉得莫名其妙,不明白他要拿她怎么样似的。不过她还是站起来,去了。

"您一弹钢琴就要弹上三四个钟头,"他跟在她的后面走着,说,"然后您陪您母亲坐着,简直没法跟您讲话。我求求您,至少给我一刻钟的工夫

---

① 偏头痛是一种神经性的头痛。

221

也好。"

秋天来了,古老的花园里宁静而忧郁,黑色的树叶盖在人行道上。天已经提早黑下来了。

"我有整整一个星期没看见您,"斯达尔采夫接着说,"但愿您知道那是多么苦就好了!请坐。请您听我说。"

在花园里,他们两个人有一个喜欢流连的地方:一棵枝叶繁茂的老枫树底下的一个长凳。这时候他们就在长凳上坐下来。

"您有什么事?"叶卡捷琳娜·伊万诺芙娜用办公事一样的口吻干巴巴地问。

"我有整整一个星期没看见您了,我有这么久没听见您的声音。我想念得好苦,我一心巴望着听听您说话的声音。那您就说吧。"

她那份娇嫩,她那眼睛和脸颊的天真神情,迷住了他。就是在她的装束上,他也看出一种与众不同的妩媚,由于朴素和天真烂漫的风韵而动人。同时,尽管她天真烂漫,在他看来,她却显得很聪明,很开朗,超过她目前的年龄了。他能够跟她谈文学,谈艺术,想到什么就跟她谈什么,还能够对她发牢骚,抱怨生活,抱怨人们,不过,在这种严肃的谈话的半中央,有时候她会忽然没来由地笑起来,或者跑回房里去。她跟这城里的差不多所有的女孩子一样,看过很多书(一般说来本城的人是不大看书的,本地图书馆里的人说,要不是因为有这些女孩子和年轻的犹太人,图书馆尽可以关掉)。这使得斯达尔采夫无限的满意,每回见面,他总要兴奋地问她最近几天看了什么书,等到她开口讲起来,他就听着,心里发迷。

"自从我上回跟您分别以后,这个星期您看过什么书?"他现在问,"说一说吧,我求求您了。"

"我一直在看皮谢姆斯基[①]写的书。"

---

[①] 皮谢姆斯基(1821—1881),俄国批判现实主义作家。

"究竟是什么书呢?"

"《一千个农奴》,"科契克回答,"皮谢姆斯基的名字真可笑,叫什么阿列克谢·菲奥菲拉克特奇!"

"您这是上哪儿去啊?"斯达尔采夫大吃一惊,因为她忽然站起来,朝房子那边走去,"我得跟您好好谈一谈才行,我有话要说……哪怕再陪我坐上五分钟也行,我央求您了!"

她站住,好像要说句话,后来却忸怩地把一张字条塞在他手里,跑回正房,又坐到钢琴那儿去了。

"请于今晚十一时,"斯达尔采夫念道,"赴墓园,于杰梅季墓碑附近相会。"

"哼,这可一点也不高明,"他暗想,清醒过来,"为什么挑中了墓场?这是什么意思呢?"

这是明明白白的:科契克在开玩笑。说真的,既然城里有大街和本城的公园可以安排做相会的地方,那么谁会正正经经地想起来约人三更半夜跑到离城那么远的墓园去相会?他身为地方自治局医师,又是明情达理的稳重人,却唉声叹气,接下字条,到墓园去徘徊,做出现在连中学生都会觉得可笑的傻事,岂不丢脸?这番恋爱会弄到什么下场呢?万一他的同事听到这种事,会怎么说呢?这些,是斯达尔采夫在俱乐部里那些桌子旁边走来走去,心中暗暗想着的,可是到十点半钟,他却忽然动身上墓园去了。

他已经买了一对马,还雇了一个车夫,名叫潘捷列伊蒙,穿一件丝绒的坎肩。月光照耀着。空中没有一丝风,天气暖和,然而是秋天的那种暖和。城郊屠宰场旁边,有狗在叫。斯达尔采夫叫自己的车子停在城边一条巷子里,自己步行到墓园去。"各人有各人的怪脾气,"他想,"科契克也古怪,谁知道呢?说不定她不是在开玩笑,也许倒真会来呢。"他沉湎于这种微弱空虚的希望,这使得他陶醉了。

他在田野上走了半俄里路。远处,墓园现出了轮廓,漆黑的一长条,跟树林或大花园一样。白石头的围墙显露出来,大门也看得见了……借了月光可以看出大门上的字:"大限临头……"斯达尔采夫从一个小门走进去,头一眼看见的是宽阔的林荫路两边的白十字架、墓碑以及它们和白杨的阴影。四外远远的地方,可以看见一团团黑东西和白东西,沉睡的树木垂下枝子来凑近白石头。仿佛这儿比田野上亮一点似的,枫树的树叶印在林阴路的黄沙土上,印在墓前的石板上,轮廓分明,跟野兽的爪子一样,墓碑上刻的字清清楚楚。初一进来,斯达尔采夫看着这情景惊呆了,这地方,他还是生平第一次来,这以后大概也不会再看见:这是跟人世不一样的另一个天地,月光柔和美妙,就跟躺在摇篮里睡熟了似的,在这个世界里没有生命,无论什么样的生命都没有,不过每棵漆黑的白杨、每个坟堆,都使人感到其中有一种神秘,它应许了一种宁静、美丽、永恒的生活。石板、残花、连同秋叶的清香都在倾吐着宽恕、悲伤、安宁。

四周一片肃静。星星从天空俯视这深奥的温顺。斯达尔采夫的脚步声很响,这跟四周的气氛不相称。直到教堂的钟声响起来,而且他想象自己死了,永远埋在这儿了,他这才感到仿佛有人在瞧他。一刹那间他想到这不是什么安宁和恬静,只不过是由空无所有而产生的不出声的愁闷和断了出路的绝望罢了……

杰梅季墓碑的形状像一个小礼拜堂,顶上立着一个天使。从前有一个意大利歌剧团路过这个城,团里有一个女歌手死了,就葬在这儿,造了这墓碑。本城的人谁也不记得她了,可是墓门上边的油灯反映着月光,仿佛着了火似的。

这儿一个人也没有。当然,谁会半夜上这儿来呢?可是斯达尔采夫等着。仿佛月光点燃他的热情似的,他热情地等着,暗自想象亲吻和拥抱的情景。他在墓碑旁边坐了半个钟头,然后在侧面的林荫路上走来走去,手里拿着帽子,等着,想着这些坟堆里不知埋葬了多少妇人和姑娘,她们原先美丽妩媚,满腔热情,每到深夜便给热情燃烧着,浸沉在温存抚爱里。说真的,大自然母亲多么歹毒地耍弄人!想到这里觉得多么委屈啊!斯达尔采夫这样暗想着,同时打算呐喊一声,说他需要爱情,说他不惜任何代价一定要等着爱情。在他看来,在月光里发白的不再是一方方大理石,却是美丽的肉体。他看见树阴里有些人影怕难为情地躲躲闪闪,感到她们身上的温暖。这种折磨叫人好难受啊……

仿佛一块幕落下来似的,月亮走到云后面去,忽然间四周全黑了。斯达尔采夫好容易才找到门口(这时候天色漆黑,而秋夜总是这么黑的)。后来他又走了一个半钟头光景才找到停车的巷子。

"我累了。我的脚都站不稳了。"他对潘捷列伊蒙说。

他舒舒服服地在马车上坐下,暗想:

"唉,我这身子真不该发胖!"

## 三

第二天黄昏,他到图尔金家里去求婚。不料时机不凑巧,叶卡捷琳娜·伊万诺芙娜正在自己的房间里由一个理发匠为她理发。她正准备到俱乐部去参加跳舞晚会。

他只好又在饭厅里坐着,喝了很久的茶。伊万·彼得罗维奇看出客人有心事,烦闷,就从坎肩的口袋里掏出一封可笑的信来,那是由管理田庄的一个日耳曼人写来的,说是"在庄园里所有的铁器已经毁灭,黏性自墙上掉下"[①]。

---

[①] 意思是:"铁门都坏了,墙上的泥灰剥落了。"

"他们大概会给一笔丰厚的嫁资。"斯达尔采夫想,心不在焉地听着。

一夜没睡好,他发觉自己老是发呆,仿佛有人给他喝了很多催眠的甜东西似的。他心里昏昏沉沉,可是高兴、热烈,同时脑子里有一块冰冷而沉重的什么东西在争辩:

"趁现在时机不迟,赶快罢手!难道她可以做你的对象吗?她娇生惯养,撒娇使性,天天睡到下午两点钟才起床,你呢,是教堂执事的儿子,地方自治局医师……"

"哎,那有什么关系?"他想,"我不在乎。"

"况且,要是你娶了她,"那块东西接着说,"那么她家的人会叫你丢掉地方自治局的工作,住到城里来。"

"哎,那有什么关系?"他想,"要住在城里就住在城里好了。他们会给一笔嫁资,我们可以挺好地成个家……"

最后,叶卡捷琳娜·伊万诺芙娜走进来,穿着参加舞会的袒胸露背的礼服,看上去又漂亮又利落。斯达尔采夫看得满心爱慕,出了神,一句话也说不出来,光是瞧着她傻笑。

她告辞。他呢,现在没有理由再在这儿待下去了,就站起来,说是他也该回家去了,病人在等着他。

"那也没法留您了,"伊万·彼得罗维奇说,"去吧,请您顺便送科契克到俱乐部去。"

外面下起了小雨,天色很黑,他们只有凭着潘捷列伊蒙的嘶哑的咳嗽声才猜得出马车在哪儿。车篷已经支起来了。

"我在地毯上走,你在说假话的时候走……"伊万·彼得罗维奇一面搀他女儿坐上马车,一面说,"他在说假话的时候走……走吧!再见!"

他们坐车走了。

"昨天我到墓园去了,"斯达尔采夫开口说,"您啊,好狠心,好刻薄……"

"您真到墓园去了?"

"对了,我去了,等到差不多两点钟才走。我好苦哟……"

"您既不懂开玩笑,那就活该吃苦。"

叶卡捷琳娜·伊万诺芙娜想到这么巧妙地捉弄了一个爱上她的男子,想到人家这么强烈地爱她,心里很满意,就笑起来,可是忽然惊恐地大叫一声,因为这当儿马车猛地转弯走进俱乐部的大门,车身歪了一下。斯达尔采夫伸出胳膊去搂住叶卡捷琳娜·伊万诺芙娜的腰。她吓慌了,就依偎着他,他呢,情不自禁,热烈地吻她的嘴唇和下巴,把她抱得更紧了。

"别再闹了。"她干巴巴地说。

过了一会儿,她不在马车里了。俱乐部的灯光辉煌的大门附近站着一个警察,用一种难听的口气对潘捷列伊蒙嚷道:

"你停在这儿干什么,你这呆鸟? 快把车赶走!"

斯达尔采夫坐车回家去,可是不久就又回来了。他穿一件别人的晚礼服,戴一个白色硬领结,那领结不知怎的老是翘起来,一味要从领口上滑开。午夜时分,他坐在俱乐部的休息室里,迷恋地对叶卡捷琳娜·伊万诺芙娜说:

"噢,凡是从没爱过的人,哪儿会懂得什么叫作爱! 依我看来,至今还没有人真实地描写过爱情,那种温柔的、欢乐的、痛苦的感情恐怕根本就没法描写出来;凡是领略过那种感情的人,哪怕只领略过一回,也绝不会打算用语言把它表白出来。不过,何必讲许多开场白,何必渲染呢? 何必讲许多好听的废话呢? 我的爱是无边无际的……我请求,我恳求您,"斯达尔采夫终于说出口,"做我的妻子吧!"

"德米特里·约内奇,"叶卡捷琳娜·伊万诺芙娜想了一想,现出很严肃的表情说,"德米特里·约内奇,承蒙不弃,我感激得很。我尊敬您,不

227

过……"她站起来,立在那儿接着说,"不过,原谅我,我不能做您的妻子。我们来严肃地谈一谈。德米特里·约内奇,您知道,我爱艺术胜过爱生活里的任什么东西,我爱音乐爱得发疯,我崇拜音乐,我已经把我的一生献给它了。我要做一个艺术家,我要名望,成功,自由。您呢,却要我在这城里住下去,继续过这种空洞无益的生活,这种生活我受不了。做太太,啊,不行,原谅我!人得朝一个崇高光辉的目标奋斗才成,家庭生活会从此缚住我的手脚。德米特里·约内奇,"(她念到他的名字就微微一笑,这个名字使她想起了"阿列克谢·菲奥菲拉克特奇"。)"德米特里·约内奇,您是聪明高尚的好人,您比谁都好……"眼泪涌上她的眼眶,"我满心感激您,不过……不过您得明白……"

她掉转身去,走出休息室,免得自己哭出来。

斯达尔采夫的心停止了不安的悸跳。他走出俱乐部,来到街上,首先扯掉那硬领结,长吁一口气。他有点难为情,他的自尊心受了委屈(他没料到会受到拒绝),他不能相信他的一切梦想、希望、渴念,竟会弄到这么一个荒唐的结局,简直跟业余演出的什么小戏里的结局一样。他为自己的感情难过,为自己的爱情难过,真是难过极了,好像马上就会痛哭一场,或者拿起伞来使劲敲一顿潘捷列伊蒙的宽阔的背脊似的。

接连三天,他什么事也没法做,吃不下,睡不着。可是等到消息传来,说是叶卡捷琳娜·伊万诺芙娜已经到莫斯科去进音乐学院了,他倒定下心来,照以前那样生活下去了。

后来,他有时候回想以前怎样在墓园里漫步,怎样坐着马车跑遍全城找一套晚礼服,他就懒洋洋地伸个懒腰,说:

"唉,惹出过多少麻烦!"

## 四

四年过去了。斯达尔采夫在城里的医疗业务已经很繁忙。每天早晨他匆匆忙忙地在嘉里日给病人看病,然后坐车到城里给病人看病。这时候他的马车已经不是由两匹马而是由三匹系着小铃铛的马拉着了。他要到夜深才回家去。他已经发胖,不大愿意走路,因为他害气喘病了。潘捷列伊蒙也发胖。他的腰身越宽,他就越发悲凉地叹气,抱怨自己命苦:赶马车!

斯达尔采夫常到各处人家去走动,会见很多的人,可是跟谁也不接近。城里人那种谈话,那种对生活的看法,甚至那种外表,都惹得他不痛快。经验渐渐教会他:每逢他跟一个城里人打牌或者吃饭,那个人多半还算得上是一个温顺的、好心肠的,甚至并不愚蠢的人,可是只要话题不是吃食,比方转到政治或者科学方面来,那人一定会茫然不懂,或者讲出一套愚蠢恶毒的大道理来,弄得他只好摆一摆手,走掉了事。斯达尔采夫哪怕跟思想开通的城里人谈起天来,比方谈到人类,说是谢天谢地,人类总算在进步,往后总有一天可以取消公民证和死刑了,那位城里人就会斜起眼来狐疑地看他,问道:"那么到那时候人就可以在大街上随意杀人?"斯达尔采夫在交际场合中,遇着喝茶或者吃晚饭的时候,说到人必须工作,说到生活缺了劳动就不行,大家就会把那些话当作训斥,生起气来,反复争辩。虽然这样,可是那些城里人还是什么也不干,一点事也不做,对什么都不发生兴趣,因此简直想不出能跟他们谈什么事。斯达尔采夫就避免谈话,只限于吃点东西或者玩"文特"。遇上谁家有喜庆的事请客,他被请去吃饭,他就一声不响地坐着吃,眼睛瞧着自己的碟子。筵席上大家讲的话,全都没意思、不公道、无聊。他觉得气愤,激动,可是一句话也不说。因为他老是保持阴郁的沉默,瞧着菜碟,城里人就给他起了个绰号叫"架子大的波兰人",其实他根本不是波兰人。

像戏剧或者音乐会一类的娱乐,他是全不参加的,不过他天天傍晚一定玩三个钟头的"文特",倒也玩得津津有味。他还有一种娱乐,那是他不知不觉渐渐养成习惯的:每到傍晚,他总要从衣袋里拿出看病赚来的钞票细细地清点,那都是些黄的和绿的票子,有的带香水味,有的带香醋①味,有的带熏香②味,有的带鱼油味,有时候所有的衣袋里都塞得满满的,约莫有七十个卢布,等到凑满好几百,他就拿到互相信用公司去存活期存款。

叶卡捷琳娜·伊万诺芙娜走后,四年中间他只到图尔金家里去过两次,都是经薇拉·约瑟福芙娜请去的,她仍旧在请人医治偏头痛。每年夏天叶卡捷琳娜·伊万诺芙娜回来跟爹娘同住在一块儿,可是他没跟她见过一回面,不知怎的,两回都错过了。

不过现在,四年过去了。一个晴朗温暖的早晨,一封信送到医院里来。薇拉·约瑟福芙娜写信给德米特里·约内奇说,她很惦记他,请他一定去看她,解除她的痛苦,顺便提到今天是她的生日。信后还附着一笔:"我附和我母亲的邀请。"

斯达尔采夫想了一想,傍晚就到图尔金家里去了。

"啊,您老好哇?"伊万·彼得罗维奇迎接他,眼笑脸不笑,"彭茹尔杰。③"

薇拉·约瑟福芙娜老得多了,头发白了许多,跟斯达尔采夫握手,装模作样地叹气,说:

---

① 一种化妆品,洗脸时和在水里用。
② 一种带香味的树脂,在举行宗教上的礼拜式时烧出烟来。
③ 把法语 Bonjour(您好)加上了俄语语法,意在取笑。

"您不愿意向我献殷勤了,大夫。我们这儿您也不来了。我太老,配不上您了。不过现在有个年轻的来了,也许她运气会好一点也说不定。"

科契克呢?她瘦了,白了,可也更漂亮更苗条了。不过现在她是叶卡捷琳娜·伊万诺芙娜,不是科契克了,她失去旧日的朝气和那种稚气的天真烂漫神情。她的目光和神态有了点新的东西,一种惭愧的、拘谨的味儿,仿佛她在图尔金家里是做客似的。

"过了多少夏天,多少冬天啊!"她说,向斯达尔采夫伸出手。他看得出她兴奋得心跳,她带着好奇心凝神瞧着他的脸,接着说:"您长得好胖!您晒黑了,男人气概更足了,不过大体看来,您还没怎么大变。"

这时候,他也觉得她动人,动人得很,不过她缺了点什么,再不然就是多了点什么,他自己也说不清究竟怎么回事了,可是有一种什么东西作梗,使他生不出从前那种感觉来了。他不喜欢她那种苍白的脸色、新有的神情、淡淡的笑容、说话的声音,过不久就连她的衣服,她坐的那张安乐椅,他也不喜欢了。他回想过去几乎要娶她的时候所发生的一些事,他也不喜欢。他想起四年以前使得他激动的那种热爱、梦想、希望,他觉得不自在了。

他们喝茶,吃甜馅饼。然后薇拉·约瑟福芙娜朗诵一部小说。她念着生活里绝不会有的事,斯达尔采夫听着,瞧着她的美丽的白发,等她念完。

"不会写小说,"他想,"不能算是蠢。写了小说而不藏起来,那才是蠢。"

"真不赖。"伊万·彼得罗维奇说。

然后叶卡捷琳娜·伊万诺芙娜在钢琴那儿弹了很久,声音嘈杂。等到她弹完,大家费了不少工夫向她道谢,称赞她。

"幸好我没娶她。"斯达尔采夫想。

她瞧着他,明明希望他请她到花园里去,可是他却一声不响。

"我们来谈谈心，"她走到他面前说，"您过得怎么样？您在做些什么事？境况怎么样？这些日子我一直在想您，"她神经质地说下去，"我原本想写信给您，原来想亲自上嘉里日去看您。我已经下决心要动身了，可是后来变了卦，上帝才知道现在您对我是什么看法。我今天多么兴奋地等着您来。看在上帝面上，我们到花园里去走走吧。"

他们走进花园，在那棵老枫树底下的长凳上坐下来，跟四年前一样。天黑了。

"您过得怎么样？"叶卡捷琳娜·伊万诺芙娜问。

"没什么，马马虎虎。"斯达尔采夫回答。

他再也想不出别的话来。他们沉默了。

"我兴奋得很，"叶卡捷琳娜·伊万诺芙娜说，用双手蒙住脸，"不过您也别在意。我回到家来，那么快活。看见每一个人，我那么高兴，我还没有能够习惯。这么多的回忆！我觉得我们说不定会一口气谈到天明呢。"

现在他挨近了看着她的脸、她那放光的眼睛。在这儿，在黑暗里，她比在房间里显得年轻，就连她旧有那种孩子气的神情好像也回到她脸上来了。实在，她也的确带着天真的好奇神气瞧他，仿佛要凑近一点，仔细看一看而且了解一下这个原先那么热烈那么温柔地爱她，却又那么不幸的男子似的。为了那种热爱，她的眼睛在向他道谢。于是他想起以前那些事情，想起最小的细节：他怎样在墓园里走来走去，后来快到早晨怎样筋疲力尽地回到家。他忽然感到悲凉，为往事惆怅了。他的心里开始点起一团火。

"您还记得那天傍晚我怎样送您上俱乐部去吗？"他说，"那时候下着雨，天挺黑……"

他心头的热火不断地烧起来，他要诉说，要抱怨生活……

"唉！"他叹道，"刚才您问我过得怎么样。我们在这儿过的是什么生活哟？哼，简直算不得生活。我们老了，发胖了，泄气了。白昼和夜晚，一天天地过去,生活悄悄地溜掉,没一点光彩,没一点印象,没一点思想……白天,赚钱,傍晚呢,去俱乐部。那伙人全是牌迷,酒鬼,嗓音嘶哑的家伙,我简直受不了。这生活有什么好呢?"

"可是您有工作,有生活的崇高目标啊。往常您总是那么喜欢谈您的医院。那时候我却是个怪女孩子,自以为是伟大的钢琴家。其实,现在凡是年轻的小姐都弹钢琴,我也跟别人一样地弹,我没有什么与众不同的地方,我那种弹钢琴的本事就如同我母亲写小说的本事一样。当然,我那时候不了解您,不过后来在莫斯科,我却常常想到您。我只想念您一个人。做一个地方自治局医师,帮助受苦的人,为民众服务,那是多么幸福。多么幸福啊!"叶卡捷琳娜·伊万诺芙娜热烈地反复说着,"我在莫斯科想到您的时候,您在我心目中显得那么完美,那么崇高……"

斯达尔采夫想起每天晚上从衣袋里拿出钞票来,津津有味地清点,他心里那团火就熄灭了。

他站起来,要走回正房去。她挽住他的胳膊。

"您是我生平所认识的人当中最好的人,"她接着说,"我们该常常见面,谈谈心,对不对?答应我。我不是什么钢琴家,我已经不夸大我自己。我不会再在您面前弹琴,或者谈音乐了。"

他们回到正房,斯达尔采夫就着傍晚的灯光瞧见她的脸,瞧见她那对凝神细看的、悲哀的、感激的眼睛看着他,他觉得不安起来,又暗自想道:"幸亏那时候我没娶她。"

他告辞。

"按照罗马法,您可没有任何理由不吃晚饭就走,"伊万·彼得罗维奇一面送他出门,一面说,"您这态度完全是垂直线。喂,现在,表演一下吧!"他在前厅对巴瓦说。

巴瓦不再是小孩子,而是留了上髭的青年了。他拉开架势,扬起胳膊,用悲惨惨的声调说：

"苦命的女人,死吧!"

这一切都惹得斯达尔采夫不痛快。他坐上马车,瞧着从前为他所珍爱宝贵的乌黑的房子和花园,一下子想到了那一切情景,薇拉·约瑟福芙娜的小说、科契克的热闹的琴声、伊万·彼得罗维奇的俏皮话、巴瓦的悲剧姿势,他心想：这些全城顶有才能的人尚且这样浅薄无聊,那么这座城还会有什么道理呢?

三天以后,巴瓦送来一封叶卡捷琳娜·伊万诺芙娜写的信。她写道：

> 您不来看我们。为什么?我担心您别是对我们变了心吧。我担心,我一想到这个就害怕。您要叫我安心才好,来吧,告诉我说并没出什么变化。
>
> 我得跟您谈一谈。——您的叶·图。

他看完信,想一想,对巴瓦说：

"伙计,你回去告诉她们,说今天我不能去,我很忙。就说过三天我再去。"

可是三天过去了,一个星期过去了,他始终没有去。有一回他坐着车子凑巧路过图尔金家,想起来他该进去坐一坐才对,可是想了一想……还是没有进去。

从此,他再也没到图尔金家里去过。

## 五

又过了好几年。斯达尔采夫长得越发肥胖,满身脂肪,呼吸困难,喘不过气来,走路脑袋往后仰了。每逢他肥肥胖胖、满面红光地坐上铃声叮当、由三匹马拉着的马车出门,同时那个也是肥肥胖胖、满面红光的潘捷列伊蒙挺直长满了肉的后脑壳,坐上车夫座位,两条胳膊向前平伸,仿佛是木头做的一样,而且向过路的行人嚷着:"靠右,右边走!"那真是一幅动人的图画,别人会觉得这坐车的不是人,却是一个异教的神①。在城里,他的生意忙得很,连歇气的工夫也没有。他已经有一个田庄、两所城里的房子,正看中第三所合算的房子。每逢他在互相信用公司里听说有一所房子正在出卖,他就不客气地走进那所房子,走遍各个房间,也不管那些没穿好衣服的妇女和孩子惊愕张皇地瞧着他,用手杖戳遍各处的房门,说:

"这是书房?这是寝室?那么这是什么房间?"

他一面走着说着,一面喘吁吁,擦掉额头上的汗珠。

他有许多事要办,可是仍旧不放弃地方自治局的职务。他贪钱,恨不得这儿那儿都跑到才好。在嘉里日也好,在城里也好,人家已经简单地称呼他"约内奇":"这个约内奇要上哪儿去?"或者,"要不要请约内奇来会诊?"

大概因为他的喉咙那儿叠着好几层肥油吧,他的声调变了,他的语声又细又尖。他的性情也变了,他变得又凶又暴。他给病人看病,总是发脾气。他急躁地用手杖敲地板,用他那种不入耳的声音嚷道:

"请您光是回答我问的话!别说废话!"

他单身一个人。他过着枯燥无味的生活,他对什么事也不发生兴趣。

他在嘉里日前后所住的那些年间,只有对科契克的爱情算是他唯一的快活事,恐怕也要算是最后一回的快活事。到傍晚,他总上俱乐部去玩"文特",然后独自坐在一张大桌子旁边,吃晚饭。伊万,服务员当中年纪顶大也顶有规矩的一个,伺候他,给他送去"第十七号拉菲特"酒。俱乐部里每一个人,主任也好,厨师也好,服务员也好,都知道他喜欢什么,不喜

---

① 指木雕的偶像。

什么,就想尽方法极力迎合他,要不然,说不定他就会忽然大发脾气,拿起手杖来敲地板。

他吃晚饭的时候,偶尔回转身去,在别人的谈话当中插嘴:

"你们在说什么?啊?说谁?"

遇到邻桌有人提到图尔金家,他就问:

"你们说的是哪个图尔金家?你们是说有个女儿会弹钢琴的那一家吗?"

关于他,可以述说的,都在这儿了。

图尔金家呢?伊万·彼得罗维奇没有变老,一丁点儿都没变,仍旧爱说俏皮话,讲掌故。薇拉·约瑟福芙娜也仍旧兴致勃勃地朗诵她的小说给客人听,念得动人而朴实。科契克呢,天天弹钢琴,一连弹四个钟头。她明显地见老了,常生病,年年秋天跟母亲一块儿上克里米亚去。伊万·彼得罗维奇送她们上车站,车一开,他就擦眼泪,嚷道:

"再会啰!"

他挥动他的手绢。

1898年

【归纳探究】

1. 小说中运用了对比的手法展现约十几年间发生的变化,这期间约内奇和叶卡捷琳娜从外到内发生了哪些变化呢?请结合小说内容谈一谈。

2. 请结合本专题,思考这一时期契诃夫创作中体现的人文思想和理念。

# 阅读评估

读完《契诃夫短篇小说选》，相信你一定收获颇丰，接下来，就请你回顾一下自己的阅读成果，在此基础上，完成下面的评估活动。

活动一：梳理阅读成果

1. 浏览"阅读进程计划表"，回顾自己的阅读经历，给自己点个赞，或在小伙伴的读书群、朋友圈分享自己的"小骄傲"。

2. 与同学分享自己的人物漫画图册、"跨越时空的互动"，听听其他同学的鼓励和建议，进一步完善自己的阅读成果。

活动二：推荐漫画展

1. 如果将同学们的个性展区叠加在一起会产生怎样的效果呢？请班级同学共同筹划一次升级版"契诃夫小说人物漫画展"。应该设计哪些专题展区？如何安排不同同学的漫画作品？期待大家的奇思妙想。

2. 请你和同学合作，设计一本电子版"漫画展展览导引手册"，提前为观看展览的观众介绍展览相关信息。

提示：可以参考参观展览时剧场提供的纸质版导览手册。

活动三：重逢契诃夫　遇见更好的自己

相信在阅读这本小说选的时候，透过形形色色人物的喜乐悲欢，你一定很多次惊叹于契诃夫高超精妙的语言艺术，感动于他谦逊善良、仁慈而又悲悯的内心世界。请用一段最真诚的文字表达他带给你的美好阅读体验和心灵成长吧，让更多的人了解他、欣赏他，也让更多的人了解你、欣赏你。

# 阅读链接

一、作家介绍

安东·巴甫洛维奇·契诃夫(1860—1904),十九世纪末俄国著名的小说家、剧作家,他的作品深刻地批判了那一时代的社会现实与世态人情,对二十世纪及以后的小说和戏剧创作产生了深远的影响。

契诃夫的短篇小说成就尤为突出,他与法国的莫泊桑、美国的欧·亨利并称为"世界三大短篇小说巨匠"。契诃夫的创作语言简练幽默,情节生动巧妙,对社会现实的刻画入木三分、发人深省,冷静的文字背后是触及真善美的、明亮温暖的人文情感与关怀。早期代表作有《一个文官的死》《变色龙》《苦恼》,中晚期代表作有《第六病室》《套中人》,戏剧代表作有《海鸥》《万尼亚舅舅》《三姊妹》《樱桃园》等。

在世界文坛上,契诃夫的艺术成就举世公认,列夫·托尔斯泰、高尔基、托马斯·曼等著名作家都高度评价了他的作品,在中国,鲁迅、茅盾、巴金等我们熟悉的作家亦是如此。如今,契诃夫作品的中译本已经走进了越来越多人的阅读视野,作品中始终洋溢着的、超越时空的人性关怀感动着并将继续影响更多的人。

二、作家评价

契诃夫的死对我们来说是一个巨大的损失,除了无与伦比的艺术家外，它还使我们失去了一个美好、真诚和正派的人。

——列夫·托尔斯泰

契诃夫是个批判现实主义作家，他善于从日常生活中间暴露资本主义社会的矛盾，并进而挖出这个制度在普通人的意识领域内扎下的毒根；契诃夫痛切地讽刺了知识分子的利己主义、软弱动摇、孤高自赏等等劣根性，所有这一切，即使在今天，也还有它的实际的教育意义。

——茅盾

## 三、作品评价

契诃夫创造了新的形式，因此我丝毫不假作谦逊地肯定地说，在技巧方面契诃夫远比我高明！

——列夫·托尔斯泰

作为文体家，契诃夫在我们当代的艺术家中是唯一掌握了"言简意赅"的高超艺术的。

——高尔基

天赋的幽默感只有在它同生活现象碰撞并展开其本质时才能够产生具有审美价值的笑。考察契诃夫的笑，我们发现，随着契诃夫的思想和创作的不断成熟，他的笑的艺术也不断发展和完美起来，而他的作品则给我们研究作为美学范畴之一的笑提供丰富生动的实例。

——朱逸森